순한 조회

雲演昭回

운한소회 1

조돈형 新무협 판타지 소설

초판 1쇄 찍은 날 § 2002년 11월 14일
초판 1쇄 펴낸 날 § 2002년 11월 25일

지은이 § 조돈형
펴낸이 § 서경석

편집장 § 문혜영
편집책임 § 장상수
편집 § 박영주 · 김희정 · 권민정 · 이종민
마케팅 § 정필 · 강양원 · 김규진

펴낸곳 § 도서출판 청어람
등록번호 § 제1081-1-89호
등록일자 § 1999. 5. 31
어람번호 § 제2-0150호

주소 § 경기도 부천시 원미구 심곡1동 350-1 남성B/D 3F (우) 420-011
전화 § 032-656-4452 팩스 § 032-656-4453
http://www.chungeoram.com
E-mail § eoram99@chol.net

값 7,500원

ISBN 89-5505-531-5 (SET)
ISBN 89-5505-532-3 04810

조돈형 新무협 판타지 소설

①

운한소회

雲漢昭回

도서출판
청람

작가의 말

　'운한소회' 2권을 마무리 짓느라 고심하는 제게 출판사에서 연락이 왔습니다. 간단한 프로필과 책에 실을 작가의 서문을 보내달라고 하시더군요. 대답을 하고 재빨리 '궁귀검신' 1권을 펼쳤습니다. 제 기억으론 정확하게 1년 전 똑같은 연락을 받은 적이 있기 때문이지요. 아니나 다를까 표지를 넘기자마자 작가 프로필이 눈에 들어오고 무척이나 고심해서 쓴 작가 서문이 저를 반기더군요. 그때의 흥분되고 설레던 기분이 다시금 떠올라 저도 모르게 웃음을 터뜨렸습니다.

　'궁귀검신' … 지난 2001년 10월 13일 하이텔 무림동에서 아주 우연히 시작한 글이었지만 예상치 못한 사랑을 너무나 많이 받아 나중에는 오히려 엄청난 압박으로 저를 몰아세우던 작품이었습니다. 그 덕에 전 8권으로 완결을 지으며 마지막 마침표를 찍었을 땐 저도 모르게 눈시울을 붉혔습니다. 마침내 해냈다는 성취감에 도취되어 며칠 동안 멍한 상태로 지내기도 했지요. 하지만 지금 와서 돌이켜 보건대 너무나 아쉬움이 많이 남는 글이었습니다. 보다 집중을 하고 신경을 썼다면 조금 더 나은 글이 되지 않았을까 생각도 해봅니다.

　그런 마음을 달래기 위해서라도 두 번째 글인 '운한소회'엔 보다 많은 노력을 기울였고, 계속해서 기울이고 있습니다. 그리고 출판을 앞둔 지금 제 나름대로 소기의 성과를 얻었다 자위하고 있습니다. 그것을 독자님들께선 어떻게 평가하실지 두려운 눈으로 지켜보면서 말이지요.

　이제 화살은 시위를 떠났습니다. 통신상에 올린 글은 내용상 오류가 있거나 오타가 나면 수정을 할 수 있지만 출판이 되면 그 순간 글은 작가의 손을 떠나 독자님들께 넘어가고 맙니다. 작가는 그저 마음을 졸이며 독자님들의 평가를 기다릴 뿐이지요.

어쨌든 칭찬과 비난 모든 것을 떠나 제가 바라는 것이 있다면 그저 이 글이 읽으시는 분들께 조그마한 재미라도 드렸으면 하는 것입니다.

끝으로 '궁귀검신'에 이어 '운한소회'까지 출판을 해주시는 서경석 사장님과 청어람 식구들에게 깊은 감사를 드리고 항상 응원해 주는 친구들에게 고마운 마음을 전합니다.

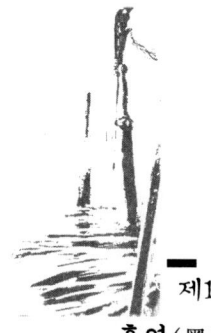

제1장

흑영(黑影)

흑영

절강성(浙江省)의 성도(省都)이자 중원에서도 아름답기로 손꼽히는 항주(杭州)의 초입에 있는 작은 주점 홍빈루(鴻斌樓).

비록 규모나 시설은 항주에 있는 여타의 기루(妓樓), 주점(酒店)보다 형편없었지만 오고 가는 길손이 많아서 그런지, 아니면 남다른 인심과 뛰어난 음식 맛이 원인인지 사시사철 손님들로 들끓고 있었다. 더구나 뒷산에 흐르는 약수(藥水)는 선녀가 옥황상제(玉皇上帝)에게 바치는 물을 길어가기 위해 보름마다 내려왔다는 선녀지(仙女池)에서 발원(發源)한 물이었다. 그 물로 빚은 천상감로주(天上甘露酒)는 그 감미로운 주향(酒香)과 짝을 찾아볼 수 없는 맛으로 중원에서 단연 최고의 술로 인정받고 있었다.

천상감로주의 유명세 덕에 홍빈루는 인근의 사람들뿐만 아니라 항주를 구경하러 오는 사람들이라면 반드시 들러야 하는 곳으로 인식되었고 늘 밀려드는 손님을 맞기 위해 몇 안 되는 점원들은 분주히 움직여야만 했다. 또한 서호(西湖)를 구경하기 위해 항주로 향하던, 고금(古今)을 통틀어 으뜸으로 인정받는 당대(唐代)의 시선(詩仙) 이백(李白)이 천상감로주의 맛에 반해 삼 일을 머물며 지었다는 주옥(珠玉) 같은 십여 수의 시(詩) 역시 천상감로주와 더불어 홍빈루를 널리 알리는 데 일조를 했다.

그러한 홍빈루에, 비록 이른 새벽이라 밤새 술잔을 나누며 시를 논하고 인생을 논하던 사람들도 모두 잠자리에 들고, 오직 새벽 이슬만을 먹고 산다는 영사(靈蛇)와 첫 새벽을 알리기 위해 지붕 위에 올라가 목청을 가다듬고 있는 수탉만이 깨어 있었지만 그 아늑하고 그윽한 주변의 풍경(風景)과는 전혀 다른 분위기를 지닌 네 명의 사내들이 다시 보기 힘든 홍빈루의 새벽 정취(情趣)를 깨고 있었다.

일찍 일어난 것인지, 아니면 밤새 그리하고 있었던 것인지 정확한 것을 알기는 힘들었지만 그들은 홍빈루가 자랑하는 천상감로주를 마치 밥알이 둥둥 떠다니는 숭늉인 듯 들이키며 작은 탁자에 모여 앉아 뭔가를 의논하고 있었다. 잠시도 쉬지 않고 연거푸 술을 마시고는 있지만 그들의 모습 어디에서도 천상감로주의 진정한 술맛을 음미(吟味)하는 모습은 보이지 않았고, 보는 사람마다 감탄하는 이백의 시를 감상하는 여유는 더욱 지니지 못한 듯했다.

뭔가 대단히 중요한 일을 결정하는지 머리를 맞대고 대화를 나누는 그들의 얼굴엔 절로 심각함이 묻어 나왔다.

"표국(鏢局)이 어떨까? 어차피 배운 것이 도둑질이라고 그나마 우리가 가장 잘할 수 있을 것 같은데?"

덩치는 상당했지만 어디서나 평범하게 볼 수 있을 것 같은 그저 그런 얼굴을 지닌 사내 홍자성(洪玆星)은 자신의 의견에 대한 동료들의 동의를 구하며 시선을 돌렸다. 하지만 친구들의 반응은 냉담하기만 했다.

"미~친놈! 우리가 근 칠 년 동안 시골구석에 처박혀 있던 이유를 알기나 하는 거냐? 약속도 약속이지만 그게 다 우리 몸에 배어 있는 피내음과 칼 내음을 없애기 위함이 아니냐고. 그런데 표국을 하자고? 에라이!"

표국을 하자고 했던 홍자성의 정면에 앉아 있던 진우(晉禑)는 들고 있던 동전을 던지며 화를 냈다.

"저런 헛소리에는 귀를 기울일 것도 없고 너의 생각이나 말해 봐."

홍자성의 왼편에 앉아 있던 엄우(嚴羽)가 동전을 피하기는커녕 재빨리 낚아채더니 태연히 주머니에 집어넣고, 딴청을 하는 홍자성을 바라보며 기막혀하는 진우에게 물었다.

"글쎄, 아직 뚜렷한 생각이 떠오른 것은 아니지만 최소한 저런 멍청한 말을 하지는 않을 자신이 있다."

진우의 비웃음에 먼 산을 바라보고 있던 홍자성의 고개가 엄청난 속도로 돌려졌다.

"흥! 그렇게 자신이 있으면 말해 봐. 얼마나 잘난 의견이 있는지 이어르신이 귀를 씻고 들어주지."

"최소한 표국을 하자는 네놈보다는 나을 것이다. 머리에 뭐가 들었는지……."

"뭐라고!"

"조용히! 싸우지 말고 빨리 의견이나 말해 봐."

홍자성과 진우의 음성이 커지자 지금껏 말이 없던 노조린(盧照隣)이 입을 열었다.

노조린은 평범하게 생긴 홍자성이나 눈꼬리가 말려 올라가 날카롭고 신경질적으로 생긴 엄우, 그리고 약간은 험악하게 생긴 진우와는 달리 마치 백면서생(白面書生)을 연상시킬 정도로 가녀린 몸과 작은 체구를 지니고 있었다. 하지만 그의 한마디에 지금껏 떠들어대던 홍자성과 진우의 입이 거의 동시에 닫힌 것을 보아 은연중 이들의 우두머리로 인정을 받는 모양이었다.

"말해 봐."

노조린의 시선을 받은 진우가 멋쩍은 웃음을 지으며 대답했다.

"기, 기루가 어떨… 까?"

조심스레 말을 하는 진우. 하지만 그가 뭐라 더 말을 하기도 전에 홍자성은 순간적인 반응으로 땅을 뒹굴며 웃었다.

"기, 기루? 크크크! 크허허허! 기루래!! 하하하!"

"웃지 마! 기루가 어때서 그래?"

홍자성의 과장된 행동에 이맛살을 찌푸린 진우가 혹시나 하여 노조린을 바라보았다. 하나 노조린의 고개는 홍자성이 땅을 구르기도 전에 이미 엄우에게 돌아가 있었다.

"엄우, 너는 어때?"

노조린의 질문을 받은 엄우가 손으로 이마를 짚었다.

"글쎄, 장사라는 것이 수완도 있어야 하지만 물건을 보는 안목(眼目)도 있어야 하는데 우리에겐 그것이 없어. 결국 우리가 할 수 있는 일은 정해져 있는 것이 아닐까?"

"글쎄, 그것이 뭐냐니까? 표국을 하자고 한 나의 의견에 미친놈이라고 욕을 한 진우는 기루를 하자고 한다. 헛소리라고 몰아붙인 네가 어떤 의견을 말할지 난 너무 궁금해. 빨리 말해 봐. 설마 같은 의견은 아니겠지?"

아직도 입을 내밀고 있는 홍자성이 입술을 삐죽이며 물었다. 그런 홍자성을 슬쩍 노려본 엄우가 말을 이었다.

"객점(客店)이 어떨까?"

"객점?"

"그래. 객점이 뭐야? 말 그대로 여행하는 사람이 쉬어가는 곳이잖아. 물건을 고를 필요도 없고 그다지 수완도 필요치 않을 것 같아서 우리에게 가장 적당한 것 같은데… 목만 좋다면 수입도 꽤 괜찮고."

엄우의 말이 끝나기를 기다린 노조린이 입을 열었다.

"네가 그렇게 자신있게 말하는 것을 보니 벌써 알아본 모양이구나. 우리보다 한참 전에 항주에 도착했으니… 자세하게 말해 봐."

싱긋 웃으며 질문을 하는 노조린의 미소에 마주 웃음을 지은 엄우가 고개를 끄덕였다.

"알아봤다. 여기 항주는 북경(北京)이나 남경(南京)에 비해 비록 규모에선 상대가 되지 않을지 모르나 굴러다니는 돈만큼은 만만치 않아. 그 이유는 잘 알고 있겠지?"

"……."

당연하게 여기는 진우나 홍자성은 물론이고 믿었던 노조린마저 침묵을 지키자 당황한 엄우가 재빨리 설명을 시작했다.

"험험, 이런 말이 있지. '하늘에 천당이 있으면 땅에는 소주(蘇州)와 항주가 있다'고. 그만큼 경관이 뛰어나다는 말이야. 특히 서호를 품고 있는 항주는 일 년 내내 수없이 많은 시인(詩人), 묵객(墨客)들의 발길이 끊이지 않고 중원에서 돈푼깨나 있는 사람들도 구름같이 몰려들어.

그것은 곧 그들을 수용하기 위해 자연적으로 기루, 주점, 객점 등이 번성할 수밖에 없다는 것을 의미하지."

"그렇다면 이미 수없이 많은 객점들이 들어섰을 것인데 지금 우리가 객점을 차린다고 하여 성공한다는 보장이 있을까?"

조심스런 진우의 반박에 홍자성이 박수를 쳤다.

"오! 오랜만에 말 같은 소리를 하는군. 네 말이 전적으로 옳다."

진우의 말에 호시탐탐 기회를 엿보고 있던 홍자성은 물 만난 고기요, 화대(花代)를 떼어먹고 달아나려는 사내의 뒷덜미를 잡아챈 창기(娼妓)의 기둥서방이었다. 대뜸 목소리를 높인 그는 묵묵히 바라보고 있는 엄우를 향해 한껏 비아냥댔다.

"여기 있는 객점들은 이미 단골들도 많이 확보를 했을 것이고 난생처음 해보는 우리보다 모든 면에서 뛰어날 것은 보지 않아도 뻔한 일. 성공할 가능성은 눈곱만치도 없다고. 안 그래? 거지 되기 십상이라구!"

"시끄러! 내 말은 아직 끝나지 않았어."

"들어보나마나 뻔한 거 아냐? 괜히 창피하니까 변명을 늘어놓으려는 모양인데 그게 더 비참하다. 그냥 조용히 입 다무는 게 어때?"

"후~ 너라는 놈은 정말……."

엄우는 더 이상 말할 가치도 없다는 듯 고개를 흔들더니 아직 자신의 말을 기다리고 있는 노조린에게 못다 한 말을 하기 위해 몸을 돌렸다.

"진우의 말이 맞아. 우리의 자금력과 실력으로 지금 객점을 열면 성공할 가능성은 희박하다. 하지만 기존의 객점을 우리가 인수한다면 얘기는 달라지지."

순간 노조린의 눈에 이채가 떠올랐다.

"며칠 동안 알아본 바에 의하면 서호의 동편 쪽에 그다지 크지도, 그렇다고 아주 작지도 않은 객점이 하나 있다. 너희들에겐 미안한 말이지만… 어제 이미 그 객점을 사들였어. 내 멋대로 결정해서 미안하다."

말을 마친 엄우는 재빨리 고개를 숙였다.

그가 어제 객점을 사기 위해 지불한 돈은 분명 그만의 돈이 아니었다. 정확하게 사 분지 일만이 엄우 자신의 돈이었고 나머지는 여기 있는 삼 인의 재산이었다. 엄우는 자기의 판단을 믿었지만 허락도 구하지 않은 채 돈을 써버린 것은 틀림없는 잘못이었다.

"뭐, 뭐야! 그래 놓고 그렇게 시치미를 뗀 거란 말이야? 이미 돈을 다 써놓고. 뭐? 의견을 말해 봐? 오냐, 의견을 말하마. 내 오늘부로 사람 장사를 해야겠다. 그 시작은 사내 구경 못한 과부에게 네놈을 팔아넘기는 것으로 시작하련다."

역시 가장 먼저 흥분한 것은 성격 급한 홍자성이었다. 당장에라도 잡아먹을 듯이 엄우를 노려보는 홍자성의 눈에 살기가 번득였다. 하지만 무심한 음성으로 툭 던진 노조린의 한마디는 무시무시했던 홍자성의 태도를 그대로 짓뭉개 버렸다.

"난 찬성. 그리고 그 돈 중 자성, 네 돈이 가장 적잖아? 누가 들으면 다 네 돈인 줄 알겠다."

"크크크! 암, 가장 적지."

진우가 괴소를 터뜨리며 노조린의 말에 동조했다. 순간 당황한 홍자성의 얼굴이 처참하게 일그러졌다.

"하, 하지만……."

"진우의 의견은 기루였으니 내가 엄우의 의견에 동조하면 이 대 일이야. 잔소리하지 말고 모든 것은 엄우에게 맡겨. 우리에게 말할 시간도 없이 사들였다는 것은 그만큼 급했다는 거잖아. 내 말이 틀려?"

노조린은 만족한 미소를 짓고 있는 엄우에게 물었다. 엄우는 거의 울 듯한 표정을 짓고 있는 홍자성을 향해 콧방귀를 뀌며 대답을 했다.

"당연하지. 급하지 않았으면 내가 그럴 리가 있나? 소면 몇 그릇 사 먹으면 없어질 돈을 가지고 지랄을 하는 놈의 불평을 어찌 감당하라 고."

"이 자식이!"

홍자성이 발끈하여 소리를 쳤지만 엄우는 눈길조차 주지 않았다.

"어쨌든! 우리에겐 아주 좋은 기회야. 겨우 오십 냥이라고. 우리에 겐 전 재산이나 마찬가지지만 금화 오십 냥을 가지고 그만한 객점을 샀다고 하면 아무도 믿지 않아. 이곳에서 제대로 된 객점을 사려면 그 보다 열 배는 더 주어도 사기 힘들걸."

엄우의 말 곳곳엔 자부심이 가득했다.

"정말 듣고 보니 그러네. 네 말대로라면 이곳에서 객점은 말 그대로 황금 알을 낳는 거위나 마찬가지 아냐. 그런데 그렇게 싼값에 객점을 팔아? 뭔가 이상한데……."

"네가 하는 일을 믿고는 있지만 나 또한 진우의 생각과 같다. 그렇 게 싼값에 객점을 판다는 것이 조금 이상한 느낌이 들어."

노조린의 얼굴이 잠시 찌푸려졌지만 엄우는 태연자약하기만 했다.

"문제가 조금 있어, 아주 사소한."

"그럴 줄 알았지. 내 그럴 줄 알았다고. 문제가 없을 리가 없지. 어 디 제정신이 박힌 놈이 그렇게 말도 안 되는 가격에 객점을 내놓겠냐? 어림도 없지. 사기당한 거야, 사기!"

홍자성이 예의 도끼눈을 뜨고 소리쳤다. 하지만 엄우의 눈에서 홍자성이 사라진 지는 한참 전의 일이었다.

"객점은 나이가 지긋한 노인과 아들 내외가 운영하고 있었는데 노인의 성정(性情)이 밝고 착해 근처에서 상당한 신망을 얻고 있었던 모양이야. 아들 내외도 마찬가지이고. 객점에 사람이 없는 비수기(非需期)에도 다른 곳과는 달리 그 객점에는 손님이 끊이지 않았다는 것만은 보아도 알 만하지."

"그런데?"

"문제가 생겼어. 우리가 생각할 땐 날아다니는 파리 한 마리 때려잡는 것처럼 쉬운 문제겠지만 그들에게는 아주 심각한."

엄우는 마침 자신의 앞을 날아가는 파리를 후려치며 대답했다. 엄우의 전광석화(電光石火) 같은 손에 맞은 파리는 정확하게 홍자성의 안면을 향해 날아갔다.

"흥!"

콧방귀를 뀐 홍자성이 손가락을 이용해 날아오는 파리를 튕겼다. 엄우의 손바닥에 맞고 홍자성의 손가락에 가격당한 파리는 흔적도 없이 사라지며 짧은 일생을 마감했다.

"쓸데없는 장난은 하지 말고 정확하게 말해 봐. 문제라니?"

둘의 장난을 바라본 노조린이 이마를 찌푸리며 물었다.

"간단해. 문제라면 그저 주인 노인에게 이곳 항주에서도 손꼽히는 아름다운 손녀가 있다는 것이지. 그뿐이야."

"아하! 그렇구만."

엄우의 말을 가장 먼저 이해한 것은 기루를 열자고 한 진우였다. 노조린 또한 금방 고개를 끄덕이며 알아들었다는 표시를 했다. 하지만 한 사람만은 예외였다. 홍자성만은 두 눈을 껌뻑이며 바다 위에 홀로 떠 있는 무인도인 양 이들과 동떨어진 체 멍청한 소리를 해댔다.

"뭔 소리야? 객점하고 예쁜 손녀가 있다는 것하고 무슨 상관이 있다고?"

지그시 눈을 감고 있는 노조린과 아예 외면을 하는 엄우. 결국 홍자성을 위해 설명을 할 사람은 진우뿐이었다.

"으이구! 뻔한 거 아니야. 원칙적으로 예쁜 손녀가 있다는 것은 문제가 안 돼. 좋은 일이지. 하지만 그것이 문제가 됐다고 하면 그 이유는 생각할 것도 없어. 손녀를 탐내는 놈들이 있다는 것 아니겠어? 맛있는 음식에는 파리가 꼬이기 마련이거든. 내 말이 맞지?"

진우는 자신의 생각에 확신을 가지며 엄우를 바라보았다. 엄우는 유쾌한 웃음을 지으며 고개를 끄덕였다.

"음식이라 하기엔 조금 이상하지만 어쨌든 정확하게 짚었다. 손녀의 미모를 노린 창룡파(蒼龍派)의 소방주가 매일같이 객점에 들러 온갖 협박을 하는 모양이야. 아, 창룡파는 항주 일대를 주름잡는 쓰레기들의 집합체야. 제놈들 딴에는 그럴듯한 이름도 짓고 체계도 기존 문파를 흉내 내려고 하였지만 사람들은 그놈들을 토룡파(土龍派)라 부르지. 주로 하는 일이란 고리대금업(高利貸金業)과 보호비(保護費) 명목으로 항주의 거의 모든 기루나 주점, 상점에서 돈을 뜯어내는 일이고."

"한마디로 도둑놈이라는 말이군."

은근히 무게가 실리는 노조린의 음성. 오른손은 벌써 콧잔등을 어루만지고 있었다. 노조린의 그런 행동이 흥미를 느끼고 있다는 표현임을 알고 있는 엄우는 잠시 멈추었던 말을 이었다.

"비단 항주뿐만 아니라 사람들이 모인 곳이면 어김없이 존재하는 그런 놈들로 생각하면 돼. 아무튼 손녀를 며느리로 내놓으라는 창룡파

두목의 협박에 심각한 위기 의식을 느낀 노인이 결국 항주를 떠나기로 결심을 했어. 물론 관에 알릴까도 생각했겠지만…….”

“못했을걸. 주먹은 법보다 무서운 법이거든.”

진우가 어림도 없다는 듯 말했다.

“그렇지. 노인은 보복이 두려워 신고는 감히 생각지도 못했어. 결국 은밀히 객점을 내놓았고 우연찮게 객점을 알아보고 있는 내 귀에까지 들어온 것이야. 이 소식을 들은 내가 어땠을 것 같아.”

“방울이 터져라 달렸겠고만.”

홍자성이 대뜸 비아냥거렸다. 하지만 엄우의 행동에 이유가 있음을 알게 된 그의 어투는 조금 전과는 상당히 다른 것이었다.

“내가 그 객점으로 달려갔을 때에는 이미 노인을 제외한 가족들은 짐을 싸서 사라진 이후였어. 모르긴 몰라도 창룡파 놈들이 눈에 불을 켜고 지키고 있었을 텐데… 그나마 다행이지. 노인도 지금쯤 항주를 벗어나 있겠다. 나를 만난 다음 바로 떠난다고 했으니.”

불안감으로 연신 주변을 두리번거리던 노인의 모습이 생각났는지 엄우의 얼굴에 살짝 고소(苦笑)가 지어졌다.

“그럼 그 객점은 이제 우리 것이 되었단 말이군. 약간의 문제는 따르겠지만.”

“우리에게 그것은 문제도 아니야. 이봐, 조린. 그놈들이 와서 소란을 떨기 전에 내가 먼저 방문을 하는 것이 어떨까? 조용히.”

끝에 은근히 힘을 주어 말을 하는 진우를 응시하던 노조린이 밝게 웃으며 고개를 흔들었다.

“하하하! 진우, 네가 가면 그날로 창룡판가 뭔가 하는 것은 사라지잖아. 그래선 안 돼. 소란을 일으키면 곤란해. 우리는 언제까지나 조용히 살아야 한다고. 산에 틀어박혀 있는 것은 정말 지긋지긋했어. 다시는 그곳으로 가고 싶지 않아."

실망하는 진우를 뒤로하고 노조린의 얼굴이 엄우를 향했다.

"하지만 한 번쯤 방문할 필요는 있겠어."

"알았다. 내가 간다. 가서 잘 알아듣게 설명을 하면 되겠지."

만족한 노조린이 가슴을 폈다.

"좋아. 그럼 이것으로 앞으로 우리가 해야 할 일이 결정된 건가? 재 밌겠어."

"이럴 것이 아니라 바로 가자고. 우리의 객점으로 말이야."

진우가 자리에서 벌떡 일어나며 말했다. 진우의 외침에 앉아 있던 삼 인 또한 몸을 일으켰다.

"참, 그런데 객점의 이름은 뭐야?"

"뭐긴, 서호에 있으니 서호객점(西湖客店)이지."

"……."

"이름 하고는……."

홍자성의 불평을 뒤로한 채 사내들은 홍빈루를 떠나 자신들을 기다 리는 서호객점을 향해 걸어가기 시작했다.

*　　　*　　　*

둘레가 족히 오백여 리에 이른다는 무당산(武當山)에는 중원무림의 최고 검파(劍派)로 추앙받는 무당파(武當派)가 있었다.

사내가 무당산에 오른 것은 해가 막 중천(中天)에 떴을 때였다.

"무량수불! 고생하셨습니다. 오늘도 어김없이 오셨군요."

무당파의 정문이라 할 수 있는 해검지(解劍池)를 지키고 있던 천강(天剛)은 자신의 몸보다 족히 서너 배는 더 되어 보이는 짐을 이고 힘겹게 산을 오르는 사내를 바라보며 친근한 미소를 보였다. 서른 전후에 구레나룻을 멋들어지게 기른 사내는 몹시 힘이 드는지 땀으로 번들거리는 이마를 연신 훔치고 있었다.

"예. 천강 도사님이시군요. 고생이랄 것이 뭐 있겠습니까? 늘 하는 일인데요."

천강의 인사를 받은 사내 역시 마주 웃으며 짊어진 지게를 벗고 반갑게 인사하였다.

"또 도사입니까? 그냥 천강이라 불러주십시오."

도사님이라는 사내의 말에 약간은 쑥스러운 미소를 지은 천강은 자신이 준비해 온 물 주머니를 건네주었다. 이미 둘의 친분 관계가 하루 이틀이 아닌 듯 사내는 사양하지 않고 주머니를 받아 들었다.

"후~ 날이 더워도 보통 더운 것이 아닙니다. 얼마 걷지도 않았는데 땀이 이리 흐르니⋯⋯."

적당히 갈증을 해소한 사내가 물 주머니를 다시 돌려주며 감사의 뜻으로 살짝 고개를 숙였다. 천강 또한 한 모금의 물을 마시고 시원한 웃음을 터뜨렸다.

"하하하! 한여름이니 당연하지요. 장마가 끝난 후의 더위를 누가 감히 이길 수 있겠습니까?"

"하긴 그렇지요. 겨울은 겨울답고 여름은 여름다워야 농사도 잘되고 살기에 편한 법이지요. 그나저나 늘 함께 계시던 천수(天授) 도사님의 모습이 보이지 않습니다."

사내가 고개를 돌려 빼며 물었다.

"사형께서는 오늘 아침에 장문인을 모시고 하산(下山)하셨습니다."

"아! 그렇군요."

사내는 더 이상 묻지 않았다. 무공을 익히기는 하지만 무당은 엄연한 도(道)를 이루기 위해 애쓰는 수행자(修行者)들의 집단이었다. 평소엔 산을 벗어나는 일이 좀처럼 없었다. 그런데 혼자도 아니고 장문인을 모시고 하산을 했다는 것은 무엇을 의미하는가? 모르긴 몰라도 그것은 뭔가 꽤 중대한 일이 벌어지고 있다는 말과 다름없었다. 평소에 아무리 스스럼없이 지내고 친한 천강이라지만 더 이상 묻는 것은 예의가 아니었다.

"어쨌든 혼자서 이곳을 지키시려면 외로우시겠습니다그려."

잠시 휴식을 취한 사내가 천천히 몸을 일으키며 말했다.

"하하하! 꼭 그렇지만은 않습니다. 늘상 잔소리만 하던 사형이 없으니 나름대로 편합니다. 또 사형 대신 천우(天宇) 사제가 저와 함께 이곳을 지키니 외로울 것도 없지요."

"흠, 꼭 기억해 놓았다가 천수 도사님께 일러 드려야겠습니다."

풀어놓았던 짐을 다시 짊어진 사내는 천강을 향해 짐짓 으름장을 놓았다.

"이런! 이런! 큰일 날 소리를! 제 말이 사형 귀에 들어가기라도 하는 날이면 저는 그날로 말라 죽습니다. '자고로 사람이란' 어쩌구저쩌구 하면서 말이지요. 한번 시작하면 삼 일 밤낮이 우스운 사형입니다. 제가 말라 죽는 꼴을 보고 싶지 않으시면 행여나 그런 말씀은 하지 마십시오."

깜짝 놀란 천강이 두 손을 내저으며 요란을 떨었다. 그 모양이 우스웠는지 사내가 너털웃음을 터뜨렸다.

"하하하! 그렇게 무서워하시면서 그러게 그런 말씀은 뭣 때문에 하십니까?"

"안 보일 때는 천자(天子)도 욕한다고 하지 않았습니까? 잠시 투덜거린 것이 대수겠습니까?"

사내의 말에 정색을 한 천강이 천연덕스럽게 대꾸를 하였다. 사내는 그런 천강의 모습에 박장대소(拍掌大笑)를 하였다.

"하하하! 도사님의 말씀이 맞습니다. 눈에 안 보일 때야 욕을 하지 못할 사람이 누가 있겠습니까?"

"제 말이 그 바로 말입니다."

천강은 과장스런 몸짓으로 고개를 끄덕였다.

"천강 도사님은 언제 보아도 재미있는 분이십니다. 후~ 좀 더 쉬고 쉽지만 너무 늦으면 영운(嶺雲) 도장님의 불호령을 들어야 되니 저는 이만 가야겠습니다."

"이런, 시간이 벌써 그렇게 되었군요. 서두르셔야겠습니다. 사숙(師叔)의 잔소리는 무당의 이름보다 더욱 유명하지요. 사형에게 비할 바가 아닙니다."

천강은 무당의 살림을 책임지고 있는 영운 도장을 생각하며 고개를 흔들었다. 말을 하면서 은근히 질린 듯한 표정을 짓는 것을 보니 천강도 영운 도장에게 꽤나 당한 듯했다.

"그럼 이만 가보겠습니다."

친근한 미소를 지은 사내는 공손히 허리를 숙이고 몸을 돌렸다. 천강 또한 가볍게 허리를 숙였다. 천강과 헤어진 사내는 그다지 서두르는 기색 없이 천천히 해검지에서 멀어져 갔다. 그런 사내의 발걸음은 숲에서 갑작스레 등장한 어느 무당 제자에 의해 잠시 멈추어졌다.

"유난히 그를 좋아하는 사제지만 영운 사숙이 기다리고 있는 상황에서 감히 시간을 빼앗을 수는 없는 모양이군."

몇 마디 말을 주고받는 듯하더니 이내 사내와 헤어지는 사제 천우를 보던 천강의 입가에 고소가 그려졌다.

"소숙(笑叔)이 온 줄 알았으면 조금 더 서두르는 것인데 그랬습니다."

천강의 곁으로 다가온 천우가 아쉬운 얼굴로 입을 열었다.

"쯧쯧, 그러기에 누가 그렇게 지체하라고 하였는가? 볼일 보러 간다고 한 지가 언젠데 이제야… 그래, 속은 좀 괜찮은가?"

"탈이 나도 크게 난 모양입니다. 약을 먹어도 좀처럼 차도가 없으니 죽을 지경입니다."

천우는 벌써 나흘째 자신을 괴롭히는 원인 모를 복통(腹痛)에 얼굴을 찡그리며 고개를 흔들었다.

"차라리 소숙에게 방도를 구해보지 그러나? 비록 무공을 배우지는 않았지만 약초(藥草)나 그 밖에 민가(民家)에 내려오는 용한 방법을 많이 알고 있지 않은가? 제아무리 소숙이라 해도 사숙과 오랜 시간을 보내지는 않을 것. 물건을 전하고 잠시 후에 산을 내려가기 위해 이곳을 다시 지날 것이네."

과거 비슷한 경험을 했던 천강이 기억을 떠올리며 충고를 했다.

"그렇지 않아도 그럴 생각이었습니다. 소숙이라면 이 빌어먹을 증상을 물리칠 방법을 알고 있을 겁니다."

천우는 밝은 표정으로 대꾸했다. 대답과 동시에 소숙이라 불리는 사내가 사라진 방향으로 고개를 돌리는 천강과 천우의 얼굴엔 자신들의 기대가 어긋나지 않을 것이라는 확실한 믿음이 담겨 있었다.

"그나저나 천수 사형이 부럽습니다. 장문인을 곁에서 모시는 불편함이 있기는 하겠지만 중원 구경을 마음껏 하지 않겠습니까?"

"하긴 부럽기는 나도 마찬가지야. 하나 모르긴 몰라도 주변을 구경할 정신은 없을 것이네. 무림에 몹시 급박한 일이 벌어진 모양이야. 그렇지 않다면 화산파에서 그렇게 급한 연통(連通)이 오지도 않았을 것이고 장문인께서도 그리 급히 산을 내려가시지는 않았을 것이니."

어젯밤에 긴급 장로회의가 열렸던 것을 상기한 천강이 어두운 표정으로 말을 했다. 천우 또한 천강의 분위기에 쉽게 동화되었다.

"무슨 일일까요? 혈성(血城)이 무너진 이후 평온한 무림이었는데 말이지요."

"모르지. 하지만 뭔가 일이 일어난 것은 틀림없네. 그것도 상당히 중요한 일이."

왠지 모를 불안감에 잠시 가슴을 쓰다듬은 천강의 얼굴은 그의 예견대로 볼일을 마치고 일찍 하산하는 소숙의 모습을 볼 때까지 좀처럼 펴질 줄 몰랐다.

*   *   *

섬서성(陝西省) 화음현(華陰縣) 화산(華山)의 서쪽에 우뚝 솟은 연화봉(蓮花峯)에는 무당파와 더불어 중원의 이대검파(二大劍派)로 명성 높은 화산파가 자리 잡고 있었다. 산이 높고 험하여 화산의 문하들을 제외하고는 거의 인적을 찾아볼 수 없는 화산파. 때때로 하늘을 떠도는 구름만이 부드러운 몸짓으로 보듬어줄 뿐 늘 고요한 침묵 속에서 간간이 무공을 익히는 제자들의 우렁찬 기합만이 울려 퍼지던 화산파에 며칠 전부터 제법 많은 손님들이 찾아오고 있었다.

그들은 중원에서도 이름 높은 칠파일방(七派一幫)과 삼대세가(三大世家)의 인물들로서 제각기 문파의 특징을 나타내는 도복(道服)이나 승복(僧服) 등을 입고 몇몇은 기이하게 생긴 깃발도 들고 있었다. 하지만 그들의 명성이나 백도무림에 차지하고 있는 비중에 비해 화산을 찾은 사람들의 인원은 그리 많은 것이 아니었다. 화산파의 연락을 받은 각 파의 장문인들이 시간에 쫓겨 화급히 움직이기도 하였지만 진정한 이유라면 그들을 청한 화산파가 이번 회동에 대한 비밀을 지켜주기를 거듭 당부했기 때문이었다.

해가 지기 전에 막 도착한 무당파의 인원을 끝으로 모일 인원이 다 도착을 한 것인지 언제나 열어놓았던 정문을 굳게 닫은 화산파는 겉으로는 평상시와 다름없이 고고하게 산 아래를 굽어보았다. 그러나 외양과는 달리 그 안에서는 매우 바쁜 움직임이 있었다. 자신들을 비롯하여 칠파일방과 삼대세가라면 피로 맺어진 다시없는 귀한 손님들이었기에 화산파의 사람들은 나름대로 손님 대접을 위해 최선을 다하고 있었다. 일반 제자뿐만 아니라 제법 배분이 높은 선배들도 손수 나서서 행여나 접대에 소홀함이 있을까 몹시 신경을 쓰는 눈치였다.

하나 이런 분위기와는 달리 각 파의 장문인과 가주들이 모인 장문인실에는 무거운 침묵과 은근한 긴장감이 깔려 있었다. 오랜만에 만나 서로의 안부를 묻고 정담을 나누는 밖의 상황과는 몹시 대조적이었다.

"혈성과의 싸움이 끝난 지 칠 년, 그간 무림에는 많은 일들이 있었습니다. 자신들을 이끌었던 혈성이 무너짐으로 해서 욱일승천(旭日昇天)하던 흑도의 기세가 많이 꺾이었고 반대로 백도는 나날이 발전해 이백년 이래 최전성기를 누리고 있습니다. 하루에도 수많은 문파들이 우후

죽순(雨後竹筍)처럼 생겨나고 힘을 기르고 있습니다. 물론 그 중심에 혈성과의 싸움에서 가장 많은 피를 흘린 칠파일방과 삼대세가가 있음은 그 누구도 부인하지 못하지만 말입니다."

자신의 말에 한껏 가슴을 부풀리며 고개를 끄덕이는 사람들을 지켜보던 화산파의 장문인 조공루(趙空淚)가 얼굴에 잠시 떠올렸던 만족의 미소를 재빨리 지우며 말을 이었다.

"하지만 언제까지 그러리라는 법은 없습니다, 우리에게도 치명적인 약점이 있는 한."

"그게 무슨 말씀이시오? 약점이라니요?"

남궁세가(南宮世家)의 가주 남궁성(南宮星)이 의아하다는 듯 물었다.

"들어보시지요. 지난 혈성과의 싸움에서 문을 걸어 잠그고 자신들의 힘만을 키워온 몇몇 문파들이 지닌 힘이 지나칠 정도로 거대해졌다는 것은 다들 알고 계실 것입니다."

잘 알고 있다는 듯 모인 사람들의 고개가 절로 끄덕여졌다.

"그러나 사람의 욕심이란 끝이 없는 법. 그들은 거기에 만족하지 않고 은연중 우리를 누르고 백도에 막강한 영향력을 행사하고자 노력하고 있습니다. 하지만 혈성과 싸워서 그들을 물리친 것이 우리들이고, 비단 혈성뿐만 아니라 과거에 수많은 혈겁을 이겨내고 무림을 지킨 것도 바로 우리들이었습니다. 비록 그들의 힘이 강성하여 주변에 세를 과시하고는 있지만 여러 무림동도들은 그다지 인정을 하지 않고 있습니다. 어느 정도 두려워하고 어려워하기는 해도 우리에게 보여주는 존경과 지지를 보내지는 않는다는 말이지요."

"그러면 된 것이 아니오. 어느 때나 일시적으로 세가 커져 힘을 과시하는 문파나 가문이 있기는 했소. 하나 그것은 그때 잠시뿐, 뿌리가 깊지 못한 나무는 거센 바람을 이기지 못하는 법이오. 힘은 곧 약해질 수밖에 없소이다. 그리 염려할 것은 없다고 보오."

계피학발(鷄皮鶴髮)의 모용세가(慕容世家)의 가주 모용현(慕容弦)이 대수롭지 않게 대꾸를 했다. 그러나 모용현의 말이 끝나기를 기다린 조공루가 슬며시 고개를 흔들었다.

"절대로 그렇지 않습니다. 물론 모용 가주께서 말씀하시는 것에도 일리가 있지만 이번만은 상황이 다릅니다."

"어떻게 다르다는 것이오?"

모용현의 반문에 잠시 머뭇거리던 조공루가 대답을 종용하는 눈빛을 받고 입술을 지그시 깨물며 입을 열었다.

"칠파일방과 삼대세가가 버티고 있는 한 자신들의 힘으로 백도를 좌지우지하지 못하리라 여긴 그들이, 며칠 전에 들리는 소문에 의하면 이미 자기들끼리 힘을 합하기로 결정을 했다고 합니다. 협맹(俠盟)이라던가? 임시 맹주는 영호가(令狐家)의 가주가 맡았다고 하더군요. 어쨌든 그들이 우리의 약점을 찾기 위해 눈에 불을 켜고 있다 합니다."

"어허! 그들이 감히! 요즘 영호가의 식솔들이 세가 근처에 어슬렁거린다는 식솔들의 말이 하도 많아 이상하게 생각하고 있었건만 어쩐지… 그게 그런 이유였군. 하나 우리에게 약점이 될 것이 무엇이 있겠소? 공연한 짓일 것이오."

남궁성이 약간 못마땅한 표정으로 수염을 쓰다듬었다.

좌중의 모인 수장들 역시 대체적으로 남궁성의 반응과 같았다. 그들 또한 근자에 들어와 행동이 수상한 사람들이 자파의 주변을 기웃거리는 것을 알고 있었지만 모두 그러려니 하고 넘어가고 있는 상황이었다. 그들은 스스로를 백수(百獸)의 제왕(帝王)인 호랑이와 같다고 생각할 정도로 자부심이 강한 사람들이었다. 살쾡이 몇 마리가 와서 영역을 침범한다 해도 눈 하나 꿈쩍하지 않는.

하지만 좌중을 조용히 둘러보는 조공루의 눈은 무겁게 가라앉아 있었다.

"혹시… 협맹에서 그들의 일을 밝히려고 하는 것입니까?"

조공루의 반응에 뭔가 심상치 않은 기운을 느낀 소림의 장문 광료 대사(光了大師)가 조심스레 물었다. 절대로 알려져서는 안 되는 일. 물론 언급해서도 안 되는 말이었기에 광료 대사의 음성은 절로 떨리고 있었다. 광료 대사의 말이 무엇을 뜻하는지 알고 있던 사람들의 안색 또한 눈에 띄게 굳어버렸다. 그들의 시선은 어느새 조공루에게 향해 있었다. 하나같이 설마 하는 표정. 그러나 천천히 고개를 끄덕이는 조공루의 모습에 저마다 두 눈을 치켜뜨고 말았다.

"진정이오? 협맹에서 진정 그들의 일을 추적하고 있단 말이오?"

모용현은 떨리는 가슴을 진정시키며 되물었다. 한 가닥 희망을 걸고 던진 질문이지만 조공루의 대답은 절망적이었다.

"그렇습니다. 그들이 찾고 있는 것은 틀림없는 '어둠의 그림자'라 불리는 흑영(黑影)! 절대로 알려져서는 안 되는 존재들을 찾고 있습니다. 그리고 어느 정도 성과가 있는 모양입니다."

"그럴 리가 없소이다. 혈성이 무너지기도 전에 그들의 존재는 사라졌고 그들이 존재했다는 것을 알고 있는 사람도 여기에 모인 사람들을 제외하곤 채 몇 분이 안 되오. 노도 또한 사부께서 장문 직을 넘기며 말씀해 주셨기에 알게 된 일이외다."

무당파의 장문인 상경 진인(尙更眞人)의 태도엔 절대 믿을 수 없다는 강한 불신의 빛이 깔려 있었지만 마음 한구석에선 어쩌면 그것이 사실

일지도 모른다는 불안감을 지우지 못했다.

"이는 틀림없는 사실입니다. 더구나 말씀드린 대로 협맹에선 흑영의 비밀에 상당히 접근했다고 합니다."

"그들의 존재는 각 문파에서도 오직 장문인과 몇몇 어른들만이 알고 있었소이다. 이 일이 세상에 알려지면 어떤 여파를 몰고 올지 뻔히 아는데 입을 가벼이 놀리실 분은 없었으리라 보오. 그것은 나 모용현 또한 마찬가지고."

모용현이 주변을 둘러보며 말을 하였다. 자신의 결백을 주장함과 동시에 다른 사람의 결백을 믿고 싶다는 의미였다.

당연하다는 듯 모두가 고개를 끄덕였다.

"도대체 그자들이 어떻게 해서 흑영을 알게 된 것이랍니까?"

지금껏 사태의 추이를 살피던 종남파(終南派)의 장문인 이양빙(李洋憑)이 고개를 갸웃거리며 물었다.

"그것이 중요한 것이 아닙니다. 문제는 흑영이 틀림없이 존재했고 저들이 지금 그들의 뒤를 캐고 있다는 것입니다. 또한 흑영이라는 존재가 세상에 알려지면 그들을 만들어낸 우리 칠파일방과 삼대세가는 고개를 들지 못한다는 것이지요. 우리를 지지하던 많은 무림의 동도들이 등을 돌릴 것은 자명한 일이고 어쩌면 지금껏 누려왔던 지위들을 잃어버리는 것은 물론이요, 우리의 눈치를 보느라 마음껏 활개를 치지 못하던 협맹의 위세에 눌려 전전긍긍하게 될지도 모르는 일입니다. 그렇다고 우리를 지지하던 동도들이 등을 돌린 마당에 협맹에 맞서는 다른 조직을 만드는 것 또한 불가능한 일입니다."

탕!

과거 구파로 일컬어지던 아미(峨嵋)와 곤륜(崑崙), 공동파(崆峒派) 등은 쇠퇴하여 무너진 지 이미 오래고 그 문파들을 대신하여 기존의 나머지 문파와 어깨를 나란히 하며 새로이 거대 문파로 성장한 형산파(衡山派)의 장문인 고역사(高繹赦)가 탁자를 내려치며 소리쳤다.

"등을 돌리다니요? 비록 부끄러운 일이었기는 하나 그것이 다 백도를 위해서 한 일이 아닙니까? 뼈를 깎는 고통을 인내하면서 말입니다. 누가 감히 그것에 토를 달 수 있겠습니까?"

조공루가 고개를 흔들며 고역사의 말을 부정했다.

"세상의 인심이란 그런 것이 아닙니다. 어려울 때는 감지덕지하다가도 시간이 지나면 뒤돌아 욕하는 것이 사람의 마음입니다. 더구나 명문정파라 자부하는 우리들이 그러한 일을 했으니 말을 하기 좋아하는 호사가(好事家)들은 결과는 생각하지 않고 과정을 들어 틀림없이 트집을 잡으려 할 것입니다. 물론 이에 편승하여 협맹이 자신들의 세를 더욱 키우리라는 것은 보지 않아도 뻔한 일이지요."

그의 말에는 조금도 틀림이 없었다. 모르긴 몰라도 흑영의 존재가 알려진다면 그들을 만들기까지 얼마나 많은 고뇌와 땀, 그리고 인명이 투입되고 희생되었는지는 생각하지 않을 것이다. 그들의 활약으로 혈성이 무너졌다는 것에도 별 의미를 두지 않을 것은 물론이요, 사람들은 그저 백도를 대표하는 칠파일방과 삼대세가가 정도에 어긋나는 일을 했다는 것만을 앞세우며 비난과 욕을 할 것이 뻔했다.

이 점을 가장 걱정한 각 파의 대표들은 흑영을 만들면서도 항상 불안해했고 언젠가는 반드시 흑영을 해체해야 한다고 암묵적 의견을 나누고 있었다. 그랬기에 혈성과의 싸움에 엄청난 성과를 거두었음에도 불구하고 흑영의 존재를 지금껏 감추고자 애써온 것이다.

"아미타불! 이제야 조 장문인께서 우리들을 이리 급히 부르신 이유가 설명되었습니다. 흑영의 문제는 진정 중요하고 심각한 문제지요. 하나 문제가 있다면 해결책도 있는 법. 조 장문인께선 어떤 복안(腹案)을 가지고 계시는 듯합니다. 소승의 말이 틀렸습니까?"

광료 대사가 기대감이 어린 말투로 질문을 하자 황급히 자리에서 일어난 조공루가 허리를 숙이며 공손하게 대답했다.

"별말씀. 복안이라고는 할 것 없지만 협맹이 흑영의 뒤를 캐고 있다는 것을 알게 된 이후 많은 생각을 해보았습니다. 하나 저라고 무슨 방법이 있겠습니까? 별의별 생각을 다 해보았지만 별다른 결론을 내릴 수가 없었습니다. 저들과 힘을 겨루어 아예 조사를 못하도록 하는 방안도 생각해 보았지만 어쩌면 그것이 힘으로써 칠파일방과 삼대세가를 상대할 수 있다고 자부하는 저들이 가장 바라는 바일지도 모른다는 생각에 우선적으로 제외했습니다. 또한 명색이 백도를 대표하는 문파들끼리 싸움을 벌이는 것은 과히 좋지 않습니다. 비록 지금은 숨을 죽이고 있다지만 언제 흑도의 무리들이 발호를 할지 모르는 일인지라……."

"하면 진정 방법이 없다는 말이오?"

모용현의 물음은 바로 이곳 화산에 모인 모든 수뇌들의 질문이나 마찬가지였다. 잠시 주변을 살핀 조공루가 담담히 말했다.

"결자해지(結者解之)라! 결국 흑영의 일은 다른 누구도 아닌 우리가 해결해야 하는 일이라 봅니다."

"결자해지라면……."

스산한 살기가 깔리는 조공루의 눈을 바라보며 더불어 안색을 찌푸린 광료 대사가 물었다.

"아직 정확한 소재 파악은 힘들겠지만 저들의 힘을 감안하면 흑영의 존재가 파악되는 것은 불문가지(不問可知)입니다. 그전에 우리가 먼저 흑영을 찾아야 할 것입니다. 그들의 소재를 어느 정도 파악하고 있는 우리들로서는 그다지 힘든 일이 아닐 것입니다."

"찾아서? 찾아서 어쩌자는 말이오?"

상경 진인이 조공루의 말속에 담긴 의미를 의심하며 물었다. 이어 들려오는 조공루의 단호한 음성.

"제거해야지요. 흑영의 존재가 알려지기 전에 제거를 하는 것입니다."

사람이라면 혹시나 하는 불안감에도 절대 그럴 리 없다는 믿음에 기대를 버리지 않다가 예상치 못한 결과를 맞이할 때 오히려 더 분노를 느끼는 법이었다. 상경 진인이 바로 그랬다.

"불가(不可)! 절대로 아니 될 말이외다. 그들을 제거하다니요? 지금 제정신으로 하시는 말씀이오?"

조공루를 노려보며 호통을 치는 상경 진인의 얼굴은 상당히 상기되어 있었다.

"진정하시지요. 그렇게 화를 내지만 마시고 조 장문인의 말을 좀 더 들어보시는 것이 좋을 듯싶습니다."

화산파와 남다른 친분을 지닌 형산파의 고역사가 조공루를 두둔하는 모습을 보이자 상경 진인의 분노는 극에 달했다. 언제나 차분하게 가라앉아 있던 눈동자는 화염이 이글거리는 듯 붉게 물들고 턱 밑에 보기 좋게 자란 허연 수염은 세찬 바람을 만난 듯 부들부들 떨렸다.

"진정하라? 지금 진정하라고 말씀하셨소이까? 고 장문인께서는 지금 위대한 화산파의 장문께서 하시는 말씀을 듣지 못하신 모양이오. 그래, 평생을 우리 백도를 위해 음지(陰地)에서 희생한 젊은이들을 제거하자는 말씀이오? 그게 어디 말이나 될 법한 소리란 말인가!!"

"그것이 아니오라……."

"변명은 듣기 싫소. 어허! 급히 연통을 하여 청하기에 난 또 무림에 무슨 큰일이나 난 줄 알고 만사를 제치고 달려왔건만… 오히려 부끄럽고도 고개를 들지 못할 일을 하려고 하다니……."

고개를 들고 탄식을 하는 상경 진인의 태도는 조금도 수그러들지 않았다. 상경 진인의 호통 소리에 어쩔 줄을 몰라 하던 고역사의 시선이 자연 조공루에게 향했다. 분노에 몸을 떠는 상경 진인의 표정만큼이나 조공루의 얼굴도 굳어 있었다.

"말씀이 너무 과하십니다. 그것이 다 백도를 위해 그러는 것이 아닙니까?"

"과하다? 그리고 백도를 위한다고 하셨소? 어찌 명문정파를 자처하는 우리들이 그와 같은 일을 한단 말이오. 지금 장문인께서 하고자 하는 일이 어떤 일인지 알고나 계시오?"

"……."

상경 진인의 말에 아무런 대답 없이 입을 굳게 다문 조공루는 냉랭한 시선으로 상경 진인을 쏘아보았다. 상경 진인 또한 지지 않고 조공루를 노려보았다. 자칫하면 무력 다툼으로 발전할 수 있는 일촉즉발(一觸卽發)의 위기였다. 한 치도 양보없는 기세 싸움이 더해지자 결국 보다 못한 광료 대사가 나섰다.

"아미타불! 두 분 모두 그만 진정들하시지요. 이러다가 문제의 해결은 고사하고 무당과 화산의 감정만 상하겠습니다. 우선 자리에 앉으시지요."

중원무림의 태산북두(泰山北斗) 소림사의 장문을 맡고 있는 광료의 위엄은 함부로 할 것이 못 되었다. 조공루는 물론이고 서슬이 퍼렇게 호통을 치던 상경 진인 또한 광료 대사가 이르는 대로 자리에 앉았다. 하지만 그들의 두 눈은 여전히 상대를 노려보고 있었다.

"우선 조 장문인의 말씀을 좀 더 듣기로 하지요. 소승 또한 많이 놀라고 있습니다."

무슨 말인가를 하려는 상경 진인을 가볍게 제지한 광료의 조용한 시선이 조공루를 향했다. 좌중의 시선이 모두 자신에게 몰리자 가볍게 헛기침을 한 조공루는 담담한, 그러면서도 힘이 느껴지는 어조로 입을 열었다.

"백도를 위해 희생한 그들을 제거해야 한다고 주장하는 저의 마음 또한 편한 것은 아닙니다. 하나 상황이 너무 좋지 않습니다. 이미 저들은 흑영의 실체에 거의 근접해 있습니다. 조만간 흑영의 존재가 밝혀지는 것은 당연할 것이고 그 일을 방치하다가는 자칫 백도가 분열되는 최악의 상황을 맞을 수도 있음을 상기해 주십시오. 그만큼 흑영이 지닌 폭발력은 엄청납니다."

"하지만 그렇다고 하여도 무조건 제거한다는 것은 도리에 맞지 않습니다. 흑영이 비밀 결사(秘密結社)이고 행동이 조금 정도에 맞지 않았다고 하지만 어차피 혈성을 상대하기 위해 만든 것이 아니겠습니까? 차라리 당당하게 흑영의 존재를 밝히고 비난을 감수하는 것이 어떻겠습니까? 설마 하니 오래야 가겠습니까?"

최근에 청성파(靑城派) 장문인 직을 계승하여 모인 사람들 중 나이가 가장 어린 위호(偉虎)가 호기롭게 소리쳤다. 하지만 들려오는 조공루의 대답은 그의 호기를 무색케 했다.

"청성파의 전대 장문인께서 어디까지 말씀해 주셨는지 모르겠지만 흑영의 일은 그리 간단하지 않습니다. 그저 단순한 비밀 결사라면 못 밝힐 일이 없지요. 하지만 비밀을 유지하기 위해 그에 관련된 상당수의 인물들이……."

"아미타불! 그만 하십시오."

광료 대사의 불호와 함께 조공루의 말은 더 이상 이어지지 못했다. 말을 끊은 광료 대사가 침중한 음성으로 물었다.

"꼭 제거하는 것 이외에는 방법이 없겠습니까? 그들이 흑영을 쫓고 있다지만 그들의 소재를 아는 사람은 우리들뿐입니다. 제아무리 광대한 세력을 지닌 협맹이라 하지만 흑영의 존재를 확실히 아는 것도 아니고 더구나 이미 칠 년 전에 무공을 버리고 은거한 그들을 쫓기란 결코 쉬운 일이 아닐 것입니다."

"당연한 말씀. 노도가 하고 싶은 말도 바로 그것이오. 흑영의 위치는 각 문파에서조차 전부 다 알고 있는 것이 아니라 문파마다 겨우 두세 명의 위치만을 파악하고 있소. 그것도 장문인만이 알고 있고. 아무리 많은 인원을 동원해도 무공을 버리고 숨은 그들을 찾는 것은 사실상 불가능하오. 지레 겁을 먹고 제거 운운하는 것은 옳지 못하다고 보오."

상경 진인이 광료 대사의 의견에 동의하며 여전히 못마땅한 얼굴로 조공루를 힐난했다. 자신을 비난하는 상경 진인을 지그시 바라본 조공루가 땅이 꺼져라 한숨을 내쉬었다.

"후~ 제가 어찌 그것을 모르겠습니까? 그렇게만 된다면 걱정할 것이 없겠지요. 저 또한 그들이 반드시 흑영을 찾아내리라고는 생각하지 않습니다."

"그럼 된 것이 아니오? 장문께서도 그리 생각하시면서 왜 꼭 그들을 제거해야 한다고 말씀하시는 것이오?"

조공루의 말에 오히려 이상함을 느낀 상경 진인이 고개를 갸웃거렸다.

"하지만 어쩔 수 없습니다. 절대로 몸을 드러내지 않으리라 여겼던 흑영이 나타났습니다."

"뭣이!"

"설마!"

조공루의 말은 확실한 효과가 있었다. 깜짝 놀란 수뇌들은 도저히 믿기지 않는 사실에 경악했고 벌떡 일어난 모용현이 다급한 음성으로 설명을 촉구했다.

"그게 무슨 말씀이시오? 혈성과 최후의 결전을 벌이기 하루 전날 흑영대는 분명히 해체되지 않았소? 다시는 강호에 몸을 내놓지 않겠다는 약속과 함께 말이오."

"그랬지요. 하지만 그들이 바로 항주에 나타났습니다. 그것도 한두 명도 아닌 네 명이나. 여기 계신 두심언(杜心言) 방주께서 전갈을 하셨기에 설마 하는 마음에 저 또한 몇 번이나 확인을 했습니다."

조공루가 잠시 말을 멈추고 좌중을 둘러보았다. 너나 할 것 없이 몹시 긴장한 모습들이었다.

"그들은 틀림없는 흑영이었습니다."

조공루의 말이 끝나기가 무섭게 사람들의 고개가 일제히 두심언을 향했다. 조공루의 말이 과연 사실인가를 묻는 시선이었다. 여러 말들이 오갔지만 지금껏 아무런 말도 없이 한구석에서 연신 술만을 들이키던 두심언은 사람들의 시선이 자신에게 모아지자 그제야 술병을 내려놓고 언제 빨았는지 알 길 없는 옷소매로 쓰윽 입가를 훔치며 입을 열었다.

"모두 틀림없는 사실이네. 이 늙은이가 확인을 했고 조 장문인도 확인을 했지. 참, 방금 전에 나눈 말 중에 틀린 말이 있네. 각 파가 파악한 흑영의 소재가 겨우 두어 곳이라고 했는가? 모르는 소리. 자네들이야 모르겠지만 그것은 우리 개방(丐幫)을 무시하는 처사라네. 우리는 대주를 제외한 모든 흑영대원의 소재를 파악하고 있지. 물론 그들이 흑영이라는 것은 나만이 알고 있는 사실이지만. 어쨌든 그들의 움직임이 감지되었기에 나는 곧 여기 있는 조 장문인에게 전갈을 했네. 칠파일방과 삼대세가의 회합(會合)을 주재하는 곳이 바로 화산파니까. 흠, 그리고 보니 무림맹을 해체하고 따로 회합을 연 지 벌써 육 년째로군."

설명을 마친 두심언은 잠시 내려놓았던 술병을 곧바로 집어 들었다. 그리고 자신이 할 말은 더 이상 없다는 듯 맹렬히 술병을 비워갔다.

"좋소이다. 그들이 틀림없는 흑영이라 합시다. 하지만 그들도 인간이고 보면 아무도 없는 곳에서 홀로 살 수는 없는 것이오. 그들에게 무조건적인 희생을 강요할 수는 없다는 생각이 드는구려. 잠시 모습을 드러냈다고 하여 제거부터 한다는 것은 분명 잘못된 것이오."

상경 진인은 그래도 제거만은 안 된다는 듯 목소리를 높였다.

"잠시 모습을 드러낸 것이 아닙니다. 그리고 저 또한 흑영이라고 무조건 산에서 숨어 살아야 한다는 말씀을 드리지는 않았습니다. 제가알기로 대부분의 흑영들은 이미 여러 마을에서 평범한 사람들과 어울리며 생활하고 있습니다. 결혼도 했지요. 그들처럼만 산다면 무슨 염려가 있겠습니까? 하지만 항주에 나타난 흑영은 다릅니다."

"뭐가 다르단 말이오? 작은 마을과 항주가 다른 점이 무엇이란 말이오? 사람이 많은 것을 제외하고는 다른 것이 없지 않소? 그들이 무공을 드러내지 않는 한 아무런 문제가 없다고 보오. 안 그렇습니까?"

돌아가는 분위기가 그다지 좋지 않음을 인식한 상경 진인은 모인 사람들 중 가장 영력(靈力)이 큰 광료 대사에게 도움을 청했다. 그리고 광료 대사는 상경 진인의 믿음을 저버리지 않았다.

"아미타불! 소승 또한 무당 장문인과 같은 생각을 하고 있습니다. 협맹의 움직임이 다소 걱정되기는 하지만 쉽게 정체가 발각나지는 않을 것이란 생각이 듭니다."

광료 대사의 말이 끝나자 짧은 침묵이 주변을 감쌌다. 상경 진인은 물론이고 광료 대사마저 흑영을 제거하는 데 다소 부정적인 입장을 취하자 심정적으로 화산파의 입장을 지지하고 있는 이들도 쉽게 입을 열지 못했다. 무작정 화산파를 따르자니 소림이나 무당의 그림자가 너무나 크게 보였다. 하나 침묵은 오래가지 않았다. 슬쩍 두심언의 눈치를 살핀 조공루가 엄청난 말을 털어놓았기 때문이었다.

"항주에 모인 이들이 다른 흑영들과 다르다 말씀드렸지요. 그들은 애초에 무공을 쓰지 않고 은퇴하겠다는 약속을 깬 것은 물론이고 오히려 더 나아가 하나의 단체를 만들고 있습니다."

"단체라니? 그것은 무슨 말씀이십니까?"

깜짝 놀란 광료 대사가 되물었다.

"조금 더 지켜보아야겠지만 아무래도 청부(請負)를 받는 집단을 만든 것 같습니다."

"청부라니요? 청부라면 어떤······."

"그들의 능력을 가장 잘 펼칠 수 있는 청부라면 뻔한 것이지요. 사람의 목숨을 청부받는 살수 단체(殺手團體)를 만들었을 것입니다."

고역사가 조공루를 대신하여 대답했다.

"도저히 믿기지가 않는 말입니다. 설마 고 장문인의 말씀이 맞는 것은 아니겠지요?"

고개를 홰홰 내저은 광료 대사가 말을 꺼낼 때부터 입에 술병을 댄 채 움직임을 멈춘 두심언과 두 눈을 마주치고 있는 조공루에게 해명을 요구했다.

"아마도… 실수 단체라고 여겨집니다. 믿기는 싫지만……."

느릿느릿 말을 하던 조공루의 눈에 기광이 스친 것은 자신을 뚫어지 게 쳐다보던 두심언이 고개를 돌리면서부터였다. 자신의 말에 과장이 있다는 것을 아는 사람은 오직 개방의 방주 두심언뿐이었다. 그런 그 가 고개를 돌렸다는 것은 무엇을 의미하는가? 거짓말을 하여서라도 흑 영이라는 우환(憂患)거리를 없애야 한다는 자신의 의지에 두심언이 동 조한 것이었다.

'사실 흑영을 탄생시키는 데 가장 많은 힘을 쓴 곳이 개방이었지. 그런 만큼 흑영의 존재가 알려지면 누구보다 심각한 타격을 받을 곳은 당연히 개방이리라.'

보이지 않는 두심언의 지지를 등에 업은 조공루는 좀 더 자신있게 자신의 주장을 피력할 수 있었다. 그의 주장은 초지일관(初志一貫) 하 나였다. 작게는 칠파일방과 삼대세가의 영광을 위하여, 크게는 백도의 분란과 혼란을 막고 무림을 안정시키기 위하여 흑영이라는 존재는 없 어져야 한다는 것이었다. 그리고 계속되는 두심언의 침묵이 그런 조공 루의 주장에 힘을 실어주고 있었다. 상경 진인만이 홀로 조공루의 주 장에 끝까지 반대를 하였지만 이미 굳어져 버린 대세를 되돌리기엔 역 부족이었다.

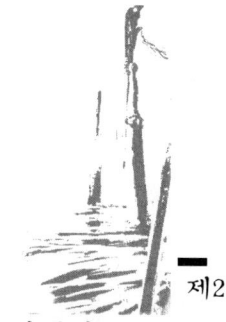

제2장
비풍참우(悲風慘雨)

비풍참우

섬서성 남서쪽의 경계에 위치한 공산(空山)의 초입(初入).

서둘러 산을 오르는 한 사내가 있었다. 시꺼멓게 그을린 피부며 덧대도 수십 번은 더 덧댔을 허름한 옷에 한 귀퉁이가 떨어져 나간 낡은 신을 신고 있는, 틀림없이 지긋지긋한 가난과 고된 일상에 시달리고 있는 듯한 모습의 사내의 얼굴엔 뭐가 좋은지 웃음꽃이 한껏 피어 있었다.

제법 많은 짐을 등에 지고 있어 힘이 부칠 만도 했지만 사내의 모습에선 그런 기색은 전혀 찾아볼 수 없었다.

"영(榮)아가 좋아하겠구나!"

혹시 빠질까 하여 재빨리 옷깃을 여미는 사내의 가슴을 헤치고 불룩 삐져 나온 것은 틀림없는 신발이었다. 그것도 알록달록 채색된 아주 예쁜.

"그나저나 정말 다행이야. 제값을 받지 못할 줄 알았는데 그나마 가치를 제대로 알아보는 사람이 있어서……."

며칠 전에 우연히 얻게 된 약초(藥草). 그것이 흔히 산삼(山蔘)이라 불리는 것임을 단번에 알아본 관정(關丁)은 흥분된 마음을 진정시키며 떨리는 가슴을 부여잡고 수차례의 심호흡 끝에 조심스레 땅을 파기 시작했다. 행여나 부정이 탈까 첫날밤 새색시를 다루듯 신중에 신중을 거듭한 노력 끝에 그는 두 뿌리의 산삼을 얻을 수 있었다. 비록 수령(樹齡)이 오래되지 않아 생각만큼 높은 가격을 받을 수는 없겠지만 그래도 산삼이라 하면 모든 약초의 으뜸으로 치는 것. 어느 정도의 거금(巨金)은 만질 수 있으리라!

아무에게도 말을 하지 않고, 심지어 싱글벙글하는 관정의 모습을 의아하게 여긴 부인에게도 시치미를 떼며 새벽만을 기다려 온 관정은 해가 뜸과 동시에 서둘러 산을 내려왔다. 그리고 인근에서 가장 크다 하는 약재상(藥材商)을 찾아가 무려 은 오십 냥이라는 거금을 받고 산삼을 넘길 수 있었다. 물론 그것이 진정한 산삼의 가치에는 턱없이 모자라는 것임을 알고 있는 관정이었지만 아무래도 좋았다.

은 오십 냥이면 공산에서 화전(火田)을 일구며 한 가족처럼 지내는 다섯 가구에게는 상당한 도움을 줄 수 있을 것이다. 당장에 쓸 일은 없겠지만 인간지사(人間之事) 새옹지마(塞翁之馬)라! 언제 어떤 일이 벌어질지는 아무도 모르고, 더구나 화전을 일구며 근근히 살아가는 자신과 마을 사람들에겐 은 오십 냥은 든든한 비상금(非常金)이었다.

그렇다고 그것을 그대로 간직하기에는 현재 마을 사정이 그다지 좋지 않았다. 해서 산삼을 팔고 거금을 받은 관정은 우선 마을에서 가장 필요한 몇 가지 물건을 사기로 결정했다. 워낙 깊은 산골에 살기에 간단한 배탈이나 질병에도 달리 치료 수단을 갖지 못한 것을 염두하여 환(丸)으로 만들어진 구급약을 준비했고, 마을 아낙들에게 줄 옷감도 넉넉히 사들였다. 그리고 흔들거리고 닳아 빠져 제대로 쓸 수도 없는 농기구를 대신해 대장간에서 특별히 새롭게 만든 농기구를 대량으로 마련하고 오랜만에 마을 사람들끼리 모여 잔치를 할 요량으로 통통히 살이 오른 돼지 한 마리도 준비했다. 그럼에도 사십 냥이 넘는 돈이 남은 관정은 마지막으로 눈에 넣어도 아프지 않을 딸 관영(關榮)을 위해 예쁘게 단장된 꽃신도 샀다. 물론 가녀린 몸에도 불구하고 조금도 불평없이 지금껏 자신만을 바라보며 힘든 일을 하는 착한 아내를 위해 소박한 노리개를 장만하는 것도 잊지는 않았다.

그렇게 정성들여 준비한 물건들을 지니고 산을 오르는데 작은 언덕이면 어떻고 높이가 하늘에 닿아 있다는 태산(太山)인들 오르지 못할까? 사람들이 보면 눈이 휘둥그레질 정도의 빠른 속도로 산을 오르는 관정의 발걸음은 가볍기만 했다.

"어허! 이놈아, 똑바로 가지 못하겠느냐? 네놈 때문에 길이 늦어지면 혼날 줄 알아라. 하하하!"

살이 통통히 오른 돼지가 곧 닥쳐올 자신의 위기를 감지한 듯 틈만 나면 길을 벗어나 딴 곳으로 도망을 치려 하고, 관정은 기다란 막대기로 길을 막으며 연신 웃음을 터뜨렸다. 큼지막한 등짐을 짊어지고 마을 사람들을 위해 돼지를 몰며 걷는 사내 관정에게서 느껴지는 훈훈함과 정겨움은 왕후장상(王侯將相)이라 해도 결코 부럽지 않을 만큼 아름다운 것이었다.

하나 그는 알고 있는 것일까? 그에게 곧 닥칠 고통, 그리고 앞으로 중원을 휩쓸 광풍(狂風)이 자신으로부터 시작된다는 것을…….

하늘은 사람에게 지난날을 돌아보며 후회할 능력은 주었지만 조금
이라도 앞을 내다볼 수 있는 능력은 주지 않았다. 물론 세상 모든 것에
절대라는 것은 없기에 무당이나 복술가(卜術家) 등 이러한 법칙마저 거
부하는 몇몇 사람들이 존재하기도 했지만 그들과 애초에 태생이 다른
관정은 자신에게 다가올 위험을 조금도 감지하지 못하고 성큼성큼 걸
음을 옮길 뿐이었다. 그런 그의 뇌리에는 기뻐하는 마을 사람과 사랑
하는 아내와 딸의 얼굴만이 떠오를 뿐이었다.

"이, 이것이!"
행복한 상상을 하며 험하디험한 산을 단숨에 오른 관정의 앞에 드러
난 광경은 평화로움과 안락함이 공존하고 있던 아름다운 산골 마을이
아니었다.

"운장(雲長) 형님!"
불타는 마을에 들어선 관정이 가장 먼저 본 것은 늘 길지도 않은 수
염을 쓰다듬으며 자신이 그 옛날 천하를 떠들썩하게 했던 관운장의 후
손임을 강조하며 자랑스러워하던 관망(關網)의 시체였다. 관정은 물론
이고 마을 사람들이 본래의 이름 대신 관운장이라 부르는 그는 큰 덩
치에 힘도 세고 인심 또한 좋은 사내였다.

같은 관씨라 하여 유난히 자신에게 잘해준 관망의 건장한 체구는 차
디찬 땅에 쓰러져 있고 공포와 슬픔에 떨고 있는 두 눈을 간직한 얼굴
은 몸에서 한 걸음 정도 떨어진 초지(草地) 위를 구르고 있었다. 그런
관망의 품에는 열 살 남짓한 사내아이가 안겨 있었다. 목숨을 잃고 힘
없이 늘어진 아이의 몸을 관망의 억센 손은 놓지 않고 있었다.

"우(羽)… 야……."

그 아이가 자신을 관숙(關叔)이라 부르며 친조카처럼 따라다니던 관우(關羽)임을 알게 된 순간 전신을 타고 흐르는 분노가 관정의 사고(思考)를 마비시켰다.

관망이 입을 열기만 하며 먼 훗날 자신의 선조인 관운장을 능가하는 인물이 되리라 호언장담을 할 만큼 뛰어난 힘과 용맹을 지닌 아이였다. 그 나이에 맨손으로 멧돼지를 잡을 정도였으니 오죽했을까! 하지만 그런 관우도 죽음의 공포를 이기지는 못한 듯 바지엔 죽기 전에 배출한 분비물이 잔뜩 묻어 있었다.

'얼마나 무서웠으면……'

관정은 가슴이 미어지는 슬픔을 느꼈다. 하지만 관정을 기다린 것은 그뿐만이 아니었다. 처음 이곳에 왔을 때 낯선 자신을 경계하는 마을 사람들을 진정시키며 함께 생활할 수 있도록 도와주었던 마음씨 착한 내외의 모습이 보였다. 두 번의 칼질도 필요없었는지 가슴을 가르고 지나간 상처에서는 아직도 검붉은 피가 흐르고 있었다.

"진(晉)씨 아저씨… 아주머니……"

무릎을 꿇어 치켜뜬 눈을 감기고 몸을 일으켜 천천히 걸음을 옮기는 관정의 눈에 계속해서 보이는 것은 오늘 아침에만 하더라도 정답게 말을 주고받던 마을 사람들의 시체들이었다.

너무나 처참하게 쓰러져 있는 마을 사람들… 이제 그들 중 관정을 보고 반갑게 인사해 줄 사람은 아무도 없었다. 아무렇게나 널브러져 있는 그들을 차마 바라볼 수 없었던 관정은 오직 한곳에 시선을 집중하고 걸어가기 시작했다. 마을에서 가장 위쪽에 자리 잡은 자그마한 초가(草家). 칠 년 전 이곳으로 와 사 년 전에 혼인하고 단란한 가정을 꾸민 자신의 집을 향해서였다.

마을 사람들을 위해 준비한 짐은 이미 팽개쳐진 지 오래고 몰고 온 돼지 또한 사라진 지 오래였다. 어차피 있어도 이제는 소용없는 물건이 되었지만.

거리는 삼십 장 정도였다. 마음만 먹으면 촛농이 땅에 떨어지는 순간보다 빨리 갈 수도 있는 거리였지만 도저히 그럴 엄두가 나지 않았다. 몸으로 느껴지는 이 끈끈한 기운은 뭐란 말인가. 마을 사람들이 이 지경이 되었다면 그의 가족이라고 무사할 리가 없었다. 더구나 일격에 목을 자르고 심장을 가른 솜씨는 시시한 화적(火賊)들의 솜씨가 아니었다.

'누군가? 한두 사람이 아닌데……'

거리가 점점 좁혀질수록 다가오는 예기(銳氣)는 하나둘이 아니었다. 적게 잡아도 열댓 명은 되어 보이는 사람들이 자신의 집 주변에 모여 있는 듯했다.

한 걸음, 한 걸음.

천천히 걸었음에도 어느새 관정의 몸은 초가에 이르고 있었다.

"당신이 관정인가?"

무거운 음성과 함께 일단의 무리들이 몸을 드러내어 관정을 가로막았다. 흠칫하기는 했지만 이미 예상하고 있었기에 놀라지는 않았다. 그저 자신의 주변을 포위하며 다가오는 그들을 긴장 속에서 주시할 뿐이었다.

'열일곱, 열아홉… 집 안에 있는 사람까지 스물둘인가? 훗, 많이 무뎌지기는 했군. 하긴 칠 년이나 썩어 있었으니……'

애초 예상했던 사람들보다 인원이 늘어났지만 자신을 옥죄어오는 이들과는 달리 방 안에서 아주 평범한 두 사람의 기척을 느끼자 관정은 적지 않이 마음의 평정을 찾을 수 있었다. 이것이 다행인지 불행인지 아직 알 수는 없었지만 어쨌든 아직까지는 그가 가장 우려했던, 모조리 죽임을 당한 마을 사람들과는 달리 아내와 딸이 아직은 살아 있다는 것을 알았기 때문이다. 살아만 있다면 방법은 찾으면 되는 것이다.

"관정이냐고 묻지 않으시더냐!"

관정이 아무런 대답을 하지 않자 처음 질문을 한 사내의 곁에 있던 청년이 재차 물었다. 그제야 자신을 바라보고 있는 사람들의 면면을 살피게 된 관정은 그들이 어떤 사람들인가를 금방 눈치 챌 수 있었다.

"화산파인가?"

"호~ 어떻게 알았지?"

관정의 물음에 약간은 의외라는 듯 청년의 물음엔 놀람이 담겨져 있었다.

"무복(武服)에 매화(梅花)를 새겨 넣을 수 있는 무인들은 화산 문하의 사람들뿐이겠지. 간이 배 밖으로 나오지 않는 한 감히 그럴 수는 없을 테니."

관정은 별것 아니라는 듯 대꾸했다. 하나 듣고 있는 청년의 얼굴에 자부심이 가득 떠오르는 것을 보는 관정의 마음은 태연한 겉모습과는 달리 상당히 긴장되어 있었다.

'화산파가 왜?'

자신이 알고 있는 화산파는 명문대파였다. 적을 상대함에 있어서도 그 담대함을 잃지 않는 것으로 유명했고 또 그렇게 행동했다. 그런데 마을 사람들을 몰살시킨 그들의 잔인한 손속은 뭐란 말인가? 이와 같은 행동은 그가 알고 있는 화산파가 할 행동이 절대로 아니었다.

"당신들이 마을 사람들을 저리 만든 것인가?"

"그렇다."

혹시나 하여 물어보았지만 태연히 대꾸하는 청년의 얼굴엔 은근히 적개감이 깔려 있었다.

"도대체 무엇 때문에 아무런 잘못도 없는 사람들을 해친 것인가? 더구나 이들은 무공도 지니지 않은 평범한 사람들이거늘!"

관정이 청년의 태도에 분개하여 외쳤다. 그러자 싸늘한 음성이 들려왔다. 무리의 우두머리인 듯 묵직한 음성엔 힘이 실려 있었다.

"흑영 십일호! 그 이유는 네가 더 잘 알고 있지 않느냐?"

"……!"

살아오면서 이처럼 놀란 적이 없는 관정이었다. 아니, 마을 사람들을 죽음으로 몰고 간 사람들이 화산파의 사람들이라는 것을 알게 된 순간부터 어쩌면 이와 같은 결과를 예상했는지도 몰랐다.

"왜 말이 없지? 혈성의 주구(走狗)! 혈성을 다시 일으키려는 네놈들을 우리가 가만히 보고만 있을 줄 알았느냐?"

신발로 후려친 자국처럼 커다란 반점에 얼굴의 반쪽을 빼앗긴 청년이 입술을 이죽이며 들고 있는 검을 흔들었다.

"지… 금… 뭐라 했지? 혈성… 의 주구… 라고 했나?"

너무나 어처구니없는 소리를 듣게 된 관정의 몸은 태풍에 흔들리는 갈대인 양 비틀거리고 일순 하늘이 땅인지 땅이 하늘인지 분간이 가지 않을 정도로 큰 충격이 뇌리를 지배했다.

"시치미 떼도 소용없다. 이미 네놈의 정체는 백일하에 드러났다. 마을 사람들 또한 혈성의 일원. 비록 무공은 없다지만 화근은 애초에 제거하는 법이니 우리의 손속을 무정타 하지 마라. 지난날 혈성이 저지른 일이 그만큼 끔찍했기에 우리 또한 어쩔 수 없었다."

사형인 조공루의 명에 의해 화산파의 제자들을 이끌고 관정을 찾은 고적(高勣)은 아무리 적이라지만 무공도 모르는 사람을 베었다는 죄책감에 떨떠름한 감정을 지니고 있는 제자들을 독려하기 위해 오히려 큰 소리를 쳤다. 한데 그런 고적의 말에 관정은 허리를 꺾으며 광소를 터뜨렸다.

"크크크크! 혈성이라… 하하하!"

"닥쳐랏! 이분이 어떤 분이신데 감히 그 따위 웃음을 짓는 것이더냐?"

관정의 웃음이 사숙인 고적을 욕보인다고 생각한 하지장(河祗長)이 버럭 소리를 지르며 앞으로 나섰다. 화를 내자 반 정도를 차지하고 있던 얼굴의 반점이 더욱 확대되는 듯했다. 하지만 그런 하지장의 외침에도 아랑곳없이 관정은 공산이 떠나가라 웃어 젖혔다.

"큭큭큭! 크하하하!"

웃음이 울분이 되고 울분이 공허한 외침이 되기까지 걸린 시간은 실로 짧았다. 더 이상 웃을 기운도 없는지 괴이한 신음 소리와 함께 웃음을 멈춘 관정은 한껏 얼굴을 찌푸리고 자신을 바라보는 고적을 향해 물었다.

"내가, 아니, 마을 사람들이 혈성의 인물이라… 도대체 누가 그런 말을 했지? 당신들의 잘난 장문인가?"

"말을 함부로 하지 마라. 네놈이 함부로 입에 올릴 이름이 아니다. 또한 물음에 대답할 필요도 없다. 네가 아무리 발뺌을 해도 네놈이 흑영이라는 사실은 변하지 않으니."

고적의 말에 역시 허허로운 웃음을 보인 관정이 대꾸했다.

"내가 흑영임을 부인하진 않는다. 하지만 혈성이라… 정말 웃기는 말이야."

"그만! 언제까지 네놈의 변명을 들어줄 수는 없다. 그동안은 네놈들이 혹여 눈치라도 챌까 봐 내색하지 않고 비밀을 유지했지만 흑영이 혈성의 비밀 세력임은 이제 곧 전 강호에 알려질 것이다. 그리고 네놈들을 제거해 미리 화근(禍根)을 뿌리 뽑은 칠파일방과 삼대세가의 위명은 더욱 높아질 것이고. 그러니 아무리 시치미를 떼도 소용없다. 사실 이런 대화 자체가 무의미한 것이다."

그랬다. 화산에서 모였던 칠파일방의 수뇌들이 흑영의 제거를 결정하며 또 다른 계획을 세웠다. 협맹의 무리들이 눈에 불을 켜고 감시하고 있는 한 아무리 그들이 은밀히 움직여 흑영을 제거한다 해도 비밀을 유지하긴 힘들 것이고, 어쩌면 집요하게 흑영을 추적하고 있는 협맹에게 반격의 빌미를 제공할지도 몰랐다. 그것을 위해서 그들은 흑영의 무덤이라도 파볼 것이 분명했다. 애당초 드러날 것이라면 협맹에서 파고들기 전에 역으로 흑영의 존재를 드러내는 것이 더 낫다고 생각한 수뇌들은 칠파일방과 삼대세가의 이름으로 흑영의 정체를 사람들에게 알리기로 결정했다.

선참후계(先斬後啓)라! 물론 그것은 모든 흑영의 제거가 끝남과 동시에 알려질 사실이었다. 흑영이 그들이 만든 단체가 아니라 혈성의 비밀 결사(秘密結社)라는 거짓 정보가 덧붙은 상태로.

말을 마친 고적의 눈빛이 하지장을 향하고 동시에 관정을 포위하고 있던 화산 제자 중 몇 명이 거리를 좁혀왔다.

"토사구팽(兎死狗烹)이란 말이군. 좋아좋아. 내 언젠가 이럴 줄 알았지. 허울 좋은 정파나리들이 우리와 한 약속을 지킬 리가 없지. 크크크!"

"무슨 헛소리냐?"

"흑영이 혈성의 비밀 단체라고? 네놈들이 무엇을 아는가? 똑바로 들어라! 흑영은 혈성이 아니라 바로 네놈들이 백도의 하늘이라 자랑하는 칠파일방과 삼대세가가 힘을 쏟아 부어 만든 단체다. 앞뒤가 꽉 막힌 네놈들이야 당연히 믿을 수도 없고 믿지도 않겠지만. 크크크! 우리에게 죽어간 혈성의 무인들이 지하에서 웃겠군."

"그 따위 괴변(怪辯)은 지옥에서나 떠들어대라!"

더 이상 참지 못한 하지장이 검을 들어 관정의 목을 노렸다. 하지만 너무나 여유있게 검을 피한 관정은 깜짝 놀라 화급히 자세를 고쳐 잡는 하지장을 외면하고 고개를 돌려 고적을 바라보았다.

"나의 가족은 어찌할 것이냐?"

"……."

"죽일 것이냐?"

다시 달려들려는 하지장의 움직임을 손을 들어 막은 고적이 대답했다.

"아마도… 혈성과 관련된 인물을 살려주고 싶은 마음은 없다."

고적의 무심한 음성에 입술을 깨문 관정이 치솟아오르는 분노를 삼키며 되물었다.

"그렇다면 왜 지금껏 살려둔 것이냐?"

"인질이지, 네가 도망을 칠 수도 있으니. 물론 그럴 수 있다고 생각하지는 않지만 준비를 철저히 해서 나쁠 것은 없으니까."

말을 하는 중간에 눈짓으로 신호를 보낸 고적의 의도대로 하지장이 방문을 열었다.

덜컹!

언제나 그렇듯 친숙한 방문 소리가 들리고 방 안의 인물들이 한눈에 들어왔다. 평소라면 활짝 웃음을 띠고 반기는 가족이 있을 방이었지만 지금은 아니었다. 문이 열리고 드러난 방의 광경. 관정의 여린 아내와 어린 딸은 두려움에 몸을 떨며 꼬옥 부둥켜안고 있었고 그들의 뒤에 시퍼렇게 날이 선 칼을 들고 있는 사내들이 보였다.

잠시 후 두 모녀는 방을 지키고 있던 두 명의 청년에 의해 밖으로 끌려 나왔다.

"여보!"

밖에 서 있는 사람이 언제나 웃음을 보이며 자신에게 최선을 다하는 남편 관정임을 알아본 젊은 아낙 화예(花藝)는 기쁨인지 안타까움인지 모를 음성으로 관정을 불렀다.

"그래, 나요. 괜찮은 것이오?"

담담한 웃음과 함께 손을 들어 안심을 시키고는 있었지만 태연한 그의 표정과 달리 흔들고 있는 손에는 미세한 경련이 일고 있었다.

"저는 괜찮지만 당신이……."

"염려하지 마시구려. 다 잘될 것이오."

근심 어린 부인의 눈을 뒤로하고 관정은 뒷짐을 지고 뒤에서 관망하고 있는 고적을 바라보았다.

[어찌하면 아내와 부인을 살려줄 수 있느냐? 내가 순순히 목숨을 내주면 그리해 주겠느냐?]

갑작스레 들려오는 전음(傳音)에 흠칫 놀랐지만 곧 여유를 되찾은 고적 또한 전음으로 대꾸했다.

[그것은 아니 될 말. 다만 고통을 주지 않으리라는 것은 약속할 수

있다.]

[정말 아니 되느냐? 아내와 딸아이는 혈성과 아무런 관련도 없다!]

전음성에서도 느껴지는 관정의 울부짖음. 그러나 고적의 태도에는 추호의 흔들림도 없었다.

[……]

[네놈들이 그러고도 명문정파란 말이냐? 고작 힘없는 아녀자와 아이의 목숨을 빼앗는 더러운 짓을 하면서!!]

[……]

관정이 피를 토하는 심정으로 하소연을 해보았지만 고적에게선 아무런 대답이 들려오지 않았다. 관정은 천천히 고개를 돌려 자신만을 응시하고 있는 아내를 바라보았다. 뭔가를 느낀 것일까? 불안하게 관정을 쳐다보던 화예가 품에 안고 있는 아이를 더욱 힘주어 껴안았다.

잠시 말이 없던 관정이 천천히 발걸음을 옮겼다. 그러나 미처 세 발자국을 움직이기도 전에 화산파의 제자들이 그의 앞을 가로막았다.

"멈춰랏!"

"……"

관정은 아무런 대꾸도 없이 고적을 응시했다.

"비켜주어라."

고적의 말이 떨어지기가 무섭게 신속하게 뒤로 물러난 화산파의 제자들은 조금도 긴장을 늦추지 않고 관정의 일거수일투족(一擧手一投足)을 쫓아 눈동자를 움직였다.

"여보!"

관정은 화급히 품에 안기는 부인에게 아무런 말도 못하고 그저 안심하라는 듯 좁디좁은 등을 천천히 쓸어줄 뿐이었다.

잠시 품에 안았던 부인을 떼어놓은 관정이 아직도 놀라 말을 잇지 못하는 딸 관영을 안아 들었다.

"어이구! 우리 공주님께서 많이 놀란 모양이구나! 괜찮아, 이제는."

"정말?"

그제야 입을 여는 관영. 이제 겨우 다섯 살이 지난 아이에게 아버지 관정은 세상에서 가장 힘이 세고 강한 사람이었다. 그런 아버지가 괜찮다고 하자 정말 그런 줄 아는 관영은 언제 놀랐냐는 듯 입가에 웃음을 보였다. 그 모양을 슬프게 바라보던 관정이 무릎을 치며 품을 더듬었다.

"이런! 아빠가 우리 공주님 준다고 선물 사 온 것을 깜빡했구나!"

"와아!"

갑자기 눈앞에 나타난 예쁜 꽃신을 받아 든 관영은 함박웃음을 지으며 즐거워했다.

"예쁘기도 하여라. 영아는 좋겠구나! 어디 한번 신어볼까?"

관정과 마찬가지로 슬픈 눈으로 부녀를 바라보던 화예가 애써 표정을 고치며 말을 했다.

[언제까지 기다리게 할 것이냐?]

안타까운 눈으로 부인과 딸을 바라보는 관정의 귓가를 울리는 고적의 냉랭한 음성에 관정의 눈이 순식간에 살기로 번들거렸다.

"아빠, 어때? 예뻐?"

그런 관정의 손을 잡아채는 관영의 얼굴엔 좋아 죽겠다는 표정이 역력했다. 재빨리 기운을 가라앉힌 관정이 부드럽게 말했다.

"마음에 드는 모양이구나."

"응."

관영은 연신 고개를 끄덕이며 신을 신고 제자리에서 깡총깡총 뛰었
다. 그런 아이의 모습이 마음을 더욱 아프게 했다.

그렇게 얼마의 시간이 지났을까? 더 이상 시간을 끌 수 없다고 생각
한 관정이 한껏 슬픔이 담긴 음성으로 딸을 불렀다.

"영아야, 이리 와보렴."

아버지의 부름에 아이는 재빨리 뛰어와 품에 안겼다. 품에 안기면서
도 관영의 시선은 계속 신발에 머물러 있었다. 그런 딸을 안은 관정의
눈에 어느새 뿌연 습기가 서렸다. 그리고 서서히 들어 올리는 손. 관정
의 떨리는 손은 관영의 귀 뒤에 위치한 천극혈(天隙穴)에 닿아 있었다.

"아버지는 영아를 너무나 사랑한단다."

"영아도 아빠를 사랑해."

관영이 얼굴을 들어 볼에 가벼운 입맞춤을 하며 대답했다. 천진한
관영의 행동이 관정의 가슴을 더욱 아프게 했다. 천지(天地)가 개벽(開
闢)하지 않는 한 딸아이의 영롱한 음성과 아름다운 모습을 다시는 듣지
도 보지도 못하리라!

'미안하구나! 내가 네게 해줄 수 있는 것이 고작 이것이라니… 부디
못난 아비를 용서하려무나……'

이를 악물고 눈을 감은 관정은 천극혈에 닿아 있는 손에 힘을 실었
다. 천극혈은 무공을 익힌 사람이라 하더라도 점혈을 당하게 되면 그
즉시 목숨을 잃게 되는 치명적인 사혈(死穴) 중 하나였다. 순식간에 정
신을 잃은 아이는 금방 생기를 잃고 관정의 품에 늘어졌다.

"다, 당신……"

곁에서 이를 지켜보던 화예가 경악을 금치 못하며 재빨리 딸아이를
안아 들었다.

"여, 영아야! 얘야!"

힘없이 흔들리는 딸을 더듬으며 애처롭게 이름을 불러보았지만 이미 목숨을 잃은 관영이 대답할 리 만무했다.

"미안… 하구려. 하지만… 어쩔 수가 없었다오."

차마 부인을 보지 못한 관정은 고개를 들어 하늘을 바라보았다. 얼마나 이를 악물었는지 입가에선 굵은 선혈이 흐르고 뜨거운 눈물이 양 볼을 타고 점점이 이어졌다.

사내라면 일생에서 세 번 눈물을 보인다고 했던가? 부모를 알지 못하기에 부모를 여의었을 때 흘린다는 눈물을 알지 못하던 관정은 대신 딸의 죽음을 눈물로써 그것을 대신했다.

한참 동안이나 딸의 시신을 흔들며 미친 듯이 몸부림치던 화예가 비틀거리며 몸을 일으켰다. 그리곤 등 뒤로부터 다정히 관정을 안았다.

"꼭 그래야만 했나요?"

"……."

한참을 기다려도 관정의 닫힌 입은 열릴 줄 몰랐다. 천천히 손을 푼 화예가 관정의 몸을 돌렸다. 그리곤 말을 했다, 너무나 처연한 미소와 함께.

"당신의 아픈 마음이 제게도 느껴지는군요."

"……."

언제나 황홀하기만 했던 음성들이 죄책감에 사로잡힌 관정에겐 하나의 비수(匕首)가 되어 온몸을 난자했다. 송곳으로 두 눈을 후벼 판들 이보다 아프고 소금을 채워 넣는다 해도 이보다 고통스러울까? 그럼에도 관정은 아무런 말도 할 수가 없었다.

"저를 보세요."

화예가 관정의 얼굴을 보듬었다. 그제야 부인의 얼굴을 응시하는 관정의 얼굴엔 늘 떠나지 않았던 웃음 대신 뼛속까지 아려오는 슬픔과 절망의 그림자가 뒤덮여 있었다.

"그동안 고마웠어요. 저에겐 언제나 불행뿐인 세상인 줄 알았는데 당신 덕에 사랑이 무엇인지도 알게 되었고 행복이 무엇인지도 알 수 있게 되었답니다. 그것만으로도 충분해요. 더 이상의 것을 바라는 것은 욕심이겠지요. 하지만……."

그녀의 말은 더 이상 이어지지 않았다. 뒤의 말을 도저히 들을 수 없었던 관정이 그녀를 품에 안았기 때문이다.

"언제나 불안했어요. 제게는 너무나 과분한 행복이었기에……."

"부인……."

"영아가 기다리는군요. 어서 영아 곁으로 보내주세요. 영아는 이제 겨우 다섯 살이에요. 엄마가 필요하답니다. 하지만 당신은 사셔야 해요. 혼자서 힘들고 괴롭겠지만 반드시 살아남으셔야 합니다. 그렇다고 복수를 해달라는 것은 아니에요. 그저 우리의 행복이 왜 깨져야 했는지… 왜 저토록 어리고 착한 영아가 목숨을 잃어야 했는지 물어봐 주세요."

관정은 자신의 가슴을 타고 흐르는 뜨거운 액체가 부인이 흘리는 눈물이라는 것을 느끼며 다시금 두 눈을 감고 말았다. 그러나 그것도 오래갈 수는 없었다. 화예가 관정의 손을 잡고는 천천히 들어 올렸다.

"어서요. 영아가 기다린답니다."

깜짝 놀란 관정이 감았던 눈을 떴다.

"부인……."

"사랑해요. 예전에도 그랬고 언제까지나……."

다시는 남편의 얼굴을 볼 수 없다는 생각에 고개를 들어 관정을 바라보는 화예의 얼굴은 엄숙하고도 성스러웠다. 영원히 뇌리에 담겠다는 듯 얼굴의 이곳저곳을 살피는 그녀의 눈동자는 불타고 있었다. 얼마간 관정의 얼굴을 뚫어지게 바라보던 시선을 거둔 화예는 부드러운 미소를 지으며 관정의 품에 다시금 얼굴을 묻었다.

더 이상 지체하는 것은 자신은 물론이고 부인마저 고통에 빠뜨리는 것이리라! 관정은 부인의 사혈에 닿아 있는 손가락에 천천히 힘을 실었다.

"나도 사랑하오. 영원히……."

목이 메인 관정의 말은 더 이상 이어지지 못했다.

'진실로 당신을 사랑했습니다…….'

점점 흐려지는 정신 속에 행복했던 지난 날들이 투영되듯 떠오르자 화예의 입가엔 절로 미소가 어렸다.

그리고 그것이 끝이었다.

'신이시여, 어찌 제게 이런 고통을 주신단 말입니까?

딸과 마찬가지로 힘없이 늘어지는 부인의 몸을 안고 있던 관정이 그 자리에서 주저앉았다. 하늘이 무너지고 땅이 꺼져도 이와 같지 않으리라! 일시에 영혼(靈魂)이 육신(肉身)을 떠난 듯 멍한 얼굴로 나란히 누워 있는 아내와 딸을 바라보는 관정의 얼굴엔 그 어떤 표정도 떠오르지 않았다.

얼마의 시간이 지났을까? 적들은 그에게 부인과 딸아이의 죽음에 슬픔을 느낄 만한 충분한 시간을 줄 아량을 베풀지 않았다. 아니, 적이라기보다는 일을 이 지경으로 몰고 가도록 만든, 너무도 냉정한 하늘의 무심함이라고 하는 것이 더 정확할지도 몰랐다. 한참 동안이나 딸과 부인의 주검을 바라보는 관정에게서 조금의 변화도 일어나지 않자 더이상 기다릴 수 없었던 하지장이 앞으로 나섰다.

"언제까지……."

남에게 일어나는 불행은 그것이 자기 것이 되기까지 그 고통을 제대로 알지 못하는 것이 사람이고, 특히나 하지장과 같이 인정머리없는 인간은 더욱 그러했다. 그러나 입가에 잔뜩 비웃음을 띠우며 약간은 신경질적으로 걸어가는 하지장의 움직임은 고적에 의해 가로막히고 말았다.

"조용히 하거라!"

"하지만……."

"대저 미물(微物)이라도 배우자와 새끼를 생각하는 마음은 끔찍한 것이다. 하물며 사람이 아니더냐. 아무리 적이라지만 자신의 손으로 부인과 딸의 목숨을 거둔 사람이다. 이 정도의 시간도 베풀지 못할 정도의 좁은 아량을 지닌 화산파가 아니다."

뭔가 반발을 하려던 하지장은 엄숙한 고적의 음성에 눌려 별다른 행동도 하지 못하고 머쓱해져서 뒤로 물러났다. 하지만 고적의 말을 들은 관정의 입에서 난데없는 웃음소리가 튀어나왔다.

"크하하하하하!!"

주변을 쩌렁쩌렁 울리는 웃음소리엔 듣는 이의 모골(毛骨)을 송연(悚然)케 하는 무언가가 담겨져 있었다.

웃음소리가 영 마음에 들지 않았지만 하지장을 비롯하여 그 누구도 움직이지 않았다. 이미 말을 꺼낸 이상 다른 어떤 곳보다 서열 관계가 엄격한 화산파의 제자들은 고적의 명령을 거스르고 함부로 행동할 담력이 없었다.

그때였다. 자신들도 모르게 치밀어 오르는 살기를 달래기 위해 입술을 깨물게 만들었던 관정의 웃음소리가 그치고 미동도 없이 앉아 있던 몸이 움직이기 시작했다. 한쪽 무릎을 땅에 대고 조심스레 관영의 몸을 안아 든 관정은 언제 사람이 살았냐는 듯 을씨년스럽게 변해 버린 집을 향해 걸었다.

"무슨 짓이냐?"

혹시나 딸의 시신을 챙긴다는 핑계를 계기로 하여 도망을 치지는 않을까 우려한 하지장이 고적의 침묵 속에도 불구하고 몸을 날렸다. 다른 제자라면 절대 그렇게 할 수 없었겠지만 하지장은 그 나름대로 자신이 있었다. 고적이 비록 항렬(行列)이 높은 사숙이기는 하지만 자신 또한 다음 대 화산파를 이끌 장문제자였기 때문이다.

하지장의 예상대로 약간 못마땅한 표정을 짓기는 했지만 그것도 잠시, 고적은 별다른 제지 없이 하지장의 행동을 용인했다. 그러나 문제는 고적이 아니었다.

"헉!"

한 호흡도 되지 않아 관정의 머리를 뛰어넘고 집 앞에 도착하여 여유있게 몸을 돌리던 하지장은 쥐가 고양이를 만난 듯 깜짝 놀라며 연신 뒷걸음질쳤다.

"멈춰랏!"

하지장의 행동을 유심히 살피던 화산의 제자들은 주춤거리며 뒷걸음질치는 그의 모습에 너나 할 것 없이 몸을 날렸다. 틀림없이 암수를 썼을 것이다. 그렇지 않다면야 그렇게 맥없이 물러날 하지장이 아니었다.

"네놈은 내가 맡는다!"

몸을 움직인 사형제 중 가장 먼저 관정에게 접근한 장삼(張三)은 공을 세우리라는 호승심에 앞뒤 가리지 않고 검을 날렸다. 그러나 느릿느릿 움직이던 관정의 신형이 연기처럼 사라지고 목표를 잃은 장삼의 검은 허공을 가르고 말았다.

"제기랄!"

관정이 어느새 이 장이나 벗어난 곳에 있다는 것을 깨달은 장삼은 수치심에 이를 악물고 검을 고쳐 잡았다. 하지만 막 발에 힘을 주고 재차 뛰어오르려고 하던 장삼은 슬쩍 고개를 돌리는 관정의 얼굴을 본 순간 한껏 모았던 자신의 힘이 모래성 무너지듯 사라지는 것을 느껴야만 했다. 비단 장삼뿐만이 아니라 장삼의 바로 뒤에서 그를 따르던 몇몇의 화산 제자들 또한 그 자리에 우두커니 서고 말았다.

'무슨 일인가?'

맨 뒤에서 상황을 지켜보다 제자들의 이상한 행동에 혹시나 하여 몸을 움직이려던 고적은 미처 걸음을 옮기기도 전에 그 이유를 알게 되었다.

"도망치지 않는다. 절대로!"

여전히 몸은 집을 향하여 있고 고개만을 돌려 말을 하는 관정의 음성은 아무런 억양도 느껴지지 않는 무심(無心) 그 자체였다. 그래도 그 정도에 주춤거릴 화산 제자들이 아니었다. 원인은 다른 곳에 있었다.

혈루(血淚)!

피눈물이라는 말이 있다. 물론 그것은 어디까지나 말뿐으로 눈에 상처를 입지 않는 한 피가 나올 리가 만무했다. 다만 그런 표현을 쓰는 것은 이루 헤아릴 수 없는 큰 고통을 당했다는 것을 강조하기 위한 것으로 일종의 수사법(修辭法)이라 할 수 있었다. 하지만 지금 관정의 볼을 타고 흐르는 것은 틀림없는 피눈물이었다. 만지기만 해도 당장 손이 녹아 들어갈 것만 같은 용암처럼 짙은……

살갗을 뚫고 나오는 피와 비교하여 훨씬 짙은 색에 절로 소름이 돋게 만드는 피눈물이 관정의 볼을 적시고 목에 이어 넓은 가슴을 적시고 있었다. 말을 하는 순간에도 뚝뚝 떨어지는 피눈물을 보며 움직일 수 있는 사람들은 아무도 없었다. 애당초 혈루라는 것이 존재하리란 생각을 해보지 않은 그들로선 어쩌면 너무나 당연한 모습이었는데……

"나를 맡는다고 했나? 그 말을 기억하지."

움찔!

몸이 절로 움찔거린다. 생각은 그렇지 않았지만 심연에서부터 올라오는 섬뜩한 공포에 장삼은 자기도 모르게 입술을 떨었다.

"누, 누가 두려워할 줄 아느냐!"

밀려오는 공포를 억지로 떨쳐 내보려고 큰소리를 쳤지만 스스로가 한심하다 여길 정도로 핏기 잃은 얼굴에서부터 시작된 동요는 순식간에 전신으로 퍼져 나갔다.

'피눈물이라… 이렇게 보기는 처음이군.'

고적 또한 관정의 모습에 놀라고 있었다. 그러나 그것은 그저 놀람일 뿐 두려움이나 공포 따위가 될 수는 없었다. 화산파의 제자는 언제나 당당해야만 했다. 적의 앞에서도 당당해야 했고, 심지어 죽음이 닥치는 상황에서도 당당하게 행동해야 했다. 그것이 힘들다면 최소한 그렇게 노력이라도 해야만 했다. 그런 신념을 하나의 지표로 삼고 지금껏 실천하고 있는 고적의 눈에 비친 장삼과 다른 제자들의 몰골은 마냥 한심하기만 했다.

'후~ 한심한 놈들 같으니… 먼저 간 네놈들의 사숙들과 사형들은 그렇지 않았다.'

혈성이 무림을 휩쓸고 있을 때 그들을 막아선 사람들은 언제나 그렇듯 칠파일방과 삼대세가였다. 수십 년이나 이어진 치열한 싸움 끝에 승리를 얻기는 했지만 그로 인해 화산파가 입은 피해는 실로 엄청났다. 문파의 중추를 이루는 청, 장년층의 제자들은 거의 죽임을 당했고, 혹 살아 있다손 치더라도 태반이 병신이었다. 결국 싸움이 끝난 후 화산파에서는 잃은 제자들을 보충하기 위해 유래없이 많은 제자들을 받아들였는데, 그것은 필연적으로 제자들의 전반적인 수준 저하로 나타났다. 또한 문파를 이끄는 어른들은 적고 젊은 제자들만 기형적으로 많은 이상한 상황이 벌어지고 말았으니… 그것은 비단 화산파만의 얘기는 아니었다. 다른 문파 또한 역시 약간의 차이가 있을 뿐 거의 비슷한 형편이었다.

'얼마나 뛰어난 녀석들이 많았는가!'

혈성과의 싸움에서 영준(英俊)하고 용맹했던 대다수의 제자들을 잃은 아픔이 슬그머니 고개를 쳐들자 반드시 제거해야 할 적이라는 것을 떠나 인간으로서 잠시 생성되던 측은지심(惻隱之心)도 순식간에 사라지고 혈성에 대한 분노가 또 한 번 치솟았다. 하나 자신의 분노를 풀 상대는 이제 겨우 딸에 이어 아내의 시신을 옮기는 중이었다. 조금의 시간이 더 필요했다. 그리고 고적은 그 정도 인내심은 가지고 있는 인물이었다.

고적이 끓어오르는 분노를 다잡으며 인내심을 기르고 있을 때 집 안으로 들어간 관정은 두 모녀를 나란히 뉘이고 장롱 가장 깊숙한 곳에 보관하고 있던, 아내가 원하는 것이라면 하늘에서 별을 따서라도 줄 정도로 자상한 관정이었지만 아내가 궁금해했음에도 손도 못 대게 하였던 커다란 함(函)을 들고 서 있었다. 비록 겉멋은 없고 그저 투박할 뿐이지만 나름대로 튼튼해 보이는 함을 쳐다보는 관정의 눈에선 더 이상 피눈물이 흐르지 않았다. 그마저 다 말라 버린 것일까? 피눈물 대신 그저 공허한 눈빛만이 싸늘한 기운을 내뿜었다.

'다시는 보게 되리라는 생각을 하지 않았는데…….'

동료들과 헤어진 후, 먼 훗날 이것을 보며 웃을 때가 있을 것이라 하여 없애지 않고 지금껏 보관해 온 물건이 함 속에 그대로 들어 있을 것이다. 그리고 그 먼 훗날이 바로 지금이 되어 운명이란 놈은 관정으로 하여금 함을 열 것을 종용했다.

잠시 생각에 잠겼던 관정은 주저없이 뚜껑을 열었다. 그리곤 내용물을 쏟아냈다.

바닥에 떨어진 것은 낡은 옷 한 벌과 그에 짝을 이루는 장삼(長衫), 그리고 한 자루의 녹슨 철검이 전부였다.

처음엔 태초(太初)의 어둠과 닮은, 그저 바라보고만 있어도 끝없이 빨려 들어갈 것처럼 어두운 빛을 띠고 있었던 옷은 지금은 낡고 해어져 그 색을 많이 잃고 있었고, 검 또한 중간중간 이가 빠진 것이 그다지 훌륭해 보이진 않았다.

"부인… 비록 생명은 없는 것이지만 이것들은 마물(魔物)이라오. 이 옷을 걸치고 검을 드는 순간 당신이 알고 있는 나는 내가 아닌 게 되오. 어쩌면 그것이 본래의 내 모습이겠지만… 과거에 나는 말 그대로 짐승이요, 살귀(殺鬼)였다오. 보이는 모든 사람들이 나의 적이었고 죽여야 하는 대상이었소. 나와 같은 처지였던 동료들을 제외하곤 말이오. 이것들에게 벗어나기 위해 그토록 많은 공을 들였건만… 후~ 결국 이렇게 되고 말았구려. 차라리 그렇게 계속 살았다면 당신과 영아가 죽는 일은 없었을 것인데 말이오."

관정은 입고 있던 옷을 벗어 아내와 딸을 덮어주고 함 속에서 꺼낸 옷을 입었다. 오랜 시간이 지났지만 어쩌면 그리 잘 맞는지 관정이 옷을 입은 것이 아니라 오랫동안 관정을 기다린 옷이 그를 지배하는 듯했다.

"역시 이놈들은 마물이오. 옷을 입고 검을 들자마자 주체할 수 없는 살기가 끓어오르니 말이오."

마지막으로 검을 든 관정이 슬픈 미소를 지으며 입을 열었다.

"이제 헤어져야 할 시간인가 보오. 아무리 못난 남편이었다지만 최소한 복수는 해야 할 것 아니오. 당신은 복수에 연연하지 말라고 했지만 나는 그렇게 못하겠소. 몸이 부서져 가루가 되는 한이 있어도 우리를 이렇게 만든 놈들에게 그것이 얼마나 잘못되고 어리석은 짓이었는지 꼭 보여주고야 말겠소. 어쩌면 우리의 적이 너무 강해 복수를 하기도 전에 죽을지도 모르겠소. 그리되면 내 한달음에 달려가 당신과 영아를 찾으리다. 너무 늦게 왔다고 외면하지는 마시구려. 물론 당신이 그럴 리가 없다는 것은 알지만 나는 걱정이 된다오. 내가 죽어 당신을 만나게 되어도 나를 못 알아볼지도 모른다는 불안감에… 말했다시피 그때의 나는 내가 아닐 것이오. 아마도……."

처연한 미소를 지으며 몸을 일으킨 관정이 화섭자를 찾았다.

아내와 딸의 주검을 묻어주지는 못할망정 이대로 방치하기는 싫었던 그는 조금도 머뭇거리지 않고 집 안에 불을 질렀다. 건조한 집 안의 집기(什器)와 흩어진 의복들에 달라붙은 불길은 순식간에 집 안을 삼키

려 하였다. 불길에 더 이상 견딜 수 없는 지경에 이르자 아내와 딸의
볼에 입맞춤을 하며 마지막 작별 인사를 한 관정이 몸을 일으켰다.

"가겠소."

제3장
곤수유투(困獸猶鬪)

곤수유투

흠칫!

뒷짐을 지고 지그시 눈을 감고 있던 고적이 밀려오는 살기에 깜짝 놀라 번쩍 눈을 떴다. 그것과 거의 동시에 한 제자의 외침이 들렸다.

"불입니다!"

"호들갑 떨지 마라. 놈의 계책일 수도 있다. 정신 바짝 차리고 경계를 소홀히 하지 마라."

관정이 부인과 딸의 시신을 옮길 때부터 그것이 도망치려는 계책이라고 여기던 하지장이 코웃음을 치며 소리쳤다.

"조만간 문을 박차고 나오거나 아니면 경계가 허술한 방향으로 몸을 날릴 것이다! 만약의 사태에 철저히 대비해야 한다. 틈을 주면 안 된다! 또한 암습을 할지도 모르니 집에 너무 가까이 접근하지 말고 기다려라. 제놈이 사람인 이상 불 속에서 얼마 버티지 못할 것이다!"

사제들을 일일이 단속한 하지장이 으쓱한 마음에 고적을 바라보았다. 이만하면 유려(流麗)하게 대처한 자신의 능력에 대해 몇 마디 칭찬이 있을 법도 했다. 은근히 기대를 하고 고개를 돌렸건만 심각하게 굳은 표정으로 불길이 지붕에까지 이른 초가를 바라보는 고적은 그가 기대했던 말을 하지 않았을 뿐만 아니라 애초에 신경도 쓰지 않았다는 듯 별다른 대꾸조차 하지 않았다.

'젠장, 한 번쯤 칭찬해 주면 안 되나?

화산의 수많은 제자 중 유난히 자신에게만 쌀쌀히 대하는 고적의 태도가 영 못마땅한 하지장의 입이 나올 대로 나오는 순간 은근히 긴장된 고적의 목소리가 들려왔다.

"지금 당장 제자들을 물려라!"

"예? 그게……."

"어서 물리라고 하지 않느냐?! 어서!"

뜬금없이 그게 무슨 소리냐는 듯 대수롭지 않게 대꾸하려던 하지장은 곧바로 이어지는 호통에 정신을 차릴 수가 없었다. 호통 소리가 얼마나 컸는지 하지장이 그 명을 따르기도 전에 집을 포위하고 있던 제자들이 재빨리 모여들었다.

"사숙님! 도대체 어인 연유로 그런 명을 내리시는 것입니까?"

고적은 대답하지 않았다.

"사숙님!"

화산파의 장문제자를 무시한다고 생각한 하지장이 제법 목소리를 높였다. 존장을 향해 목청을 높인다? 절대로 있을 수 없는 일이었다. 자신이 저지르고도 순간적으로 아차 한 하지장이 재빨리 무릎을 꿇었다.

"잘못했습니다. 제가 감히……."

"일어나라. 네 죄는 다음에 묻겠다. 지금은 눈앞의 적에만 신경을 쓸 때니라."

"가, 감사합니다."

엄하기로 유명한 고적이 의외의 반응을 보이자 도리어 이상한 생각이 든 하지장이 고개를 들 때였다.

"온다."

'오다니?'

들던 고개를 그대로 돌린 하지장은 이제는 완전히 불길에 휩싸인 초가에서 천천히 걸어나오는 관정을 볼 수 있었다. 어느새 옷을 갈아입었는지 흑색의 옷은 뒤에서 요동 치는 불꽃에 겹쳐 제법 근사한 멋을 풍겼다. 하나 아무렇게나 끌고 오는 검이 땅과 부딪치며 내는 소리는 절로 얼굴을 찌푸리게 만들었다.

'어차피 죽을 놈이지만 짜증이 나는군.'

대저 검을 쓰는 사람이라면 자신의 분신과도 같은 검을 다룰 때 사랑하는 여인을 다루듯 그렇게 정성을 들여야 하는 법이었다. 다른 것은 몰라도 그것 하나만큼은 철저하게 지키는 하지장으로선 함부로 검을 굴리는 관정이 곱게 보일 리가 없었다.

하지장이 엉뚱한 생각을 하고 있을 때 복수를 다짐하고 초가를 나온 관정은 자신의 모든 생각과 의도가 담긴 한마디를 던졌다.

"덤벼라!"

"뚫린 입이라고 너무 함부로 말하는구나! 살려달라고 해도 모자랄 판에 뭐라? 덤벼라? 가소롭지도 않아서."

너무나 도발적인 관정의 말에 발끈한 하지장이 앞으로 나서자 나머지 제자들이 자리를 만들어주었다.

　상대가 제아무리 악독한 혈성의 후예라지만 그들은 하지장의 실력을 믿고 있었다. 누가 뭐라 해도 그는 화산파의 장문제자였다. 그러나 오직 단 한 사람의 생각만은 이들과 달랐다. 그리고 그의 예상은 금방 현실로 나타났다.

　거리를 좁혀 관정에게 다가가는 하지장의 모습이 뭔가 이상했다. 빠르게 걷던 걸음도 점점 느려지고 뭔가를 경계하는 듯한 눈치가 역력했다.

　'고수(高手)다. 방심하다가는 당한다.'

　거리를 좁혀갈수록 지금껏 보이지 않았던 사실들이 속속 드러나는 것이 아닌가! 허술하게만 보이는 자세에는 약점이 없는 듯했고, 차갑게 가라앉은 눈은 자신의 의도를 모조리 파악하는 듯한 느낌도 들었다. 더구나 그물처럼 자신을 감싸는 기운은 분명 평범한 것이 아니었다.

　하지장의 전신이 극도의 긴장감으로 뒤덮였다.

　사부가 내려준 검을 가슴께로 끌어 올리며 우선 수비를 탄탄히 한 하지장은 관정의 동정을 살피며 천천히 주변을 돌기 시작했다. 그러자 이들의 대결을 지켜보는 제자들 사이에서 동요가 일었다.

　"대사형이 조금 이상한 것 같지 않아?"

　"글쎄, 겨우 저런 놈과 싸우며 좀처럼 보여주지 않던 섭춘빙(涉春氷)까지 사용하다니 의외인데."

　봄바람에 약해진 얼음 위를 지나듯 조심스럽게 발걸음을 옮기는 하지장의 모습에서 그가 지금 공수의 전환이 매우 용이하다는 보법 섭춘빙을 운용하고 있다는 것을 눈치 챈 장삼이 눈을 크게 떴다.

　"하하! 호랑이도 토끼를 잡을 때는 최선을 다한다고 하지 않아. 지

금 대사형이 그것을 우리에게 보여주려는 것이야. 아무리 약한 상대라
도 방심을 하지 말라는. 그런 놈들이 휘두르는 눈먼 칼에 맞기라도 하
면 큰일이거든."

제자들 중 가장 덩치가 커다란 우용(牛勇)이 하지장의 마음을 헤아
릴 수 있다는 듯 짐짓 고개를 끄덕이며 말을 하였다.

'바보 같은 놈들! 제대로 알지도 못하면서 주워들은 것은 있어서…
말이나 하지를 말든지. 내 이번 싸움이 끝나면 단단히 버릇을 고쳐 놓
겠다.'

아무리 관정에게 집중하고 있다 하더라도 그렇게 크게 웃고 떠드는
데 듣지 않을 재간이 없었던 하지장은 아직도 상황 파악을 하지 못하
고 있는 사제들의 아둔함과 별다른 힘도 못 쓰고 빌빌대는 자신의 처
지에 절로 분통을 터뜨렸다.

'이게 무슨 꼴이냐! 화산파를 천하의 주인으로 만들겠다고 결심한
내가 혈성의 졸개 하나를 감당하지 못하다니!'

생각할수록 화가 치밀어 올라 견딜 수가 없었다. 공격을 하자니 허
점은 보이지 않고 그렇다고 마냥 기다리자니 뭘 알지도 못하고 떠들어
대는 사제들은 물론이고 날카로운 눈으로 자신을 주시하고 있는 시숙
을 볼 면목이 없었다.

더구나 이어지는 한마디!

"기다리기 지루하다. 아니라면 물러나라."

"네놈이!"

더 이상 허점을 찾고 할 정신이 없었다. 상대방의 조롱에 지금껏 참
아왔던 이성의 끈을 놓은 하지장은 화산의 제자라면 누구라도 익혀야
하는, 매화오검(梅花五劍)과 더불어 화산의 대표적인 검법 낙영검법(落

英劍法)을 사용하기 시작했다.

검에서만큼은 자신들 위에 그 어떤 문파나 검법도 위에 올려놓기를 거부한다는 무당파에서조차 인정한 환검(幻劍)의 최고봉(最高峰) 낙영검법은 어느 한 사람의 천재가 나타나 만든 것이 아니었다. 수대에 걸쳐 한 초식 한 초식이 더해져 지금의 모습을 띠고 있었고 언젠가 또 다른 초식들이 더해져 발전할 여력이 있는 검법이 바로 낙영검법이었다.

"경화수월(鏡花水月)!"

낭랑한 외침과 함께 하지장의 검이 춤을 췄다.

현재 12초로 이루어진 낙영검법에서 제3초에 해당하는 경화수월은 화산파 6대 조사(祖師)가 물 위에 비친 달에서 영감(靈感)을 얻어 만들었다고 전해지고 있었다.

허초(虛招)로 상대를 유인하고 뒤에 숨은 실초(實招)로 적을 제압하는 방식. 말이야 간단하지만 그 안엔 실로 많은 변초(變招)와 오묘한 검로(劍路)가 숨어 있어 익히기가 매우 까다로운 초식이었다.

'끝장이다, 이놈!'

경화수월을 시전하는 하지장의 얼굴엔 회심의 미소가 그려져 있었다. 자신이 생각해도 너무나 완벽한 공격이었다. 허초인 줄도 모르고 검을 들어 막아내는 관정의 모습에서 하지장은 승리를 확신했다. 하지만 그것은 그만의 생각이었다. 이들의 싸움을 바라보고 있던 고적이나 다른 사형제들의 눈은 이미 더 이상 커질 수 없을 정도로 커져 있었다.

앞에서 마주 보고 있는 하지장은 미처 깨닫지 못하고 있었지만 옆에서 보는 이들에게 너무나 확연히 드러나는 관정의 자세. 그것은 바로 하지장의 모습이었다.

깡!

"헛!"

두 개의 검이 허공에서 마주치는 소리가 나고 동시에 하지장의 입에서 경악성이 튀어나왔다. 분명히 허초로 유인을 했고 성공을 했건만 자신의 실질적인 공격을 막아내는 것은 뭐란 말인가!

"제법이군. 하지만 요행(僥倖)은 한 번뿐이다."

관정이 자신의 공격을 어떻게 막아냈는지 알 길 없는 하지장이 또한 번 경화수월의 초식을 사용했다. 하나 결과는 마찬가지였다. 성공했다고 생각하는 찰나 어디에선가 나타난 관정의 검이 자신의 검을 막아내자 사태의 심각성을 깨달을 수 있었다.

"서, 설마 낙영검법이냐?"

"……."

관정이 침묵을 지키자 하지장의 얼굴이 일그러졌다.

"혈성이 백도의 무공을 연구하고 있었구나. 더러운 놈들! 하지만 곁눈질로 훔쳐 배운 것으론 어림도 없다."

분기탱천한 하지장이 자신이 알고 있는 초식을 모조리 사용하기 시작했다.

한 번, 두 번, 세 번…….

계속되는 공세 속에서도 관정은 조금의 타격도 받지 않았다. 하지장이 취하는 자세에서 어떤 공격을 할 것인지 미리 파악하는 관정이 당할 리가 없었다. 그럴수록 이를 악문 하지장의 공격은 점차 무리하게 진행되었다. 손속은 어지러워졌으며 종종 허점을 드러내기 시작했다. 일이 이쯤 되자 더 이상 지켜볼 수만은 없다고 생각한 고적이 개입을 했다.

"물러나라!"

"사숙!"

"물러나라고 했다!"

고적의 호통에 거친 숨을 몰아쉬며 전의를 불태우던 하지장이 물러났다. 관정은 이미 손을 멈추고 뒤로 물러나 있었다.

"믿고 싶진 않지만 완벽했다, 너의 낙영검법은."

"낙영검법이니까."

"닥쳐라! 어떻게 알게 된 것인지는 모르나 너 따위가 익힐 검법이 아니다."

고적의 눈이 살기로 빛나기 시작했다. 하나 하지장은 전혀 두려워하는 기색이 아니었다.

"믿기 싫으면 믿지 않으면 된다. 하지만 조공루에게 가서 물어봐, 내 말이 틀리는지."

피식 비웃는 관정. 더 이상 참는다는 것은 있을 수 없는 일이었다. 하나 고적이 나서기도 전에 잠시 숨을 돌린 하지장이 괴성을 지르며 검을 휘둘렀다. 자신과 똑같은 검법을 사용하는 것도 어처구니없는 일인데 사부인 조공루까지 욕보이는 말을 듣게 되자 앞에 있는 사숙은 더 이상 보이지도 않았다. 비단 하지장만이 아니라 분노에 휩싸인 나머지 제자들도 더불어 합공을 하기 시작했다.

"그렇지. 이것이 네놈들의 본모습이다. 늘 광명정대함을 강조하다가도 불리하면 언제든지 비겁해질 수 있는 것이 바로 네놈들이지. 하지만 이번엔 상대를 잘못 골랐다."

하지장의 검을 너무나 간단히 막아낸 관정이 어이없어하는 하지장을 바라보며 말했다.

"같은 낙영검법이되 내가 익힌 낙영검법은 네놈들이 익힌 것과는 처음부터 비교가 되지 않는다."

"닥쳐라!"

"믿지 못하겠다면 지금부터 가르쳐 주마. 대가는 목숨이다."

말이 끝나자마자 관정의 검이 빠르게 움직이기 시작했다.

"어디서 감히 그 따위 수작을!"

관정의 펼치는 초식이 경화수월에서 이어지는 4초식 고목생화(古木生花)임을 알아본 하지장이 자신 또한 같은 초식으로 맞서 나갔다.

보통 같은 무공이 부딪치면 내공의 우위나 얼마나 그 무공을 제대로 익혔는지 하는 숙련도의 차이에서 승패가 갈리기 마련이었다. 하지만 그것 외에도 승부를 가를 수 있는 다른 요소가 있다는 것을 증명이라도 하듯 관정의 공세는 하지장의 검을 뚫고 들어가 목숨을 위협했다.

"이런!"

깜짝 놀란 하지장이 뒤로 물러나며 얼굴을 붉혔다. 자신이 하는 공격은 막히는데 왜 관정의 공격은 막지 못한단 말인가! 더구나 같은 무공을 펼치고 있건만……

"인정할 수 없다!"

결과를 받아들이지 못한 하지장이 초식을 바꾸어가며 대항했지만 그것은 덫에 걸린 짐승이 살기 위해 발버둥 치는 것처럼 부질없는 짓이었다. 그는 관정의 거센 공격을 막을 수가 없었다.

순식간에 위기의 상황이 닥쳐왔다.

"이놈!"

함께 몸을 날렸으나 관정의 힐난에 부끄러워 차마 합공을 하지 못하고 대기하고 있던 화산파의 제자들은 대사형의 목숨이 경각에 달리자 누가 먼저라고 할 것도 없이 관정의 앞을 막아섰다. 자신들이 나섬과 동시에 관정의 움직임도 당연히 멈추어질 것이라는 그들의 안이한 생각은 곧 끔찍한 결과로 이어졌다.

숲에 이는 산들바람이 북풍한설(北風寒雪)의 기세에 어찌 비할까? 관정은 조금도 머뭇거리지 않았다. 당연히 멈출 것이라 생각한 잠깐의 방심. 그 틈을 비집고 들어간 관정의 검에 미처 대응하지 못한 화산 제자 한 명의 목이 그대로 공중으로 떠올랐다. 그리고 곧바로 또 다른 비명이 이어졌다.

"크윽!"

목이 날아간 사형 곁에 있다가 거의 동시에 공격을 받은 변개량(邊皆亮)이 어깨를 부여잡고 허겁지겁 몸을 피했다. 깨끗하게 절단되어 땅에 떨어진 팔을 뒤로한 채.

피라는 것이 묘해서 멀쩡한 사람도 피를 보게 되면 평소의 모습과는 다르게 흥분하고 공격적으로 변하기 일쑤였다. 하물며 목숨을 걸고 싸우는 무인들, 더구나 그 피를 흘린 사람이 자신들과 형제와 다름없는 사형제라면 말할 것도 없었다.

그때까지만 해도 설마 하는 마음에 제법 여유를 지니고 있던 화산파 제자들의 자세가 일거에 변해 버렸다. 그리고 곧바로 하지장을 필두로 한 나머지 제자들이 살기를 번뜩이며 관정에게 달려들었다.

일 대 무려 십구의 싸움. 너무나 현격히 차이가 나는지라 싸움은 금방 끝날 것처럼 보였다. 하지만 그렇게 쉽게 끝날 상대였다면 화산파에서 겨우 한 명을 상대하는 데 그 많은 인원을 동원할 리가 없었다.

화산파, 아니, 혹영 개개인의 능력이 어떠한지 누구보다 잘 알고 있는 조공루는 이십이 넘는 제자들을 뽑아놓고도 혹시나 하는 마음에 자신의 사제이자 혈성과의 싸움에서 살아남은 몇몇 장로들을 제외하곤 화산파 최고의 검객이라고 인정받는 고적까지 파견했다. 그만큼 관정의 능력을 인정했다는 것이었는데…….

시간이 지남에 따라 드러나는 결과는 조공루의 우려가 조금도 지나친 것이 아니었다는 것을 보여주고 있었다.

몇 배가 넘는 인원으로 둘러싸고 매섭게 몰아치는 화산파의 공격은 관정을 금방이라도 어육(魚肉)으로 만들 것처럼 집요했다. 그러나 관정은 쓰러지지 않았다. 한 호흡도 걸리지 않아 끝날 것처럼 보이던 싸움이 일각이 지나고 이각이 넘어도 끝날 기미가 보이지 않았다.

"허! 대단하군."

싸움이 예상만큼 쉽게 끝나지 않자 고적의 입에서 절로 탄성이 튀어나왔다. 한편으론 제자들의 무능함에 마음이 무거워지기도 했다.

관정은 전후좌우를 가리지 않고 날아오는 검과 그 사이사이를 뚫고 들어오는 또 다른 공격에도 절로 감탄이 나올 정도로 뛰어난 몸놀림을 보여주며 용케 버텨냈다. 그렇다고 공격을 피해 도망만 다닌 것은 아니었다. 부상을 당하면서도 악착같이 공격했고 그 결과 오히려 팔이며 가슴이며 이곳저곳에 상처를 입고 물러나는 것은 관정을 공격했던 화산파의 제자였다.

한참이 지나도록 관정은 쓰러지지 않았다. 오히려 더욱 힘을 내는 듯했다. 그리고 상황은 점점 이상하게 흘러갔다.

"크아악!"

천지를 울리는 비명성과 함께 또 한 명이 쓰러졌다.

"네놈이 그러고도 무인이란 말이냐! 비겁한 놈!"

어처구니없이 목숨을 잃은 것이 자신과 동향(同鄕)에 평소 자신을 많이 따르던 상무림(尙戊璘)임을 알아본 하지장이 악에 받쳐 소리를 질렸다.

"이 악귀 같은 놈! 어찌 그런 치졸한 수를 쓴단 말이냐!"

"훗, 치졸이라… 다수의 힘으로 나를 핍박하는 네놈들의 입에서 그런 말이 나올 줄은 몰랐구나!"

"닥쳐라! 이따위 짓을 하면서 변명을 하려 하다니……."

하지장의 곁에 있던 장삼이 일갈을 내뱉었다. 그런데 관정을 노려보는 그의 행동이 뭔가 이상했다. 당장에 덤벼들어도 부족할 텐데 오히려 쓰러진 변개량의 주검을 재빨리 끌어당겨 옮기는 것이 아닌가!

물론 사제의 시신이 차가운 땅에 방치되는 것을 두고 볼 수는 없는 일이었지만 아직 적이 시퍼렇게 눈을 뜨고 살아 있고 싸움이 끝난 것도 아니었다. 장삼이 그런 행동을 한 이유는 한 가지, 그것은 변개량의 시신이 관정에게 이용당하는 불상사를 염려해서였다.

사실 이번 싸움은 상식적으로 이해가 가지 않는 싸움이었다. 비록 흑영의 일원으로 관정이 지닌 무공이 강하다고는 하였지만 개개인에 비해 상대적으로 강할 뿐이지 좌중의 모든 인물을 압도할 만한 정도는 아니었다. 엄밀히 따져서 관정의 실력은 고적과 비슷하거나 약간 우위를 차지할 수 있을 정도였다. 물론 그 정도만으로도 엄청난 실력이라 말을 할 수 있겠지만.

어쨌든 처음엔 어찌어찌 버티었지만 그것도 한계가 있는 법이다. 그렇다고 쉽게 끝날 것도 아니나 그토록 오래 버틴다는 것은 생각도 못할 일이었다. 그런데 절대적인 우위에도 화산파의 제자들은 어찌하여 관정을 쓰러뜨리지 못하고 있는 것인가? 이유는 간단했다. 지금 그들은 지금껏 듣도 보도 못한 난생처음의 상황과 그런 상황을 아무렇게나 만들고 있는 사내 관정과 싸우고 있기 때문이었다.

기습적인 공격으로 두 명을 단숨에 전투 불능으로 만들고 그중 한 명의 목숨을 빼앗은 관정이 사방에서 밀려오는 공격을 막기 위해서 택한 것은 정상적인 것이 아니었다. 발을 굴러 흙을 뿌리는 것은 예사였고 가까이 접근한 적에게는 입 안을 깨물어 나오는 피를 선물하기도 했다. 그것까지도 좋았다. 싸움이란 지형지물을 적당히 이용하고 가능한 모든 방법을 쓰는 것이었으니… 물론 그 또한 화산파의 제자로서는 있을 수 없는 비열한 짓이었지만.

애초 혈성의 무리라는 것이 다 그런 것이라 여기고 있던 화산파의 제자들은 오히려 그런 모습의 관정에게 비웃음을 내보이며 더욱 거세게 몰아쳐 갔다. 그러나 이어진 관정의 행동은 그들이 생각하기에 인간으로선 생각도 할 수 없는 끔찍한 짓이었다.

처음 기습에 의해 쓰러진 제자가 한 명. 그 뒤로 얼굴에 쏟아지는 핏물에 놀라 멈칫거리다가 목숨을 잃은 제자가 하나 더. 부상자는 그보다 더 많았지만 싸움이 중반에 이를 때까진 도합 두 명이 목숨을 잃고 쓰러져 있었다. 그리고 계속해서 밀려오는 공격에 정신을 빼앗긴 관정이 미처 의식을 못하고 아무렇게나 쓰러져 있는 그들의 몸에 발이 걸려 넘어져 위기에 빠진 순간 일은 벌어지고 말았다.

마침내 관정을 잡았다고 회심의 미소를 지으며 일격을 날리는 장삼에게 느닷없이 나타난 것은 죽은 사제의 몸이었고 깜짝 놀라 검을 거둔 그에게 이어서 날아온 것은 종종 자신과 팔씨름을 하던 사제의 오른팔이었다.

그것은 시작에 불과했다.

위기에 빠질 때마다 관정은 쓰러져 있는 시신을 이용해 적절한 방어를 하기 시작했다. 사지가 날아다닌 것은 예사였고 심지어 부릅뜬 눈이 그대로 남아 있는 머리가 날아오기도 했다. 아무리 위급한 상황이라지만 어찌 사형, 사제의 머리를 공격할 수 있을까? 알면서도 당하는 심정은 뭐라 말로 표현할 수 없을 정도로 처참한 것이었다. 그들은 억장이 무너지는 심정에도 불구하고 검을 거둘 수밖에 없었다. 그러나 그런 기회를 놓칠 관정이 아니었다. 전광석화와 같은 공격이 이어지고 그때마다 부상을 입거나 쓰러지는 제자가 급격히 늘어갔다.

지금 쓰러진 변개량도 그런 공격을 피하지 못해 당한 것이었다.

"멍청한 놈들… 죽고 사는 마당에 그런 것을 따지다니. 죽고 나서도 그런 말을 할 수 있을까? 나는 정정당당하게 싸우다 죽었다고. 큭큭큭! 하긴 그럼에도 네놈들은 박수를 치겠지. 거룩한 죽음 어쩌고 하면서 말이야. 정작 죽은 놈이 지옥에 떨어졌는지 어떤지도 모르고. 결국 죽는 놈만 바보지."

비릿한 웃음을 짓는 관정의 몸도 성한 것이 아니었다. 말이 그렇지 그토록 매서운 공격을 견디고 반격을 가해 상당한 전과를 거둔다는 것이 어디 보통 일이던가. 그 정도 활약을 하기 위해 관정이 입은 상처 또한 실로 엄중했다. 그런 몸을 해가지고 견디는 것이 이상할 정도로 처참한 상처들이 온몸을 뒤덮고 있었다.

"궤변 따위는 듣고 싶지 않다!"

변개량의 시신을 치운 장삼이 돌아와 외쳤지만 관정은 대꾸도 하지 않고 계속 입을 놀렸다.

"스스로의 모습이 자랑스러운가? 명문정파라는 화산파의 제자라서? 한 가지만 가르쳐 주지. 후후후! 네놈들은 그저 집 안에서 키우는 애완견에 불과한 놈들이다. 그 옛날 산을 뛰어다니며 뭇 동물들을 공포에 떨게 했지만 지금은 야성을 잃어버린 그저 그런 개들 말이다. 명분이니 체면이니 하는 쓸데없는 것만을 늘어놓으며 문파의 울타리 안에서 제 잘난 맛에 사는 네놈들. 그 울타리를 벗어나면 어쩔 줄을 몰라 하는 네놈들은 내가, 아니, 우리가 걸어온 길을 모른다. 같은 무공을 익혔으면서도 네놈들이 왜 나를 이기지 못하는 줄 아느냐? 내공이 부족해서? 웃기는 소리. 물론 내공 탓도 있겠지. 우리를 써먹기 위해 온갖 좋다는 약은 다 처먹였으니 그건 당연한 것이다. 하지만 그것만이 전부는 아니다. 따듯한 밥과 가식적인 웃음 속에서 어찌하면 보다 아름답고 장중하게 검을 펼칠까 고민하던 네놈들과 피눈물을 흘리면서 같은 방 같은 잠자리를 쓰던 동료의 목을 베며 익힌 검이 같을 수 있을까? 강하지 못하면 죽는 그런 상황에서 그 따위 검은 아무런 소용도 없는 것이다. 대저 검이 무엇이고 무공이 무엇이냐? 어차피 건강을 위해 익히는 것이 아닌 이상 모든 무공은 상대를 어찌하면 빨리, 그리고 쉽게 죽일 수 있는지를 연구한 것이다. 그것을 네놈들은 모른단 말이다!'

관정이 이글거리는 눈동자를 빛내며 절규하듯 외쳐 댔다. 그 기세에 눌린 화산파의 제자들이 아무런 소리도 하지 못하고 있을 때 지금껏 침묵을 지키고 싸움의 추이만을 바라보던 고적의 음성이 들려왔다.

"물론 네 말도 맞다. 하지만 그것이 바로 정파(正派)와 사파(邪派)의 차이다. 네놈들은 무공이라는 것을 그저 사람을 죽이는 수단으로 알고 익혔지만 우리는 다르다. 우리에게 무공이란 자아(自我)를 완성시키기 위한 하나의 수련이다. 그것이 어떤 의미에서의 자아인지는 개인마다 다르겠지만 최소한 네놈들과는 다르다."

"크크크! 과연 그럴까? 그렇게 지껄이는 네놈들의 윗대가리들이 우리를 이렇게 만들었다."

"……."

더 이상 무슨 말을 해도 필요가 없다고 생각한 것일까? 더 이상 관정의 궤변도 제자들의 희생도 보기 싫었던 고적이 긴장된 표정으로 검을 곧추세웠다. 상대가 상대인지라 그의 움직임은 몹시 조심스러웠다. 관정 또한 감히 경시하지 못하고 바로 자세를 잡았다. 하나 고적을 앞에 둔 관정의 시선은 전혀 엉뚱한 곳을 살피고 있었다.

'죽은 놈이 여섯에 싸움을 하기가 힘든 부상자가 일곱, 남아 있는 놈들이 여덟인가? 하지만 그놈들보다 더 무서운 자가 버티고 있으니, 후~ 힘들겠구나. 이미 몸에도 한계가 왔는데… 그렇지만 포기할 수는 없지. 해보는 거다. 이들의 말대로라면 나 말고도 다른 동료들도 공격을 받고 있을 것이다. 반드시 탈출해야 한다. 그래서 함께 복수를 해야 한다. 절대로 이대로 죽을 수는 없다. 최소한 대주의 얼굴이라도 보아야 한다. 무슨 수를 써서라도!'

한참을 타다가 이제는 거의 재로 변해 버린 초가를 바라보며 약해지는 마음을 다잡은 관정이 들고 있던 검을 까딱거렸다.

"오라!"

＊　　　＊　　　＊

"아이고, 힘들다. 도대체 내가 언제까지 이짓을 해야 한단 말이야? 한때는 천하를 질타하고 다니던 광풍(狂風) 홍자성님께서 고작 점소이나 하고 있으니."

한밤중이 되어 더 이상 손님들이 드나들지 않게 되자 객점의 문을 닫고 의자에 털썩 주저앉은 홍자성이 가슴을 탁탁 치며 한숨을 내쉬었다.

"너밖에 없잖아. 계산이 빨라야 하는 이곳은 내가 지켜야 하고 또 진우의 험악한 인상으로 점소이를 보다간 오던 손님도 다 도망간다. 그나마 반반하게 생긴 네가 손님들을 맞이해야지. 안 그래? 자자, 기분 풀고 술이나 한잔하자."

오늘 벌어들인 수입을 계산하고 있던 엄우가 홍자성이 앉아 있는 탁자로 다가오며 어깨를 두드렸다. 그리곤 주방을 향해 외쳤다.

"이봐! 술이나 좀 내오라구!"

"말이 안 돼, 말이. 사람을 쓰면 되잖아. 주방엔 음식 만드는 사람을 쓰면서 왜 점소이는 쓰지 않느냐구? 순전히 나만 고생하는 거잖아. 젠장, 술은 왜 안 가지고 와!"

답답했는지 웃옷을 풀어헤친 홍자성이 주방 쪽으로 고개를 빼며 소리를 질렀다. 그러자 곧바로 날아온 반격.

"시끄러! 광견(狂犬)이 언제부터 광풍으로 바뀐 것이냐! 네놈만 힘든 줄 알아? 나도 힘들어 죽겠다. 주방에서 온갖 잔심부름은 다 해야 하고, 먹고 난 음식 쓰레기며 식기들을 닦고 치우는 것도 다 내 몫이다. 마를 날이 없어서 퉁퉁 분 내 손을 보고도 그런 소리가 나오냐, 나오길."

식기에 담긴 안주와 주담자에 담긴 술이 공중에 떠올랐다가 떨어질 만큼 거칠게 상을 차린 진우가 홍자성이 그랬던 것처럼 의자에 털썩 주저앉았다.

"그렇지만 나도 자성의 말에 찬성이다. 정말 이짓도 힘들어서 못해 먹겠다. 사람을 좀 더 쓰면 안 되겠냐?"

"무슨 소리야. 너까지 이러면 안 되지. 이제 겨우 열흘밖에 지나지 않았다구. 벌써부터 이렇게 불평을 하면 어떡해. 주인이 바뀌어서 그런지 아직 손님이 많지 않아. 이럴 때 사람까지 쓰면 망하겠다고 용을 쓰는 것이나 마찬가지란 말이야. 참아줘."

엄우가 불평을 늘어놓는 홍자성과 진우를 달랠 것은 술밖에 없다는 듯 빠른 손놀림으로 술을 따랐다. 그리고 막 자리에 앉는 노조린의 잔에도 술을 가득 부었다.

"고생했다. 그래도 네가 힘써준 덕분에 며칠 사이 손님이 많이 불었어."

환한 얼굴을 하는 엄우를 보며 홍자성이나 진우와 같은 불만을 터뜨리고 싶었던 말을 억지로 목구멍으로 집어넣은 노조린이 고개를 끄덕였다.

"그러냐? 하루 종일 서호에 나가 손님을 끌어오는 것이 솔직히 마음에 들지 않았지만 손님이 늘었다니 그나마 보람이 있군."

손님을 끌어오려 하다가 치한으로 오인받아 젊은 아낙에게 맞은 뺨을 은근슬쩍 쓰다듬은 노조린의 얼굴엔 절로 고소가 지어졌다.

"그래, 장사가 되기는 되는 것이냐?"

노조린의 물음에 엄우의 표정이 밝아졌다. 재빨리 품속에서 주머니를 꺼내 흔든 엄우가 대답했다.

"들어봐. 어제까지 계속 손해만 보았던 것이 드디어 오늘부터는 이윤이 남기 시작했어."

"오호! 정말이야? 그래, 얼마나 남았는데? 묵직한 것을 보니 제법 많이 남은 모양이네?"

홍자성이 술잔을 내려놓고 흥미있는 얼굴로 물었다.

"이게 다 이윤이라면 얼마나 좋을까. 하지만 원금을 제외하고 벌어들인 것은 은자 닷 냥이다."

"에게~ 고작 은자 닷 냥? 그게 무슨 이윤이라고……."

혹시나 하고 기대를 했던 홍자성은 그럴 줄 알았다는 듯 어이없는 표정을 지으며 고개를 흔들었다.

"무슨 소리! 비록 적은 돈이지만 이윤을 남겼다는 것이 중요한 거라고. 우리의 장사가 본 궤도에 오른 것이야. 이제 곧 닷 냥이 열 냥이 되고 열 냥이 백 냥, 이백 냥이 되는 것은 시간문제니. 그러니까 그렇게 기죽지 말고 기운들 내자구. 알았지?"

풀이 죽은 동료를 향해 애써 밝은 웃음을 내보인 엄우는 연신 술잔을 돌려가며 동료들의 기분을 풀어주고자 애썼다. 하지만 그것도 잠시, 가장 먼저 노조린의 몸이 경직되고 뒤이어 홍자성, 진우의 몸 또한 그대로 굳어버렸다. 혼자서 가장 많은 술을 마시다가 미처 눈치 채지 못한 엄우만이 가장 늦게 고개를 돌리는 순간.

와장창!

서호객점, 아니, 이제는 영웅객점(英雄客店)이라고 명명된 객점의 문짝이 날아가며 사람들이 쏟아져 들어왔다. 손님들에게 음식과 술을 제공하기 위해 마련된 일층의 식탁들도 동시에 부서져 나갔다. 그뿐만이 아니었다.

우루루!

이층에 있는 객실에서 요란한 소리가 나더니 온갖 무기로 무장을 한 사람들이 일층으로 내려와 문으로 들어온 자들과 호응을 했다.

순식간에 포위된 노조린 등은 서로의 등을 기대며 사방을 경계했다.

보통의 경우라면 의당 겁에 질려 어쩔 줄을 몰라 했겠지만 이들은 달랐다. 놀라기는커녕 도리어 화를 냈다.

"남의 신성한 영업 장소에 와서 이게 무슨 짓들이오!"

노조린이 당장에라도 뛰쳐나갈 것 같은 홍자성과 진우의 옷깃을 잡고 자신들을 둘러싸고 있는 수십 명의 무인들을 싸늘히 노려보며 소리쳤다. 당장 객점에 들어와 있는 인원들만 해도 이십은 넘는 것 같고 객점 밖에서 뿜어져 나오는 기척들을 살펴보건대 객점 안의 인원의 두어 배는 넘을 것 같았다.

"신성한 영업장이라… 하긴 사람의 목숨은 신성한 것이니 그것을 거래하는 이곳도 신성한 곳이라면 신성한 곳이겠군. 안 그렇소?"

정면에서 날카로운 한광을 빛내는 검을 들고 있는 중년의 사내가 동료들을 바라보며 이죽거렸다.

"그렇지요. 다만 신성한 사람의 목숨을 가지고 장난을 치는 저놈들은 쓰레기라고 할 수 있겠지만 말입니다."

천천히 앞으로 걸어나오는 사내는 형산파의 속인당(束印當)이었다. 불의(不義)를 원수같이 미워하고 언제나 광명정대한 행동으로 많은 이들로부터 형산대협(衡山大俠)이라 칭송받는 사람이었다.

"도대체 무슨 말씀을 하시는지 모르겠습니다. 이곳은 지나가는 길손들을 위해 술과 음식, 그리고 잠자리를 제공하는 객점입니다. 사람의 목숨을 거래하다니요?"

허리를 굽실거리며 말을 하는 엄우의 표정엔 억울함이 가득했다. 하지만 제일 먼저 입을 연 중년 사내가 가소롭다는 듯이 소리쳤다.

"닥쳐라! 네놈들이 혈성의 주구인 흑영이라는 것을 다 알고 왔느니라! 그 따위 변명은 지나가는 개에게나 지껄이도록 해라!"

흑영이란 말에 포위된 그들의 표정이 일변했다. 하늘 아래 결코 자신들의 정체를 아는 사람은 없을 것이거늘… 하지만 흑영이라는 말보다 그들을 놀래킨 것은 혈성의 주구라는 말이었다. 생각을 정리할 시간도 없이 속인당의 말이 이어졌다.

"흑영 일호, 흑영 칠호, 흑영 십구호, 흑영 이십이호! 맞나?"

속인당은 '이제 정체가 드러났으니 어쩌하려느냐?' 하는 표정으로 네 사람을 바라보았다. 그리고 잠시 짧은 침묵이 흘렀다. 그 침묵을 깬 사람은 당연히 성격 급한 홍자성이었다.

"젠장! 어쩐지 기분이 더럽더라니! 진즉에 알아봤어야 했어, 저 거지 새끼들이 주제넘게 객점에 투숙하려고 하는 순간에."

"그러게 말이다. 카악, 퉤!"

진우가 홍자성의 말에 동의하며 홍자성이 가리킨 곳으로 누런 가래 침을 내뱉었다. 그곳은 오후 들어 한두 사람씩 짝을 지어 객점을 찾은 사람들이 갑자기 몰려나와 포위를 하고 있는 곳이었고 그중 몇몇은 개 방 사람인 듯 누더기 옷을 입고 있었다.

"거지들은 개방인 줄 알아보겠지만 당신들은 누구인가? 그리고 우 리가 흑영인 줄은 어떻게 알았지?"

노조린이 속인당과 주변의 인물들을 살피며 물었다.

"혈성을 부활시키려는 네놈들의 행동은 이미 오래전부터 파악하고 있었다. 그리고 때가 되어 이렇게 나선 것이지. 여기 네놈들뿐만 아니 라 네 동료들 또한 우리의 손을 피하지는 못할 것이다."

"토사구팽이군, 토사구팽이야. 가장 흔하고 전형적인 방법이지. 늙 은이들이 우리와의 약속을 어긴 거야. 우리가 팽(烹)당한 것이라고."

순식간에 상황 파악을 한 엄우가 허탈한 음성으로 중얼거렸다.

"개자식들, 철저히 준비를 했구나. 우리도 잘 모르는 동료들의 위치 까지 파악하고 제거하려 나섰다는 것을 보니 말이야. 그렇게 쉽게 될 줄 알아?"

우두둑!

홍자성이 진한 살소를 내보이고 양손을 깍지 끼며 주변을 노려보았다. 노조린의 전음이 들려온 것이 바로 그때였다.

[자성의 말대로 놈들은 철저하게 준비를 한 것 같다. 우리뿐만 아니라 다른 곳에 몸을 숨기고 있는 동료들까지도 위험한 모양이야.]

[쉽지 않겠어. 너무 많아. 숲이라면 모르겠지만 이곳은 몸을 숨길 만한 곳도 없고.]

엄우가 말을 받았다.

[그렇다고 이대로 죽을 수는 없잖아. 죽을 때 죽더라도 싸워야지.]

[당연하지. 우리가 가만있는다고 살려줄 놈들이면 아예 오지도 않았어.]

[지금부터 내 말을 잘 들어. 다른 의견은 인정하지 않는다.]

노조린의 음성이 무겁게 가라앉았다. 이 순간 그는 이들의 친구에서 흑영 일호이자 흑영대의 부대주라는 지위로 돌아갔다.

[우리는 지금 무기가 없다. 인원도 절대적으로 적고. 가장 시급한 것은 무기를 먼저 얻는 것이야. 그나마 다행이라면 엄우의 품에 암기로 쓸 동전이 많이 있다는 것이지.]

노조린의 말에 엄우가 재빨리 품을 더듬었다.

[무엇보다 중요한 것은 이런 상황을 대주에게 알려야 한다는 것이다.]

[하지만 대주가 있는 곳은 아무도 모르잖아.]

진우가 물었다.

[아니, 나는 안다. 다른 사람은 몰라도 나는 대주가 있는 곳을 알고 있어. 문제는 아직 그곳에 있느냐겠지만. 우리 중 누군가가 대주에게

저들의 배신을 알려야 한다. 진우, 네가 해주어야 해.]

노조린의 음성엔 어떤 확신이 담겨져 있었다. 진우가 깜짝 놀라 되물었다.

[내가?]

[너뿐이야. 무공은 나나 자성이 앞설지 모르나 경공 하나만을 따져보면 네가 우리들 중 최고다.]

[맞아. 우리를 가르쳤던 그 영감탱이들도 그것은 인정했어. 네가 최고라고.]

홍자성의 동의하며 말했다.

[하지만……]

진우는 망설였다. 힘들어서 그런 것이 아니었다. 이렇게 엄중하게 포위된 상황에서 한 사람을 탈출시킨다는 것이 무엇을 의미하는지 너무나 잘 알고 있었기 때문이다. 자신이 탈출하기 위해선 다른 사람의 희생이 절대적으로 필요했다. 그의 마음을 아는지 홍자성의 장난 어린 음성이 들려왔다. 진우에겐 비장하게 들리는…….

[설마 우리의 목숨을 걱정하는 것은 아니겠지. 우리가 저따위 놈들에게 당할 것 같아? 광풍 홍자성이 이런 데서 죽을 정도면 지금까지 살아 있지도 못했어.]

[그건 자성의 말이 옳다. 우리는 절대로 죽지 않아. 암, 억울해서라도 못 죽지. 약속을 깨고 우리를 이따위로 취급한 영감탱이들에게 뜨거운 맛을 보여주기 전까지는 절대로 죽을 수 없어. 그러니 아무런 걱정도 하지 말고 대주에게 떠나라. 우리의 복수가 시작되는 것은 대주가 이 사실을 아는 것부터니까.]

엄우 또한 망설이는 진우를 격려했다.

[그럼 그렇게 하는 것으로 알겠다. 우선 엄우의 공격으로 시작하고 엄우의 공격이 있는 즉시 객점을 빠져나가고 진우의 탈출로를 확보한다. 내가 정면에, 엄우는 오른쪽, 자성이 왼쪽을 맡는다. 일부러 크게 싸울 필요는 없어. 그냥 진우가 안전하게 도망칠 수 있는 공간만 벌면 된다. 싸움은 그 뒤로 얼마든지 하게 되어 있으니까. 진우, 너는 내 뒤에 따르다가 우리가 만든 공간을 이용해 바로 뛰어라. 내가 도울 테니 뒤는 우리에게 맡기고. 그럼 시작한다. 준비해라, 엄우.]

모두에게 전음을 보낸 노조린이 속인당을 향해 질문을 던졌다.

"어디서 이런 명령이 떨어진 것인가? 우리의 정체를 아는 사람은 얼마 없다. 장문인인가?"

"홋, 할 이야기는 다 한 모양이군. 뭔가 계획을 세운 모양인데 그렇게 시간을 끈다고 해도 변하는 것은 없다. 네놈들의 고통만 가중될 뿐이야. 순순히 목을 내밀면 고통만은 줄여주지."

속인당이 대답을 하기도 전에 곁에 있던 중년인이 나서서 말했다. 눈이며 코며 얼굴에 있는 모든 부위들이 한곳으로 몰려 있어 그다지 좋지 못한 인상. 노조린이 코웃음을 쳤다.

"아까부터 네놈이 나서는데 네가 이들의 우두머리라도 되나 보지? 내가 보기엔 어디 쥐새끼들이나 끌고 다니면 적당할 것 같은데. 그래, 네놈의 정체가 무엇이냐?"

"뭐, 뭣이! 네놈들이 감히 청성의 철중쟁쟁(鐵中錚錚) 옥시룡(沃翅龍) 앞에서 그 딴 소리를 늘어놓는단 말이냐!"

"호~ 철중쟁쟁이라… 혹시 철중고철(鐵中古鐵) 아니냐?"

한껏 비웃음을 품은 노조린의 음성이 객점에 울려 퍼지자 평소 허욕(虛慾)에 가득 찬 옥시룡을 못마땅해하던 사람들이 차마 드러내 놓지는 못했지만 입을 가리고 웃기 시작했다. 그것을 모를 리 없는 옥시룡의 얼굴이 수치심에 붉게 물들었다. 그때였다.

[간다.]

동료들에게 전음성을 보냄과 동시에 엄우의 신형이 공중으로 떠올라 무섭게 회전했다.

"면시염차(棉市鹽車)!"

어느새 엄우의 손을 가득 채운 동전이 전후좌우를 가리지 않고 사방으로 뿌려졌다.

"피해랏!"

동전 하나하나에 실린 기운이 예사롭지 않음을 느낀 속인당이 자신에게 날아오는 동전들을 검으로 쳐내며 소리쳤다. 하지만 지금 엄우가 펼치고 있는 것은 삼대세가의 일원이자 천하에 따를 곳이 없다는 사천당가(四川唐家)의 암기술이었다. 알고도 막기 힘든 것이 암기거늘 기습적으로, 그것도 근접한 거리였기 때문에 엄우의 공격이 거둔 효과는 탁월했다.

"크아악!"

속인당이 소리치기도 전에 암기에 적중당한 무인들이 쓰러지며 비명을 내질렀고 객점 안은 순식간에 아수라장으로 변해 버렸다.

쫘지직!

적들이 소리를 지르든 말든 엄우의 손에서 동전이 발출되는 순간 객점의 지붕을 뚫고 일제히 몸을 날린 일행은 단숨에 포위망을 뚫어버렸다.

"이런! 막아라!"

객점 안으로 들어간 인원이 상당했기에 적지 않이 안심을 하고 있던 사람들은 갑작스레 들려오는 비명과 자신들에게 다가오는 신형을 바라보곤 깜짝 놀라 소리쳤다. 하지만 객점을 뚫고 나온 이들의 행동은 그들의 반응보다 한발 앞서 빠르게 이어졌다.

사람의 몸이란 한번 공중에 떠오르면 반드시 땅으로 내려앉기 마련이었다. 개인마다 그 차이가 있겠지만 신이 아닌 이상 그것은 불변이었다. 하지만 때때로 그런 상식을 깨고 신의 영역에 도전하는 사람들이 있었다. 객점을 뚫고 근 십 장이나 날아오른 이들이 바로 그랬다. 우선적으로 땅에 안착한 노조린은 자신을 보고 당황하는 적을 단숨에 제압하고 재빨리 두 손을 모아 뒤이어 날아올 진우를 기다렸다. 홍자성과 엄우 또한 그들에게 달려드는 적을 죽이고 무기를 빼앗아 들더니 노조린의 좌우를 지켰다.

"꼭 대주에게 소식을 알려라!"

자신에게 날아오는 진우를 발견한 노조린의 손에 힘이 들어갔다. 그리고 진우의 오른발이 손에 닿는 순간 노조린은 온 힘을 다해 발을 밀쳐 내며 소리쳤다. 동시에 한 가닥 전음성이 날아가 진우의 귀에 울려 퍼졌다.

[무당이다. 무당산을 잊지 마라!]

"믿어. 혼이라도 날아가 알릴 테니."

까마득히 멀어지는 동료들을 바라보는 진우의 가슴은 무겁기만 했다. 이제 모든 것이 자신의 발에 달려 있었다. 뒤에 남은 동료들이 목숨을 걸고 있는 일. 대주에게 저들의 배반을 알리느냐 그렇지 못하느냐가 오로지 자신의 발에 달려 있는 것이다. 한 번의 도약으로 거의 삼십 장을 날아가 땅에 도착한 진우는 그 탄력을 이용해 혜성처럼 달리기 시작했다.

"성공해야 하는데……."

"성공하겠지. 놈이 약속한 대로 몸이 안 된다면 혼이라도 꼭 가겠다고 하니까."

"그나저나 이제는 우리가 문제인데……."

등을 맞댄 세 명의 동료는 자신들을 향해 다가오는 적을 살피며 한숨을 내쉬었다.

"공격이 최선의 방어라고 했던가?"

굳게 검을 움켜쥔 노조린이 조금도 머뭇거림없이 진우가 떠난 정면을 향해 몸을 날렸다.

"많이 들은 말인데 누가 한 말이지?"

홍자성이 오른쪽으로 방향을 잡고 뛰쳐나갔다. 혼자 남은 엄우가 들으라는 듯 큰 소리로 외쳤다.

"누구긴 누구냐! 대주지. 조린이 따라 하는 사람은 대주뿐이라고. 물론 나도 마찬가지지만."

엄우는 홍자성과 정반대, 좌측을 향해서 달리기 시작했다. 마지막으로 고개를 돌려 벌써 싸움을 시작하고 있는 동료들을 바라보는 것도 잊지 않았다.

'반드시 살아서 만나자고, 친구들.'

* * *

섬서성의 작은 화전 마을에서부터 불기 시작한 혈풍은 중원을 크게 요동 치게 만들었다. 혈풍은 때와 장소를 가리지 않고 근 삼 일 동안 이어졌다. 숭산 인근의 마을에서, 사천의 기루에서, 또 항주의 객점 등지에서 일어난 일련의 사건으로 희생당한 사람들만 하여도 그 수가 무려 이백이 넘었다.

도대체 누가, 어떤 의도로 이런 참사를 일으켰는지 몰랐기에 사람들은 다음 대상이 혹 자신들이 아닐까 하는 점에 두려움에 떨며 원인을 찾고자 노력하였다. 하지만 혈풍을 주도한 사람들이 칠파일방과 삼대세가의 사람들이라는 것이 협맹의 기민한 조사로 밝혀지면서 사람들은 오히려 혼란에 빠지고 말았다. 지금껏 혈풍을 일으키는 세력, 혹은 개인에 맞서 싸우며 잠재웠던 사람들이 바로 칠파일방과 삼대세가였기에 도대체 그들이 왜 한 마을을 쑥대밭으로 만들고, 또 기루에서 일하는 기녀의 목숨까지도 빼앗아가며 그토록 끔찍한 피보라를 일으킨 것인지 도저히 알 수가 없었기 때문이다. 더구나 혈풍을 일으킨 것이 자신들이라고 밝혀졌음에도 칠파일방과 삼대세가는 그 어떤 해명도 없이 침묵만을 지키고 그것이 사람들의 궁금증을 더욱더 가중시켰다.

그렇게 다시 사흘이 지났다.

사람들은 결국 그들이 기다리던 해명을 들을 수 있었다. 칠파일방과 삼대세가의 대표자 이름으로 나온 말은 혈풍에 못지않게 충격적이었다. 지난 참사에 관련된 사람들은 모두 비밀리에 세력을 키우고 있던 혈성의 인물들이고 처음부터 그들을 주시하고 있던 칠파일방과 삼대세가가 더 이상 좌시하지 못하고 그 싹을 잘랐다는 것이었다.

혈성이라니!

과거 혈성이 어떠한 만행을 저질렀는지 아직도 생생하게 기억하고 있는 사람들은 저마다 한숨을 내쉬며 그들의 행동에 찬사를 보냈다. 물론 뭔가 미진한 점이 있었고 이상한 것도 한두 가지가 아니었지만 그래도 칠파일방과 삼대세가라면 백도를 대표하는 세력들, 사람들은 수긍할 수밖에 없었다. 하지만 여전히 의문은 제기되었고 몇몇 사람들, 특히 사건의 본질을 대부분 파악하고 있는 협맹에서는 계속해서 자체 조사를 하는 등 감시의 눈길을 떼지 않았다.

어쨌든 일파만파(一波萬波)로 번져 가던 사건은 칠파일방과 삼대세가의 해명으로 어느 정도 진정이 되는 듯했고 강호는 다시 평화를 되찾은 것 같았다. 하지만 그것은 표면적으로 드러난 것일 뿐, 모든 일이 끝난 것은 아니었다. 그것을 단적으로 보여주는 예가 바로 지금 화산에서 벌어지고 있었다.

한동안 모든 사람들의 시선이 집중된 곳, 그중에서도 칠파일방과 삼대세가의 회의를 주재하고 있는 화산파의 장문인실.

옅은 불빛을 앞에 두고 저마다 자리에 앉아 있는 사람들의 수는 정확하게 열 명이었다.

사태의 심각성을 알고 있는지 이곳에 모인 각 파의 장문인과 가주들의 표정은 극도로 어두웠다.

"아미타불! 일단 급한 불은 껐다지만 여전히 많은 사람들이 우리의 말을 믿지 않고 있소이다. 더구나 예상치 못한 희생이 너무 컸소이다."

"그렇소이다. 그나마 빨리 해명을 했으니 망정이지 하마터면 큰일 날 뻔했소. 관부에서도 움직일 기미가 보이고 협맹에선 진상 조사를 하겠다고 설쳐 대며 어찌나 사건을 부풀리던지……."

광료 대사에 이어 모용현 또한 심각한 얼굴로 입을 열었다.

"하지만 아직 결과도 확실하지 않은 상태에서 흑영의 정체를 폭로하기엔 일렀다고 봅니다. 자칫 더 큰 문제가 생기지 않겠습니까?"

이양빙이 조심스레 말을 했다. 그러자 조공루가 천천히 고개를 흔들었다.

"어떻게든 알려질 일이었습니다. 다만 문제는 예상대로 흑영을 모조리 제거하지 못했다는 것입니다. 시시각각으로 올라오는 소식에 의하면 열여섯 명 중 적어도 칠팔 명의 흑영이 포위망을 뚫고 달아났다고 합니다."

"음……."

"허! 그렇게나 많이!"

조공루의 말에 수뇌들이 동시에 탄식성을 내뱉었다. 흑영의 능력이 어떠한지 익히 알고 있는 그들이었기에 한 명을 제거함에 있어서도 각 문파의 최정예를 뽑아서 보내라는 연락을 했고 또 그렇게 조치가 취해졌다. 그럼에도 그만한 인원이 빠져나갔다는 것은 그들로선 미처 예상하지 못한 충격적인 결과였다.

"더욱 중요한 것은 하필이면 놓친 흑영들이 흑영대의 가장 핵심적이고 최고의 무공을 지닌 자들이라는 것입니다. 반드시 잡아야 했던 혈영 일호도 놓쳤고 순수한 무공으로 따지며 흑영대에서 세 손가락에 드는 흑영 사십삼호도 놓쳤습니다."

"도저히 잡을 방법은 없는 것입니까?"

위호의 물음에 그동안 많은 신경을 썼는지 며칠 사이에 십 년은 더 늙어 보이는 조공루가 쓴웃음을 지으며 답했다.

"위 장문인께선 그들을 직접 보지 못했기에 그리 말씀하시는 겁니다. 위 장문인과 무당으로 떠나신 상경 진인… 후~"

말을 하던 조공루가 자신들을 엄히 꾸짖으며 화산을 떠난 상경 진인을 생각하며 한숨을 내쉬었다.

"애초에 혈성을 상대한다고 그들을 만든 것부터가 잘못이지만 그것은 어쩔 수가 없다고 칩시다. 하지만 이번은 아니오. 그래도 우리들이 누구요? 백도를 대표한다고 자부하는 사람들이오. 한데 이것이 무엇이오? 그까짓 비난은 어차피 우리가 감싸고 감수해야 하는 것이거늘… 고작 무림동도들의 손가락질을 두려워해 또 한 번 잘못을 저지르려는 것이오? 나는, 아니, 우리 무당은 그렇게 못하겠소. 무당은 책임을 질 것이오. 사람들이 손가락질하면 받을 것이고 어떤 대가를 원한다면 지불할 것이오. 하지만 여러분들이 원하는 대로 흑영을 제거하기 위해 제자들을 하산시키는 일은 없을 것이오. 사실상 혈성과의 싸움에서 우리가 이길 수 있었던 것은 흑영의 존재가 있었기에 가능한 것이었소. 그럼에도 우리는 그들을 외면했소. 아낌없는 찬사를 보내고 영웅으로 떠받들어도 부족할 그들이었건만 오히려 저어하고 억지로 무림을 떠나게 만들었소. 그것이 십 년이나 고생한 그들에게 한 우리들의 답례였소. 말이 된다고 생각하시오? 그리고 나는 보지 못했지만 사부님께서 말씀하셨소. 그래도 그들은 웃으며 떠났다고. 화를 내고 욕을 하는 것이 당연한데도 웃으며 떠났다고 말이오. 사부는 그 길로 즉시 내게 장문 직을 넘기시고 은퇴를 하셨소. 그런데 그런 그들을 또다시 배반하잔 말이오? 절대로 그럴 수 없소. 여러분들이 무당을 비난해도 할 수 없소. 엄연히 잘못된 것을 알면서도 따를 수는 없구려. 나는 사부님으로부터 그렇게 배우지 않았소, 여러분들은 어땠는지 몰라도!"

지금도 귓가를 울리는 상경 진인의 음성, 추상같은 표정으로 꾸짖는 상경 진인 앞에서 제대로 입을 열 수 있는 사람은 아무도 없었다. 자기는 물론이고 상경 진인의 사부와 동년배인 모용현이나 당가의 가주 당욱(唐旭)도 침묵을 지킬 정도였으니 두말할 필요가 없었다.

상경 진인이 그렇게 화산을 떠난 지도 벌써 열흘 전이었다.

"아무튼 두 분을 제외하고 일찍 장문 직을 맡았던 저를 포함하여 여기 계시는 모든 분들이 그들에게 무공을 가르쳤습니다. 그들이 어느 정도로 대단한지는 다른 누구보다 잘 알고 있지요. 단언하건대 그들이 포위망을 뚫기 전이라면 모를까 이미 벗어난 상황에서 몸을 숨기고자 한다면 나를 포함한 여러 장문인들께서 나서신다 하더라도 잡을 수 없습니다. 절대로."

조공루의 말에 수뇌들의 고개가 절로 끄덕여졌다. 사실 따지고 보면 흑영은 이들의 공동 전인이라고 말할 수 있었다. 사부가 제자의 능력이 어떻다는 것을 모를 리가 없었다.

"그러고 보면 흑영에게 절반이 넘는 희생을 가져오게 한 혈성의 능력은 실로 대단한 것이었습니다."

남궁성의 뇌리에 최후의 한 사람까지 남아 끈질기게 대항했던 혈성의 무인들이 떠올랐다.

"그랬지요. 그랬으니 우리가 흑영을 만든 것이 아닙니까? 부끄럽지만 도저히 정상적인 싸움에서 승리를 얻을 수 없었기에."

고역사가 탄식을 하며 대꾸했다. 그 또한 혈성의 잔인함과 지칠 줄 모르는 투지를 기억해 내며 고개를 흔들었다. 그러자 지금껏 아무런 말도 없이 회의를 지켜보던 당욱이 입을 열었다.

"이제 어쩔 것이오? 솔직히 지난번엔 나 또한 흑영을 꺼리는 마음이 있어 아무 말도 하지 않았지만 한 가지 마음에 걸리는 것이 있었소. 만약 도망치는 사람이 있으면 어쩔 것인가. 쉽게 답이 나오지 않더구려. 그리고 불행하게도 기우이길 바랬던 염려가 사실로 드러나고 말았소. 도망친 저들은 절대로 가만있지 않을 것이오. 자신들을 배반한 우리에게 칼을 뽑을 것은 자명한 일. 저들의 정체를 혈성의 주구라 단정한 이상 협맹이 아무리 진실을 밝힌다고 떠들어대도 무시하면 그만이오. 하나 흑영은 다르오. 그들은 말로만 떠들어대는 협맹과 다르오. 그들은 칼을 뽑을 것이오. 그토록 거대한 세를 과시하던 혈성을 출도 백 일 만에 거의 마비시킨 능력을 우리에게 말이오. 비록 수는 적다고 하나 저들에게 능히 그럴 만한 실력이 있소, 실력이."

누구 하나 확실한 대답을 내놓는 사람이 없었다. 실패를 생각하지 않았기에 그에 따르는 결과를 생각하지 못했던 그들은 그저 멍하니 서로의 얼굴을 바라볼 뿐 별다른 말을 하지 못했다.

그때 그들의 침묵을 깨는 다급한 음성이 들려왔다.

"사, 사부님!"

문밖에서 들리는 음성에 조공루의 아미가 심하게 일그러졌다.

"웬일이냐? 내가 부르기 전엔 누구도 이곳에 접근하지 말라고 이르지 않았더냐?!"

굳은 얼굴로 벌떡 자리에서 일어난 조공루가 문을 열며 소리를 질렀다. 문밖에는 최근에 거둔 제자 한 명이 서 있었다. 얼마나 급히 달려왔는지 자신의 앞에서도 연신 숨을 헐떡이고 있었다.

"어허! 어른들 앞에서 이게 무슨 추태란 말이냐? 어서 호흡을 단정히 하거라. 그래, 도대체 어떤 일이기에 이리 급하게 달려온 것이냐?"

그럼에도 호흡이 진정되지 않는지 몇 번이나 크게 심호흡을 한 제자가 더듬거리며 대답을 하였다.

"그, 그것이… 고적 사숙께서 돌아오셨습니다."

흑영 십일호를 놓친 것은 이미 하지장이 보내온 전서구를 통해 알고 있었다. 서찰에는 또한 고적의 생명이 위독하다는 말도 적혀 있었다. 도대체 어느 정도이기에 목숨이 위험하다는 말이 나온단 말인가! 내색은 하지 않았지만 이제나저제나 하며 고적이 돌아오기만을 기다렸다. 그리고 마침내 고적의 일행이 화산파에 도착했다는 전갈을 듣게 됐다. 조공루는 자신도 모르게 제자의 팔을 움켜쥐며 질문을 퍼부었다.

"뭣이! 그게 정말이냐? 지금 어디 있느냐? 살아는 있는 것이냐?"

"예, 사부님. 우선 처소로 가셨습니다. 한유(韓柔) 사숙께서도 급히 그곳으로 뛰어가셨습니다."

잡힌 팔이 어지간히 아픈지 얼굴을 찌푸리며 간신히 대답하던 제자는 조공루가 자신의 실수를 깨닫고 머쓱한 표정으로 고개를 끄덕이며 팔을 풀어줄 때까지 고통을 참아야만 했다.

"알았다. 이만 물러가거라."

"예, 사부님."

제자가 허리를 숙이고 물러가자 조공루는 어느새 곁으로 다가온 수뇌들에게 재빨리 입을 열었다.

"사제가 돌아온 모양입니다. 잠시 가봐야겠습니다."

"당연하지요. 어서 다녀오십시오."

"이럴 게 아니라 우리도 가봐야 되는 것 아니겠소?"

"그렇지요. 의당 가서 상세를 지켜보고 위로를 하는 것이 도리일 것입니다."

수뇌들은 화산파의 체면이 구겨질 것을 걱정하는 조공루의 마음도 헤아리지 못하고 자기들끼리 떠들어대더니 문병을 가는 것으로 결론을 보았다.

다친 사람을 위해 문병을 오겠다는데 어쩔 것인가. 조공루는 억지웃음을 보이며 그들의 친절에 감사의 인사를 전했다. 그리고 어쩔 수 없이 수뇌들과 함께 고적의 처소로 발걸음을 옮겼다.

이리저리 방향을 틀어대며 빠르게 몸을 움직이던 조공루가 도착한 곳은 화산파에서도 가장 외진 곳으로 지어진 전각 또한 다른 건물에 비해 규모도 작고 소박한 곳이었다.

"사부님!"

조공루가 도착하자마자 총총히 달려와 인사를 하는 사람은 하지장이었다. 그간 많은 낭패를 보았는지 몰골이 말이 아니었다. 하지만 인사를 받는 둥 마는 둥 한 조공루는 민망히 서 있는 하지장을 뒤로하고 급히 방으로 들어섰다.

"사제!"

방으로 들어선 조공루가 가장 먼저 발견한 것은 하얀 천으로 도배를 한 사제 고적의 몸뚱이였다.

"쉿! 진정하십시오, 사형. 막내 사제가 이제 막 잠이 들었습니다."

고적의 곁을 지키고 있던 한유가 자리에서 일어나며 한숨을 내쉬었다.

"도대체 어디를 얼마만큼 다친 것이기에 위독하다는 소리가 나오는가?"

"후~ 그것이……."

"답답하네. 말을 해보게."

평소 조공루가 얼마나 막내 사제를 아꼈는지 알고 있는 한유는 차마입을 열 수가 없었다. 무인으로서 단전(丹田)을 훼손당했다는 것이 얼마나 끔찍한 일이고, 또 검을 쓰는 검객이 팔을 잃었다는 것이 무엇을 의미하는지 너무나 잘 알고 있는 한유는 그저 멍하니 천장만을 바라볼 뿐이었다. 하나 그가 말을 하지 않아도 한눈에 알아볼 정도로 고적의 상태는 심각했다.

"파, 팔을 잃은 것인가?"

천으로 감겨 있는 몸을 살피다 그제야 발견했다는 듯 허전한 어깨로 향하는 조공루의 손길이 덜덜 떨렸다.

"단전도 상했습니다."

한유의 침음한 음성에 조공루의 고개가 다시없는 속도로 돌려졌다.

"그, 그게 무슨 말인가? 단전을 다치다니!"

"생명에는 지장이 없지만……."

마치 자신의 잘못인 양 얼굴을 숙인 한유가 미처 말을 잇지 못했다.

"어찌 이럴 수가! 어떻게 이런 일이……!"

다급히 고적의 몸을 살핀 조공루는 한유의 말에 한 치의 틀림도 없자 할 말을 잃었는지 자리에 털썩 주저앉고 말았다. 바늘로 찔러도 피한 방울 나오지 않을 것 같았던 냉정한 얼굴이 일그러지고 두 눈이 순식간에 붉게 물들었다.

"이제… 사제의 눈부신 검무(劍舞)는… 더 이상 볼 수 없는 것인가? 12초에 머물러 있는 낙영검법을 반드시 13초로 만들겠다던 그 포부는 어찌하란 말인가."

자신 앞에서 늘 입버릇처럼 낙영검법의 끝을 보겠다고 다짐했던 고적, 능히 그럴 능력이 있는 사제였기에 기대도 많이 했던 터였다. 그런데 고적의 꿈이요, 자신의 바람이 한순간 무너져 내렸다. 차마 더 이상 고적을 보지 못하겠는지 비틀거리며 신형을 일으킨 조공루는 걱정스러운 눈초리로 바라보고 있는 한유와 뒤따라온 수뇌들을 뒤로하고 천천히 방을 나섰다.

방문 밖에는 고적을 따라 길을 나섰던 제자들이 땅바닥에 무릎을 굽히고 조공루를 기다리고 있었다.

"사숙께서 저리되신 것은 다 저희들의 불찰입니다. 죄를 내려주십시오."

장문제자답게 하지장이 대표로 나서 조공루에게 죄를 청했다.

"……."

"죄를 내려주십시오!"

조공루가 아무런 말도 없이 자신들을 응시하자 제자들은 너나 할 것 없이 머리를 땅에 찧으며 죄를 청했다. 하나 조공루의 입에서 별다른 말이 흘러나오지 않았다. 한참 동안 침묵을 지키고 있던 조공루의 입이 열린 것은 방을 나온 지 거의 일각이 지나서였다.

"설명을 해보거라."

"예? 무슨 말씀이신지……."

사부의 질문을 제대로 이해하지 못한 하지장이 조심스레 반문했다.

"너희들의 사숙이 왜 저 지경이 되었는지, 그렇게 되기까지 너희들은 무엇을 하고 있었는지 설명을 하란 말이다."

조금의 감정도 느껴지지 않는 조공루의 음성. 너무나 무겁게 가라앉아 있기에 불같이 화를 내는 것보다 더욱 두려움을 느낀 하지장의 등줄기에는 어느새 식은땀이 흘러내리고 있었다. 입도 얼었는지 제대로 움직이지 않았다.

"그러니까 그것이……."

그러나 누구의 명이라고 망설일까? 하지장은 다시는 떠올리고 싶지 않은 치욕스런 그날의 상황을 기억하며 천천히 설명하기 시작했다.

'역시 강하군. 이 몸으론 무리야.'

연신 뒤로 물러나기 바쁜 관정은 쉴 새 없이 쏟아지는 고적의 공격에 반격할 엄두도 내지 못하고 그저 몸을 보호하는 데 급급했다. 하지장이 당한 수모를 갚고자 하는 것일까? 고적에 의해 춤을 추듯 그렇게 유연하고 한 점 흐트러짐도 없이 시전되고 있는 무공은 낙영검법이었다. 하지만 그 위력 면에선 하지장과 비교할 수도 없을 만큼 위력적이고 날카로웠으며 집요했다.

고목생화에서 경화수월로, 경화수월에서 낙화유수(落花流水), 만초한연(蔓草寒烟)으로 이어지는 초식은 마치 사계절을 묘사하려는 듯 때로는 우아하게 때로는 매서운 기운을 내뿜으며 주변을 압도하며 휩쓸어갔다.

"역시! 사숙님의 무위는 실로 대단하구나!"

그런 고적을 넋 놓고 바라보는 화산파의 제자들. 특히 하지장은 입을 쩍 벌리고 감탄에 감탄을 하고 있었다.

자신은 비급에 적혀 있는 대로, 사부가 가르쳐 준 그대로를 생각하며 그저 머리 속에 기억된 검로(劍路)에 따라 검을 움직이려고 하였지만 사숙은 전혀 그렇지 않은 듯했다.

검로가 아닌 길을 따르면서도 종내엔 검로를 따르고 있었고 검로에 충실한 듯하면서도 어느샌가 벗어나 전혀 엉뚱한 방향으로 변화하는 검은 도저히 종잡을 수 없는 움직임을 보여주고 있었다.

"사부께서 말씀하신 것이 저것인가? 같은 검법을 익혔어도 그 기본 틀만 같을 뿐 사람에 따라, 그 검법을 어떻게 해석하고 응용하느냐에 따라 같은 무공이 될 수도 있고 전혀 다른 무공이 될 수 있다고 하신 말씀이……."

지난날 사부가 자신에게 낙영검법을 전수할 때 했던 말을 떠올리며 고개를 끄덕인 하지장은 단 한 순간도 놓치지 않겠다는 듯 두 눈을 부릅뜨고 고적의 움직임에 시선을 고정시켰다.

그런 하지장의 눈에 관정의 허리를 향해 검을 날리던 고적이 깜짝 놀라며 뒤로 물러서는 것이 보였다.

"대단하다. 움직이기에도 벅찰 터인데 나의 공격을 하나같이 무위로 만들더니 이제는 반격까지 하는구나!"

겉으로 드러나는 여유와는 달리 볼을 타고 흐르는 것이 자신의 피라는 것을 알고 슬쩍 소매로 닦아내는 고적의 마음 한구석에선 한기가 스며 나왔다. 자신의 반응이 조금만 늦었다면 관정의 녹슨 칼은 뺨에 상처를 내는 것이 아니라 틀림없이 목을 자르고 지나갔으리라. 확실한 우위를 점하고 있음에도 혹시나 하는 마음에 경계를 늦추지 않은 것이 얼마나 다행인지 몰랐다.

"극구광음(隙駒光陰)이었나?"

자신의 공격을 무위로 돌림과 동시에 한순간에 방어벽을 무너뜨리고 접근한 관정의 검은 상상도 할 수 없을 정도의 빠름을 보여주었다. 자신이 고개를 돌리는 것이 조금만 늦었더라면 그대로 목숨을 잃게 만들 뻔했던 무공. 그것은 분명 극구광음이었다. 고적은 자신의 생각이 틀림없다고 확신하는 듯했다. 고적이 잠시 물러난 사이 거친 호흡을 가다듬고 있는 관정의 고개가 두어 번 끄덕여지며 그런 고적의 생각이 맞음을 인정했다.

"역시 그랬군. 놀라워. 정말 놀라운 일이야. 극한의 빠름을 자랑하는 극구광음은 환검의 정수라는 낙영검법과는 전혀 어울리지 않는 검법. 그랬기에 오히려 다른 어떤 초식보다 강력한 힘을 자랑하는 것이거늘……"

자신도 아직은 그 초식을 제대로 수련하지 못했기에 진정 놀라는 눈으로 관정을 쳐다보는 고적의 마음속에 자신이 질 수도 있다는 한 가닥 불안감이 치솟고 있었다. 하지만 그가 관정의 마음을 읽을 수만 있다면 그런 생각을 한다는 것 자체가 우습다는 것을 알 수 있었을 것이다.

'젠장! 최후의 수가 실패를 하고 말았으니 어쩐다… 하긴 그것이 성공을 했더라도 이곳을 무사히 빠져나가기는 힘들 것 같지만. 그다지 움직일 힘도 남아 있지 않은 상황에서 내가 저들까지 상대하고 도망가는 것은 사실상 불가능하니.'

슬며시 고개를 돌려 단 한 순간도 눈을 떼지 않고 자신과 고적의 대결을 지켜보는 화산파의 제자들을 바라보니 절로 한숨이 새어 나왔다. 그 수가 제법 줄기는 하였지만 아무런 상처도 입지 않아 지금이라도 당장 검을 들고 자신의 목을 베기 위해 덤빌 수 있는 자들이 부지기수였다.

'뭔가 방법을 생각해야 한다. 이대로 가다간 아무것도 못해보고 이 자리에서 죽임을 당한다. 절대로 그럴 수야 없지. 난 할 일이 많아.'

"조금이나마 기력을 회복한 듯하니 다시 시작하도록 하지."

관정의 호흡이 차츰 안정을 찾자 검을 땅에 늘어뜨리고 잠시 눈을 감고 있던 고적이 번쩍 눈을 뜸과 동시에 검을 치켜 올렸다. 조금 전보다 더욱 냉정하게 가라앉은 눈빛. 단 한 번의 실수로 목숨을 잃을 뻔한 자신을 반성하며 이제는 절대로 그런 실수 따위는 하지 않겠다는 각오로 다져진 눈빛이었다. 관정을 진정한 실력자로 인정을 했는지 말투 또한 정중해졌다.

"정말 아쉬워, 그대 같은 인물이 왜 하필 혈성에 있는 것인지. 그렇지만 않았다면 이렇게 생사를 다투는 것보다 한잔 술을 따라놓고 서로의 검에 대해 많은 얘기를 나눌 수 있을 터인데."

"내가 혈성의 인물인지 아닌지는 조만간 밝혀질 것이다. 또한 우리를 배신한 자들에게 반드시 그 대가를 치르게 할 것이다."

"유감이지만 그대에겐 그럴 시간이 없을 것이다. 오늘 이 자리에서 나를 이기지 못하는 한. 간다!"

힘찬 기합과 함께 고적의 몸이 공중으로 뛰어오르고 관정 또한 남아 있는 모든 기력을 짜내어 검에 실었다.

채챙!

싸움의 양상은 조금 전과 다름없이 흘러갔다. 고적이 맹공을 퍼부으면 관정은 어떡해서든지 막아냈고 간간이 예의 그 초식, 극구광음을 통해 고적의 가슴을 서늘케 만들었다. 하지만 그와 같은 상황은 그리 오래가지 않았다. 오랜 싸움으로 지친 관정이 점차로 불안한 모습을 보이며 위태로운 상황으로 몰리고 있었다. 하지장 등에 당한 상처에 고적의 검에 의한 상처 또한 하나씩 늘어만 갔고 지친 몸은 절로 발걸음을 느리게 만들었다.

'홋, 고작 이 정도를 가지고 이렇게 빌빌거리다니⋯ 친구들에게 알려지면 웃음거리가 되기 쉽겠군. 대주가 나를 보면 죽이려고 하겠고. 하지만 도리가 없구나! 칠 년의 세월은 너무 길었어. 한계야.'

검을 꺾고 무려 칠 년이나 농사지으며 살아온 관정은 이미 자신의 몸이 버틸 수 있는 한계점까지 왔다는 것을 직감적으로 감지하고 있었다. 다른 곳에 비해 아직 다리의 힘은 빠지지 않았지만 전체적으로 몸이 무거운 상황에서 그것은 조금의 위안이 될 뿐 별다른 도움이 되지는 못했다. 이제 점점 심각한 상처를 입을 것이고 결국 목숨도 잃게 될 것이다. 지금까지는 그런대로 버텨왔지만 더 이상 고적의 공격을 막는다는 것은 불가능했다. 관정으로선 뭔가 특단의 조치를 취할 필요가 있었다.

'이제 남은 방법은 하나뿐. 이것마저 실패하면 그 뒤는 없다!'

마침내 최후의 모험을 감행하기로 한 관정은 크게 심호흡을 했다. 성공할 확률이 거의 없었지만 달리 선택할 방법이 없었다. 이렇게까지 몰린 자신의 처지가 한심하다는 듯 입가엔 허탈한 미소가 지어졌다.

그 모습을 본 고적은 직감적으로 뭔가가 있다는 생각이 뇌리를 스쳤다.

'하지만 힘들 것이다.'

적은 이제 거의 움직일 힘도 없었다. 그런 상대를 앞에 놓고 겁을 집어먹어서야 화산파의 제자라 할 수 없었다. 물론 이빨이 빠져도 맹수는 맹수. 조심을 하는 것은 좋았지만 그렇다고 망설일 필요는 없었다.

"끝이다!"

고적은 최후의 일격을 날리기 위해 관정에게 접근했다. 그리고 자신이 가장 먼저 배우고 또 익숙한 초식, 낙영검법 제1초 비엽승풍(飛葉乘風)을 시전했다. 땅에 떨어진 낙엽을 단숨에 하늘 끝까지 날리는 바람과 같이 검에선 폭풍 같은 기세가 쏟아져 나왔다.

'이겼다!'

이제 이 지루한 싸움이 결판날 것이다. 비록 상처 입고 지친 적이었지만 관정은 자신의 생명을 위협할 정도로 강한 적이었다. 정상적인 몸으로 대결을 한다면 결코 이길 수 없을 것이란 생각이 들 정도로 엄청난 상대였다. 정정당당한 대결이 아니라는 점에선 부끄러웠지만 그래도 가슴 한구석에선 승리에 대한 뿌듯한 감정이 밀려왔다.

하지만 아직 끝이 난 것은 아니었다.

고적의 공격을 날카롭게 주시하는 관정은 손에 땀이 날 정도로 힘차게 검을 움켜쥐었다. 그리고 조금도 주저하지 않고 고적의 검에 자신의 몸을 맡겼다. 그리고 자신의 검은 고적의 가슴께로 향했다.

"미, 미친!"

사숙의 승리를 예감하며 느긋하게 바라보고 있던 하지장이 두 눈을 비비며 소리를 질렀다. 주위의 다른 제자들은 지금 관정이 펼치는 무공이 어떤 것이라는 것을 제대로 눈치 채지 못하고 사숙의 승리를 확신하며 환호성을 지를 준비를 하고 있었지만 그것이 현재까지 이어져 내려오는 낙영검법의 마지막 초식 비아부화(飛蛾赴火)임을 알고 있는 하지장으로선 당연한 반응이었다.

여름철 죽을지도 모르고 그저 밝은 빛을 따라 불길로 뛰어드는 벌레들처럼 자신의 몸은 돌보지 않고 오로지 상대방을 죽이기 위해 펼치는 동귀어진(同歸於盡)의 수법이 바로 비아부화였다.

그렇다면 고심 끝에 관정이 택한 것이 고작 적과 함께 죽는다는 것인가? 절대로 그럴 리가 없었다. 그랬다면 그가 알고 있는 여러 수법들, 특히 가장 잔인하고 끔찍한 수법이었지만 효과만은 확실한, 몸을 산산이 조각 내어 주변을 초토화시키는, 그야말로 가장 완벽한 동귀어진의 수법인 폭비산화(爆飛散花)를 진즉에 사용했을 것이다.

그렇다면 왜 비아부화인가? 관정이 폭비산화를 사용하지 않고 비아부화를 사용한 이유는 따로 있었다.

폭비산화는 자신의 몸을 폭발시켜 적을 공격하는 것으로, 그것을 시전하기 위해선 반드시 목숨을 내놓아야 한다. 두 번은 없었다. 효과는 확실하지만 시전자 또한 절대 살 수가 없다. 하지만 비아부화는 달랐다. 목숨을 거는 것이지 버리는 것은 아니었다.

동귀어진의 수법이란 상대방의 공격을 온몸으로 받아내며 최후의 일격을 날리는 것이다. 하지만 치명적인 약점이라면 약점인 것이 있었으니 그것은 상대방이 공격을 거두고 피하면 그만이라는 것이었다. 승리를 자신하는 사람들은 구태여 목숨을 걸지는 않는다. 그로 인해 다소간의 손해가 있을 수는 있겠지만 최소한 함께 죽는 것보다는 나았다. 아니, 꼭 죽지는 않더라도 초식의 위험성은 능히 목숨을 위협할 상처를 입힐 수 있었기에 애써 상대할 필요가 없었다. 그래서 보통 전세가 불리한 사람이 다급한 상황을 벗어나기 위해 사용하는 동귀어진은 일시적으로 효과를 보기는 한다. 하지만 어차피 결과는 변하지 않는다. 동귀어진을 사용할 정도라면 이미 싸움은 끝난 것이나 마찬가지였으므로.

지금 고적이 그랬다. 하지장이 비아부화임을 알아보기도 전에 관정의 수법을 눈치 챈 고적은 어이없는 표정을 지었다.

"고작 동귀어진이냐!"

싸움을 좀 더 그럴듯하게 끝내기를 원했던 고적은 일말의 배신감마저 들었다. 하나 생각은 잠시, 관정의 도박적이고도 위험천만 공격을 피하기 위해 재빨리 검을 거두고 몸을 피했다. 목숨을 잃진 않겠지만 기세를 보아 맞부딪치면 최소한 팔 하나는 희생해야 할 듯싶었기 때문이다. 다 이긴 싸움에서 팔이라니, 어림도 없는 일이었다. 하지만 그런 생각이 고적으로선 최악의 상황을 초래하게 만드는 원인이 되고 말았으니…….

달려가는 힘이 있었기에 아무리 몸을 빨리 뺀다고 하더라고 관정의 검을 완전히 피할 수는 없었다. 그렇지만 공격에 대한 부담이 없기에 밀려오는 공격은 생각만큼 위협적이지 않았다. 고적은 그다지 어렵지 않게 관정의 검을 막을 수 있었다. 하나 고적이 관정의 검을 쳐내는 순간 그는 뭔가가 잘못되고 있다는 것을 알 수 있었다.

애당초 동귀어진을 할 생각이 조금도 없었던 관정의 검에는 조금의 힘도 실리지 않았다.

"이런!"

들고 있던 검을 자신에게 던지며 순식간에 자신의 몸 뒤로 접근해오는 관정의 기척을 느낀 고적은 기겁하며 몸을 빼고 검을 휘둘렀다. 그러나 검은 애꿎은 공기만을 갈랐을 뿐이고 당황한 발걸음은 미처 관정을 떼어놓지 못했다. 고적은 관정의 팔이 뒤에서부터 자신을 감싸 안는 것을 느끼며 다시 한 번 재빨리 몸을 돌려 공격을 했다. 하나 고적의 공격은 또다시 무위로 돌아가 버렸다. 고적이 관정의 그림자를 베는 사이 관정은 어느새 고적의 뒤로 돌아가 있었다. 그리곤 필사적으로 고적의 허리를 안았다. 미처 피할 틈도 없이 몸을 잡혀 버린 고적은 들고 있던 검을 버리고 팔꿈치를 이용해 관정의 옆구리를 가격했다. 그러나 꿈쩍도 하지 않는 관정. 공격은 별다른 효과를 보지 못한 듯했다. 그래도 달리 방법이 없던 고적이 다시 한 번 팔꿈치로 관정을 가격하려는 순간 엄청난 고통이 밀려왔다. 허리에서부터 시작한 고통은 순식간에 전신으로 퍼져 갔다. 허리를 감싸 안은 관정이 실로 엄청난 힘으로 자신을 옥죄고 있는 것이었다.

"이놈!"

밀려오는 고통을 참을 수 없었던 고적은 양팔을 휘두르며 관정을 떼어놓으려고 하였다. 하지만 자세가 불안해서 그런지 그 역시 큰 효과는 거두지 못했다. 허리에 가해져 오는 힘은 더욱 거세지기만 했고 더 이상 저항을 하는 것이 불가능할 정도로 고통은 심해져만 갔다.

마침내 저항을 포기하고 정신마저 혼미해져 가는 그 순간,

"사숙을 내려놓아라!"

하지장과 제자들이 관정에게 달려들었다.

관정이 제자들의 공격을 피하기 위해 잡고 있던 허리를 푸는 듯한 느낌이 들자 거의 정신을 잃은 지경에까지 이른 고적은 혼신의 힘을 다해 관정의 손아귀를 빠져나가려 하였다. 그의 의도는 하지장 등의 공격과 맞물려 성공하는 듯 보였다. 그러나 한번 잡은 기회를 놓칠 관정이 아니었다. 어느 틈에 준비를 했는지 그의 손에는 한 자가량의 단검이 들려 있었다. 그리고 그 단검을 고적의 몸 앞으로 돌린 관정은 조금도 주저하지 않고 검을 찔렀다.

"크아아아악!"

고적의 비명성은 주변을 휩쓸며 처절하기 울려 퍼졌다. 관정을 공격하려던 하지장과 제자들의 공격은 이미 멈추어져 있었고, 도대체 어떤 일이 일어났는지 이해를 하지 못하며 당황하고 있는 그들에게 관정의 음성이 들려왔다.

"크크크! 그러게 가만히 있어야 할 것 아니야. 네놈들이 가만히 있었으면 이렇게까지는 하지 않았을 것을⋯⋯."

관정은 단 한 번의 칼질에 의해 비명과 함께 정신을 잃어버린 고적을 부축하며 괴소를 터뜨렸다. 고적을 안고 있는 그의 몸 또한 연신 비틀거렸지만 개의치 않았다. 최후의 희망을 걸긴 하였으되 자신이 생각하기에도 거의 불가능하리라 여겼던 시도였다. 그것이 성공을 하고 그 결과로 고적이라는 인질을 얻게 되자 없는 힘도 생기는 듯했다.

"싸움을 하면서 몸을 사려서야 되나. 지레 겁을 먹고 움츠리다간 이렇게 되는 것이지. 그대로 부딪쳐 왔다면 쓰러져 있는 것은 나였을 것

을… 나의 공격엔 아무런 힘도 없었는데 말이야."

관정은 계속 미끄러져 내리는 고적의 몸을 힘겹게 추스르며 정신을 잃은 고적에게 들으라고 하는 것인지, 아니면 하지장을 비롯하여 어쩔 줄을 몰라 하며 서 있는 화산파의 제자들에게 하는 말인지 모를 소리를 늘어놓았다.

사실이 그랬다. 자포자기하는 심정으로 비아부화를 시전하기는 하였지만 애초에 그가 노린 것은 동귀어진이 아니었다. 고적이 조금 다치는 것을 각오하고 덤볐다면 그대로 끝났을 것이 승리를 확신한 고적이 몸을 사리면서부터 틈이 생기기 시작했다. 뒤로 물러나는 고적보다 앞으로 나아가는 관정의 몸이 더 빨랐기에 관정은 순식간에 고적에게 접근할 수 있었고, 또한 뒤로 돌아가는 자신에게 밀려드는 고적의 검은 근접 거리에서 실로 그 위력이 발휘된다는 비견수종(比肩隨踵)이라는 개방의 비전보법(秘傳步法)을 이용해 손쉽게 피할 수 있었다. 그리고 고적의 허리를 쥔 것은 소림의 옥대공(玉帶功)이었다. 한번 잡히면 도저히 빠져나갈 엄두를 내지 못한다는 옥대공의 위력은 과연 허언이 아니었다.

결국 목숨을 내건 관정의 용기와 고적이 반응하기도 전에 뒤로 돌아갈 수 있게 하였던 보법, 그리고 맨손으로 단숨에 고적을 제압한 옥대공. 이렇게 세 가지 요소가 잘 어울려 고적이란 강적을 쓰러뜨린 것이었다. 만약 고적이 승리를 과신하지만 않고 또 갑작스레 이어진 공격에 당황만 하지 않았어도 이와 같은 결과는 일어나지 않았을 것이다. 하지만 당금에 누가 있어 화산파의 검법을 쓰고 개방의 보법을 사용하며 소림의 옥대공을 시전할 수 있을까? 이와 같은 경우를 본 적도, 들은 적도 없는 고적이 당황하는 것은 어쩌면 당연한 일이었는지도 몰랐다. 물론 그 결과는 뼈아픈 것이지만.

"다가오지 마라, 네놈들의 사숙이 다치는 꼴을 보기 싫으면."

어느 정도 사태를 파악한 하지장이 몸을 움직이자 천천히 뒷걸음질 친 관정이 싸늘하게 외쳤다.

"비겁한 놈! 당장 사숙을 내려놓지 못하겠느냐!"

하지장은 평소 사이가 좋든 그렇지 않았든 간에 관정의 손에 질질 끌려가는 고적의 모습을 보자 억장이 무너지는 느낌이었다.

"미친놈! 네놈 같으면 구명(求命)줄을 놓겠느냐? 어림도 없는 소리지. 다가오지 마라, 험한 꼴을 보기 싫으면!"

하지장에 이어 다른 제자들까지 합세하여 다가오자 관정의 표정이 스산하게 변해갔다.

"경고한다. 더 이상 다가오지 마라!"

관정은 아직도 고적의 아랫배에 박혀 있는 검을 빼어 들며 소리쳤다.

움찔!

정신을 잃었음에도 고통을 느끼는 것일까? 단검이 빠지는 순간 고적의 몸이 심하게 요동 쳤다.

"마지막이다. 그 자리에서 움직이지 마라!"

관정은 실로 소름이 끼치는 시선으로 좌중을 노려보며 외쳤다. 하지만 관정만큼이나 살기 넘치는 표정의 화산파 제자들의 걸음은 멈추어지지 않았다.

"그래? 경고를 무시했다 이 말이군."

소름 끼치는 미소를 지은 관정의 단검이 고적의 오른팔을 어깨에서 부터 그대로 절단시켜 버렸다.

서거걱!

묘한 소성을 내며 순식간에 잘려진 팔이 땅에 떨어지자 관정은 그 팔을 냅다 걷어찼다. 팔은 정확하게 하지장의 발 아래에 떨어졌다.

"다음은 왼팔이다. 그 다음은 귀, 그 다음은 눈. 네놈들이 움직일 때마다 네놈들의 사숙의 몸뚱이는 갈가리 찢길 것이다. 흐흐흐! 그래도 좋다면 어디 움직여 보거라."

관정은 고적의 팔이 잘려 나갈 때부터 이미 석상처럼 굳어 있는 제자들을 바라보며 코웃음을 쳤다. 관정의 손속이 어떻다는 것을 익히 경험한 그들은 감히 움직일 생각을 하지 못했다.

'난 네놈들의 습성을 잘 안다. 네놈들은 절대로 못 움직이지. 절대로!'

"악독한 놈! 사숙을 어쩔 셈이냐?"

하지장의 호통에 관정은 더욱 차가운 미소를 지으며 대꾸했다.

"악독하다고? 네놈들이 그리 만들지 않았느냐? 네놈들이!"

그리곤 천천히 뒤로 걸어가기 시작했다.

"이자는 내가 산으로 올라가는 순간에 풀어줄 것이다."

관정이 자신의 보금자리였던 초가의 뒤편에 자리 잡은 산을 가리키며 말했다. 화전을 일구었는지 근 오십여 장은 나무가 보이지 않았지만 그 뒤로 한 치의 틈도 없이 빽빽한 나무들이 자라 있는 울창한 숲이 보였다.

"네놈의 말을 어찌 믿느냐?"

"훗, 믿든 믿지 않든 그건 네 자유다. 하지만 최소한 나는 네놈들과 같이 배신을 즐겨 하는 사람이 아니다. 믿기 싫으면 공격을 하면 된다. 그러면 우선 팔다리가 뜯겨져 나간 사숙의 몸을 보아야 할 것이다."

"네, 네놈이!"

"말은 다 끝난 것 같군."

관정은 더 이상 할 말이 없다는 듯 몸을 돌려 걷기 시작했다. 관정이 간단한 지혈을 하기는 했지만 여전히 아랫배와 어깨에서 피가 흐르고 있는 고적이 개처럼 질질 끌려갔다. 하지만 화산파의 제자들은 그 모습을 그저 바라만 볼 뿐 다른 행동을 하지는 못했다. 너무나 참담한 결과에 몇몇 제자는 눈물을 흘리고 있었고 하지장은 고개를 숙이고 치욕에 몸을 떨었다. 그렇게 일각여가 흐르고 힘겹게 걷던 관정의 몸이 숲으로 사라졌다.

"놈의 몸이 사라지자마자 제자들은 숲으로 뛰어갔습니다. 그리고 얼마 가지 않아 나무에 기대어 있는 사숙을 발견할 수 있었습니다. 하지만……."

"놈은 사라졌겠지."

하지장이 잠시 머뭇거리자 허허로운 음성으로 말을 하는 조공루의 안색은 참담하리만큼 일그러져 있었다.

"그래서 그자를 그냥 놓아주었다는 말인가?"

조공루가 더 이상 들을 가치도 없다는 듯 고개를 돌려 외면을 하자 안타깝게 듣고 있던 고역사가 재빨리 끼어들며 물었다.

"아닙니다. 비록 도망은 쳤지만 그자 또한 상당한 부상을 입었다는 것을 알고 있었습니다. 그것을 상기한 저희들은 중상을 입으신 사숙을 산 아래로 모신 후 온 숲을 이 잡듯이 뒤졌지요. 그 몸으론 경공을 펼쳐 도망가기도 여의치 않으니 틀림없이 어딘가에 은신하고 있으리란 생각을 했습니다. 금방이라도 잡을 수 있을 것처럼 생각되었습니다.

하나 얼마의 시간이 지나지 않아서 일이 결코 생각만큼 쉽지는 않다는 것을 알게 되었습니다."

잠시 말을 멈춘 하지장의 시선이 머문 곳은 여전히 침묵을 지키며 뒷짐을 지고 서 있는 사부 조공루에게였다. 조공루는 일의 결과를 보지 않아도 안다는 듯 몸을 돌린 후 단 한 번의 눈길도 주지 않았다. 기가 죽은 하지장은 자신도 모르게 나오는 한숨을 막지 못했다. 그렇다고 여러 어른들 앞에서 하던 말을 끊을 수도 없는 일이라 천천히 입을 연 하지장은 못다 한 설명을 시작했다.

"저희들은 자신이 있었습니다. 곳곳에 보이는 핏자국이며 짓이겨진 풀들이 그가 얼마나 다급히 몸을 숨겼는지 잘 보여주었지요. 저희는 회심의 미소를 지었습니다. 남겨진 흔적만을 따라가면 당장에라도 잡을 수 있다고 생각했습니다. 그런 확신을 가지고 숲에 나 있는 핏자국과 흔적을 따라 조심스레 추격을 시작했습니다. 그자가 언제 어디서 나타나 기습을 할지 몰랐기에 극도로 주의를 기울이며. 그러나 기습은 없었습니다. 물론 그자의 모습도 발견하지 못했습니다. 핏자국의 끝은 깎아지른 듯한 낭떠러지였습니다. 그제야 뭔가 이상하다는 것을 느낀 저희들은 황급히 되돌아왔습니다. 그리고 알게 되었습니다. 그자의 행방을 확실하게 가르쳐 주는 것이라 여긴 흔적이 하나둘이 아니라는 것을. 처음 사숙이 계셨던 곳에는 저희들이 미처 눈치 채지 못한 흔적들이 이곳저곳에 흩어져 있었습니다. 그리고 그것의 끝은 항상 엉뚱한 곳이었지요. 심지어는 원래 있던 자리로 돌아오기까지 했습니다. 그렇게 허탕 치기를 수차례, 더 이상 따라갈 흔적조차 발견하지 못하게 되자 저희들은 결국 인정을 하고 말았습니다. 그자를 놓쳤다는 것을 말입니다."

"애당초 숲에 들어간 순간부터 너희들이 그놈을 잡을 수 있는 기회는 박탈(剝奪)당했다!"

갑자기 몸을 돌린 조공루가 노기 띤 음성으로 소리를 질렀다. 찔끔 놀란 하지장이 재빨리 고개를 처박았고 머쓱해진 고역사가 한 걸음 뒤로 물러났다. 그러나 서릿발 같던 조공루의 기세는 계속 이어지지 못했다.

"하지만 그러지 않았다면 사제는 목숨을 잃었을 터이고 사숙의 목숨이 걸린 일인지라 너희들도 어쩔 수 없었을 것이다. 너희들의 잘못만이라고 말할 수도 없으니 죄를 묻지는 않겠다. 그만 일어나라. 그리고 장문인들께서도 이만 가시지요. 대책을 마련하려면 이 밤을 꼬박 새워도 부족할 것 같습니다."

말을 마친 조공루는 바삐 걸음을 놀려 장문인실로 향했다. 화산파의 일이었기에 묻고 싶은 것도, 듣고 싶은 것도 많았지만 각 파의 수뇌들은 모두 입을 걸어 잠그고 침통한 표정으로 그 뒤를 따라 걷기 시작했다. 지금은 조공루의 말대로 작금의 사태에 대한 대비책을 세우는 것이 우선이었기 때문이다.

제4장

맹호복초(猛虎伏草)

雲漢昭回 第4章

맹호복초

"배가 고픈가 보구나. 그래, 이름이 무엇이냐?"

"……."

"허허허! 두려운 모양이구나. 걱정할 것 없다. 내 비록 도력(道力) 높은 도사는 아니지만 너같이 어린아이를 해치지는 않는단다."

하지만 아이는 여전히 아무런 대꾸도 하지 않고 그저 우두커니 서 있었다. 그 모양을 본 늙은 도장이 크게 장탄식을 터뜨렸다.

"그렇구나. 요즘 같은 세상에 이름도 모르고 버려진 아이들이 한둘이 아니거늘. 내가 공연히 네 마음을 아프게 한 모양이다. 그것을 사과하는 의미로 이 음식을 대접하마. 이리 와 함께 먹자꾸나."

애당초 이 소년이 자신에게 다가온 이유를 상기한 도장이 자신이 먹고 있던 음식을 반으로 나누더니 아이에게 내놓았다. 하지만 음식이 눈앞에 있음에도 아이는 쉽게 움직이지 못하고 도장의 눈치만을

살폈다.

"괜찮다. 이리 와서 먹거라."

그제야 천천히 몸을 움직여 음식을 집은 아이는 누가 쫓아오기라도 하는 듯 정신없이 음식을 입속으로 구겨 넣기 시작했다. 먹는 것이 아니라 채워 넣는다는 표현이 맞을 정도로 아이의 손은 잠시도 쉬지 않고 움직였다. 아이에게 건네준 음식이 순식간에 바닥나자 허허로이 웃은 도장은 자신이 먹고 있던 음식까지 아이에게 내주었다. 그 역시 사라지는 것은 한순간이었지만.

작은 부스러기까지 긁어모아 입에 집어넣은 아이가 자신을 바라보더니 미안한 듯 얼굴을 붉히며 머리를 긁적이자 부드러운 미소를 지은 도장이 입을 열었다.

"이제 좀 배가 부르더냐?"

도장의 물음에 아이는 고개를 몇 번 끄덕였다. 슬쩍 허리도 숙이는 것이 고맙다는 인사를 하는 듯했다.

"그래, 배가 부르다니 다행이다."

빙그레 웃음 지은 도장이 소년의 머리를 쓰다듬었다. 순간 움찔하기도 하였지만 아이는 별다른 행동을 하진 않았다.

"부모님은 계시지 않느냐?"

"……."

아이는 대답을 하지 않았다. 그저 고개를 한두 번 끄덕였을 뿐이었다. 부모의 이야기가 나왔음에도 그다지 슬퍼하지 않는 아이의 모습에 가슴이 아픈지 도장의 입에서 한껏 슬픈 음성이 흘러나왔다.

"그랬구나. 후~ 언제나 이런 혼란이 끝나고 평화로운 세상이 올는지……."

별다른 감흥이 없는지, 아니면 허기진 배를 채웠다는 포만감에 만족해서인지 아이는 연신 고개를 흔들며 탄식을 내뱉는 도장과는 달리 밝은 얼굴로 땅에 낙서를 하고 있었다.

자신이 그린 그림이 마음에 들지 않는 듯 손으로 흙을 쓸고 다시 그림을 그리는 아이. 그제야 혼자서 쓸데없이 세상 걱정을 하고 있다는 것을 인식한 도장이 멋쩍은 미소를 지으며 자리에서 일어났다.

"너와 좀 더 이야기를 나누고 싶지만 이제 그만 가봐야겠다."

아이에게선 별다른 반응이 없었다.

"언젠가 인연이 있으면 다시 만나겠지. 아무튼 잘 지내거라."

도장의 말에 슬쩍 고개를 들어 건성으로 고개를 끄덕인 아이는 다시 제 할 일에 몰두했다. 그런 아이를 잠시 응시하던 도장은 몸을 돌려 걷기 시작했다. 그러나 운명의 장난이었을까? 도장은 미처 열 걸음도 떼어놓기 전에 고개를 돌리고 말았다. 그리곤 여전히 자신만의 놀이를 즐기고 있는 아이를 불렀다.

"나를 따라가겠느냐?"

아이의 고개가 도장에게 향했다.

"그곳에 가면 더 이상 배를 곯지 않아도 된다."

그것이면 충분했다. 도장이 어떤 사람인지, 또 자신을 데려다 무엇을 하려는지는 상관없었다. 그저 배를 곯지 않아도 된다는 도장의 한마디면 충분했다. 아이는 손에 쥐고 있던 나뭇가지를 땅에 내던지고 먼지 묻은 손을 툭툭 털더니 도장에게로 걸어왔다. 아이가 도장에게 거의 다 다가왔을 때 도장은 천천히 몸을 돌려 다시 걸음을 옮기기 시작했다.

"제 이름은 혁련휘(赫連揮)예요."

아이가 처음으로 입을 연 것은 혹시나 놓칠세라 도장에게 재빨리 따라붙은 직후였다.

"녀석, 벙어리는 아니었구나. 혁련휘라… 멋진 이름인걸? 나는… 아니다. 차차 알게 될 것이다."

곁으로 따라붙은 아이를 바라보며 자신의 도호를 말하려다 입을 다문 도장의 입가엔 엷은 미소가 걸려 있었다. 한편으로는 안타까운 미소와 함께.

그렇게 천 명에서 한 명이 넘는 인원이 결정되었다.

'오늘로써 벌써 이레째군, 똑같은 꿈을 꾼 것이……'

자신을 부르는 소리에 벌떡 몸을 일으킨 사내. 무당파의 젊은 제자들에겐 언제나 웃는 얼굴이라 하여 소숙이라 불리는 혁련휘는 지끈거리는 머리를 부여잡곤 인상을 찌푸리고 있었다.

"내가 기억력이 좋은 것인지, 아니면 귀신들이 장난을 치는 것인지 모르겠군. 어찌 된 것이 이레 동안 한 치도 다르지 않고 똑같은 장면에 똑같은 대사일까? 그것도 그다지 기억하고 싶지 않은 일들을 말이야. 어쨌든 이러고 있을 것이 아니지. 심술궂은 영감이 도끼눈을 치켜뜨고 물을 쏟아 붓기 전에 일어나는 것이 신상에 좋지."

가슴 깊은 곳에서 은근하게 밀려오는 불안감을 애써 무시한 혁련휘가 재빨리 자리에서 일어났다. 아차 하는 순간에 물벼락을 뒤집어쓴 것이 한두 번이 아닌지라 이불을 정리하고 옷을 갈아입는 그의 동작은 재빠르기만 했다. 아니나 다를까, 거칠게 문을 열고 들어선 노인의 손에는 물이 차다 못해 찰랑찰랑 넘치는 커다란 바가지 하나가 들려 있었다.

"험험, 일어났느냐?"

"하하! 오늘은 제가 조금 빨랐습니다. 조금 무안하시지요?"

단숨에 뿌리려는 듯 벌써 머리 위로 올라가 있는 바가지를 가리키며 웃는 것으로 아침 인사를 대신한 혁련휘는 간단히 옷매무새를 정리하였다.

"일어났으면 냉큼 밖으로 나올 것이지 뭘 꾸물거리고 있는 것이냐? 해가 중천(中天)에 떴거늘!"

슬그머니 물을 내려놓은 노인은 되려 언성을 높였다.

"음, 언제부터 저 야트막한 언덕이 중천이 되었는지 모르겠네요. 어쨌든 일어나지 않았습니까?"

혁련휘가 이제 겨우 산 위로 얼굴을 내비친 해를 곁눈질로 바라보며 중얼거렸다.

"시끄럽다. 할 일이 태산같이 쌓였다고 투정한 놈이 누군데. 그래, 오늘 할 일은 무엇이더냐?"

혁련휘를 따라 밖으로 나선 노인은 들고 있던 물을 힘차게 뿌리며 물었다.

"많지요. 밭에 난 잡초도 뽑아야 하고, 며칠 동안 못 딴 버섯도 따야 하고… 지난번에 부탁한 버섯을 가지고 오지 않았다고 영운 도장에게 아주 혼이 났습니다."

"흠, 그놈이 조금 까다롭기는 하지."

노인이 그럴 만하다며 고개를 끄덕였다.

"참, 오늘은 지난번에 만든 차(茶) 밭을 특별히 살펴볼 생각입니다. 이 산속에서 어떻게 재배한 것인데 이놈의 벌레들이 아주 극성입니다."

"알았다, 알았어. 장기 몇 판 졌다고 이제는 아주 하인 부리듯 하는구나. 상경이 이 모양을 보면 아주 거품을 물고 쓰러질 것이다. 그 녀석은 내가 자소관(紫蘇館)에서 도를 닦고 있는 줄 알고 있을 텐데 말이야."

"하하! 영감님이야 뭐 상관있겠습니까? 저의 목숨이 살아남기 힘들 테지요."

혁련휘가 손으로 고개를 쓰윽 그으며 두려운 표정을 지었다.

"하긴, 제놈이 화가 나도 사부인 나를 감히 어쩌겠어. 참아야지."

노인은 가슴을 탕탕 두드리며 큰소리쳤다. 일견 허세처럼 들리는 말과 자세. 하지만 말의 내용을 자세히 곱씹어본다면 허세는커녕 당연하다는 듯 고개를 끄덕여야만 했다.

상경의 사부라 했는가?

상경이라면 현재 무당파를 이끌고 있는 장문인 상경 진인을 말하는 것이었다. 그런 상경 진인이 사부라 부르는 사람은 오직 단 한 사람뿐이었다.

전대 무당파의 장문인이자 칠 년 전 혈성과의 싸움을 끝으로 해체된 무림맹의 맹주였던 설중송백(雪中松柏) 운학(雲鶴)!

장문인 직을 상경 진인에게 넘기며 무림을 은퇴했지만 당금 무림에서 이 이름만큼 존경과 추앙을 받는 인물은 없었다. 그만큼 그가 이룬 업적은 대단했다.

지금으로부터 정확하게 30년 전, 운학 진인은 혈성의 성주에게 자신의 사부가 목숨을 잃으면서 오십이라는 비교적 어린 나이에 무당파의 장문인을 맡게 되었다. 뜻하지 않게 장문인에 오른 그가 가장 먼저 천명(闡明)한 것은 사부의 복수와 무림의 안녕이었다. 하지만 무당파 홀로 그것을 감당하기에는 혈성의 힘이 너무 강했다. 당연히 힘을 보태주어야 할 백도의 문파들은 서로에 대한 반목(反目)과 질시로 힘을 모으지 못했고 혈성의 힘은 나날이 거대해져만 갔다.

그렇게 시간을 버리길 십 년, 마침내 심상치 않게 커가는 혈성의 세력에 두려움을 느낀 칠파일방과 삼대세가는 그 힘을 하나로 묶기로 결정을 하고 무림맹(武林盟)이라는 단체를 만들었다.

세간에는 알려지지 않았지만 무림맹을 결성하기까지 또 수없이 많은 우여곡절과 이익의 다툼이 있었다. 그것을 중재하고 결국은 하나의 힘으로 만들어내는 데 결정적인 역할을 한 사람이 바로 운학 진인이었고, 그 공로를 인정받아 본인은 극구 사양을 했음에도 초대 무림맹주의 자리에 오르는 영광을 맞게 되었다.

사람들은 드디어 혈성의 악행이 종말을 맞을 때가 되었다면 흥분했다. 무림맹이 결성될 때만 해도 모두 다 그렇게 믿고 있었다. 하지만 백도의 문파들이 서로의 알력을 자랑하고 있을 때 무섭게 힘을 키운 혈성의 잠재력은 상상을 초월할 정도였다. 더구나 무림맹이 결성되었다는 소식을 접하자마자 자신과 흑도의 생존을 위해 그때까지 자존심을 내세우던 수많은 흑도의 고수들이 스스로 머리를 숙이고 혈성에 몰려들자 그 세가 이전과는 비교할 수조차 없었다. 그때부터 중원은 혈성과 무림맹의 한 치도 양보없는 처절한 싸움터로 변해 버리고 말았다.

그렇게 싸우기를 십여 년. 혈성의 운명을 예고라도 하듯 무섭게 쏟아지던 장대비가 멎고 맑게 개인 오후, 맹주인 운학 진인을 중심으로 똘똘 뭉친 무림맹이 혈성의 근거지인 운남(雲南)의 곤명(昆明)을 점령하면서 마침내 수십 년 동안 중원무림의 패자(覇者)를 자처했던 혈성과의 싸움에 종지부를 찍었다.

노심초사(勞心焦思) 싸움의 결과를 지켜보던 사람들은 삼 일 낮과 밤을 지새우며 이어진 싸움에서 무림맹이 승리를 거두자 환호성을 질렀고 무림맹의 업적에 무한한 찬사를 보냈다. 그 중심에 맹주인 운학 진인이 있었다.

하지만 모두가 기뻐한 것은 아니었다. 몇몇 사람들은 무림맹이 제2의 혈성이 되어 무림을 좌지우지하지 않을까 염려하였다. 그도 그럴 것이 혈성을 잠재운 무림맹의 힘과 권위에 도전할 그 어떤 문파나 가문이 존재하지 않았기 때문이다. 그러나 운학 진인은 이런 그들의 생각을 비웃기라도 하듯 혈성과의 싸움이 끝나고 대충 뒷정리가 되자마자 무림맹을 해체시켜 버렸다.

"예로부터 호랑이는 마을을 지키고 산을 지키는 수호신(守護神)으로 숭상되어 왔소. 지금의 무림맹이 바로 중원무림을 지키는 호랑이라오. 사람들을 해치고 가축을 못살게 굴던 못된 여우를 쫓아버린 착한 수호신. 하지만 고인 물이란 썩기 마련이외다. 언제 어느 순간에 이 호랑이가 사람들을 잡아먹는 식인(食人) 호랑이로 변모할지는 아무도 모르오. 나는 그것이 싫소이다."

경악하는 사람들에게 그가 한 말은 지금도 인구에 회자되며 감동을 주고 있었고 장문인 직을 제자에게 넘겨주고 은퇴를 했음에도 사람들의 뇌리 속에는 아직도 운학 진인에 대한 존경심과 경외심이 사라지지 않고 있었다.

행동 하나하나에서 기품이 느껴지고 그 누구에게도 예의로써 대하며 강한 자에겐 강하고 약한 자에겐 한없이 약했던 설중송백 운학 진인.

그런 운학 진인이 무당산의 한 골짜기에 나타나 괴팍한 노인처럼 행동하고, 더구나 아래도 한참이나 아래인 사내에게 영감 소리를 들으며 드잡이를 하고 있으니 참으로 놀랄 일이었다.

"그나저나 아침은 드셨습니까? 간단한 요기라도 하고 일을 해야지요. 식충이들이 요동을 치고 있습니다."

혁련휘는 배가 고픈지 아랫배를 쓰다듬으며 입맛을 다셨다.

"쯧쯧, 그저 아는 것이라곤 먹는 것과 자는 것이로구나. 부지런히 일할 생각은 하지 않고."

운학 진인이 혀를 차며 못마땅해하자 혁련휘의 표정이 기이해졌다.

"그럼 영감님은 드신 것으로 알겠습니다."

그러자 다급해진 것은 운학 진인이었다.

"험험, 그래도 일에는 선후가 있는 법. 아침은 먹어야겠지. 어서 준비하여라."

"하하하! 알았습니다. 잠시만 기다리십시오."

혁련휘는 그럴 줄 알았다는 듯 유쾌한 웃음을 터뜨리며 음식을 준비하기 위해 움직였다. 운학 진인은 그런 혁련휘를 따뜻한 눈으로 바라보고 있었다. 정확히 십칠 년 전 배가 고파 자신을 바라보던 아이에게 먹을 것을 전부 내주고 바라보던 눈빛과 똑같은.

*   *   *

"크악!"

온 산이 울리도록 처절한 비명에 나뭇잎이 흔들리고 새들도 놀라 하늘로 날아올랐다.

"이놈들! 내가 그렇게 선선히 목숨을 내맡길 줄 알았더냐! 죽어라! 죽어!"

진우는 이미 그 목숨을 잃은 사내의 몸을 무차별 난자했다.

팍! 팍!

피가 튀어 오르고 살이 튀어 올랐다.

"헉헉!"

한참이 지나고 피가 치솟느라 꿈틀거리던 몸이 완전히 그 움직임을 멈추자 그제야 검을 멈춘 진우가 고개를 들었다.

햇빛에 드러난 진우의 얼굴은 낫으로 솔가지를 쳐낸 듯 봉두난발(蓬頭亂髮)이었고 부릅뜬 눈엔 핏발이 서 있었다. 피로 찌든 옷은 이미 걸레가 되어버린 지 오래였으며 그나마 성했던 신발도 어느새 한 짝이 달아나고 없었다.

"지독한 놈들. 흐흐흐! 아무리 추격을 해봐라. 이 몸을 잡을 수 있을까 싶으냐?"

최초 동료들의 힘으로 객점을 벗어난 직후 시작된 칠파일방과 삼대세가의 추격은 소름이 끼칠 만큼 치밀하고 집요했다. 사람들의 눈을 피하기 위해 밤에, 그것도 인적(人跡)이 없는 산으로만 움직였음에도 저들은 그 미세한 흔적을 놓치지 않고 따라붙었다. 몰래 기습을 가하고 당하며 추격대를 전멸시키기를 벌써 수차례. 하지만 적들은 조금도 물러섬없이 끈질기게 쫓아왔다.

"젠장! 이제는 성한 곳이라곤 두 눈뿐이구나!"

턱밑까지 올라오는 숨을 가라앉히며 자신의 몸을 잠시 내려보던 진우의 입에선 자조의 웃음밖에 나오지 않았다.

왼쪽 팔은 첫 번째 싸움에서 이미 잘려 나가고 없었고, 오른쪽 다리에는 화살이, 왼쪽 다리에는 부러진 창날이 박혀 있었다. 하지만 이런 상처들도 오른쪽 가슴에서부터 왼쪽 옆구리까지 이어진 상처에 비하면 아무것도 아니었다. 일반인이라면 열 번을 죽고도 남았을 그런 상처.

더구나 살아남았다는 것이 의아할 정도로 심각한 상처는 조악한 솜씨로 치료되어 있었다. 아니, 치료라고 하기에도 뭐한 것이 그저 급한 대로 옷을 찢어 벌어지는 살을 감싼 것이 전부였다.

"흐흐흐! 그래도 날 이렇게 만든 놈치고 무사한 놈은 없었지. 카악, 퉤!"

몸에 일검을 날린 형산파 고수와 온몸의 뼈마디를 부러뜨리는 것과 같은 고통에도 불구하고 그의 머리를 날려 보낸 자신의 의지를 되뇌이며 지옥의 야차(夜叉) 같은 미소를 짓던 진우. 하지만 그는 방금 전 자신이 최후로 쓰러뜨린 개방의 고수가 목숨을 버려서까지 악착같이 공격을 했고, 상처 부위에 단 한 번의 공격을 성공시켰을 때 회심의 미소를 지었다는 것을 기억했어야 했다.

나직한 웃음을 짓던 진우가 돌연 가슴을 부여잡고 구역질을 하기 시작한 것은 사람인지, 아니면 그저 피에 물든 고깃덩어리인지 분간이 안 가는 물체에 침을 뱉고 뒤로 몸을 돌릴 때였다.

"우웩! 커헉!"

갑자기 시작된 구역질은 열댓 번이나 이어진 다음에야 간신히 멎었다. 그리고 그것이 무엇을 의미하는지는 가슴과 입을 번갈아 오가던 손에 확실히 나타났다. 입에서 토해낸 피로 인해 붉게 물든 손에는 잘게 잘려진 핏덩이가 꿈틀거리고 있었다.

"크크, 내상(內傷)까지 입었나?"

자신의 손에 묻어난 것이 내장 조각임을 알아본 진우의 얼굴에 순간적으로 어둠의 그림자가 생겨났다. 단 한 곳도 제외하지 않고 모든 상처들이 온몸을 덮었지만 그것은 단지 외상(外傷)이었을 뿐 내상은 아니었다.

"수없이 많은 함정과 싸움에서도 그나마 지금껏 버텨온 것은 오직 내공의 덕이었는데…….”

내상마저 입었다면 더 이상 내공을 운용하는 것은 사실상 불가능했다. 그 말은 곧 추격대의 손아귀를 빠져나가는 것은 힘들게 되었다는 것과 같은 의미였다.

어두운 안색을 하고 있는 진우에게 또 한 번 좋지 않은 소식이 있었다.

먼 곳에서부터 은은히 들려오는 휘파람 소리… 그것은 며칠 동안 쫓기며 지긋지긋하게 들어온 추격대의 신호 소리였다. 가까운 곳에서 소리가 들리면 한나절이 가지 않아 적들이 찾아들었다. 예외는 없었다. 물론 미리 기다리고 기습한 적도 있었지만 지금의 상태로는 그건 자살 행위보다도 못한 짓이었다.

“네놈들이 끈질기다는 것은 내 익히 안다. 인정하지. 하지만 나 또한 네놈들에게 순순히 잡혀줄 만큼 끈기가 없지는 않다. 나에겐 살아야 하는 이유가 있거든. 죽어서도 반드시 해야 하는 일이 있어서 말야.”

챙그랑!

진우는 들고 있던 검을 던졌다. 그리곤 움직일 때마다 뼈를 건드리는 화살촉의 끔찍한 감촉에 이를 악물고 당장에라도 상처 부위에 감싼 옷을 뚫고 튀쳐나올 내장덩어리를 억지로 밀어 넣으며 천천히 걸음을 옮기기 시작했다.

“그리고 이제 얼마 남지 않았어. 네놈들! 오지 않는 것이 좋을 것이야. 죽고 싶지 않다면……. 크크크!”

비틀비틀 휘청이는 몸을 간신히 지탱하며 진우는 기다시피 산을 오르기 시작했다.

진우의 머리 위로 무당산이 그 장엄한 자태를 뽐내고 있었다.

　　　　　　＊　　　　　　＊　　　　　　＊

　"에구구! 허리야. 휴~ 세월여류(歲月如流)라더니 나이는 속이지 못하겠구나."

　챙이 긴 모자를 뒤집어쓰고 몸을 일으키는 운학 진인은 땀과 흙으로 범벅이 되어 도저히 얼굴을 알아볼 수가 없었다. 체통도 버린 채 웃옷은 풀어헤치고 바지는 무릎에 이르기까지 걷어 올리며 일에 열중인 운학 진인. 지금의 모습만 보노라면 농사를 업으로 삼고 있는 산골 마을의 여는 촌로(村老)와 다름이 없었다.

　"후~ 덥기는 정말 덥네요. 잠시 쉬시는 것이 좋겠습니다. 이제 조금만 하면 오전 중에 할 일은 다 끝납니다. 이 정도는 제가 해도 금방 끝낼 수 있으니 그늘에 가서 쉬시지요."

　운학 진인과 마찬가지로 흙과 땀으로 범벅이 된 얼굴을 한 혁련휘가 허리를 펴며 말을 했다.

　"아무래도 그래야겠다. 그럼 잠시 기다리거라. 내 냉큼 집에 가서 시원한 물이라도 가지고 오마."

　미리 준비해 온 물이 다 떨어진 것을 안 운학 진인이 술 대신 물이 든 주담자를 흔들며 대꾸했다.

　"그럴 필요 없습니다. 어차피 저도 내려가야 하지 않습니까. 잠시만 기다리십시오."

　"그럼 그러자꾸나."

　운학 진인은 혁련휘의 말대로 나무 그늘로 걸어가더니 모자를 벗어 연신 부채질을 했다. 하지만 한여름의 더위가 그리 쉬 가실 리가 없었다. 그렇게 이각 정도가 흐르고 애초에 마음먹었던 일을 끝낸 혁련휘가 흙이 묻은 옷을 털며 밭에서 걸어나왔다.

"수고했다. 가서 몸도 좀 씻고 간단하게 요기라도 하자꾸나."

"후~ 요기는 둘째 치고 우선 물이라도 몇 번 뒤집어써야겠습니다. 영 끈끈한 것이⋯⋯."

혁련휘는 땀에 흠뻑 젖은 웃옷을 벗으며 흐르는 땀을 닦았다.

"하긴 이 몸으로 뭘 먹기엔 무리가 있지. 어쨌든 집으로 돌아가자."

혁련휘를 기다리던 운학 진인이 부채 대용으로 쓰던 모자를 머리에 쓰며 자리에서 일어나 천천히 걸음을 옮겼다.

밭에서 집까지는 대략 백여 장이 넘는 거리였다. 겹겹이 둘러싸인 나무들 사이에 난 좁은 소로(小路)를 따라 집에 돌아온 운학 진인과 혁련휘가 제일 먼저 찾은 곳은 집 앞을 휘감고 돌아가는 좁은 계곡이었다. 하나 계곡의 냇가에 들어서기도 전에 집 근처에 이른 혁련휘와 운학 진인의 몸은 약속이나 된 듯 경직되었고 혁련휘의 몸에선 자신도 모르게 살기가 쏟아져 나왔다. 그것도 잠시, 곧 안색을 회복한 혁련휘는 큰 소리로 외쳤다.

"뉘신데 남의 집에 허락도 없이 들어선 것이오! 여기는 엄연히 주인이 있는 집. 혹여 실수로 들어온 것이라면 지금이라도 냉큼 떠나도록 하시오! 내 잠시 자리를 비워줄 터인즉. 단, 집 안 물건에 손을 대서는 아니 되오! 어차피 없는 살림이지만 그래도 내겐 아주 요긴한 물건들이라오!"

집 안에다 대고 소리친 혁련휘가 부드러운 눈빛으로 자신을 바라보고 있는 운학 진인에게 겸연쩍은 표정을 지으며 소매를 끌었다.

"씻으러 가시지요."

그러나 몸을 돌린 혁련휘는 단 한 발자국도 떼어놓지 못했다.

"크크크! 정말 가지고 갈 물건 하나 없네. 도둑놈이 와서 불쌍하다고 되려 돈을 놓고 가겠어."

크지도, 그렇다고 작지도 않았지만 고통으로 일그러지고 거칠게 갈라지는 음성. 다른 사람은 몰라도 혁련휘는 그 목소리의 주인을 단번에 알 수 있었다. 지긋지긋하게 지워지지 않는 기억에 의하면 지금 자신에게 말을 건넨 사람은 다른 누구보다 경공에 뛰어난 실력을 보이던 진우임이 틀림없었다.

혁련휘에겐 바로 앞에 있는 운학 진인의 음성은 잊는다 하더라도 절대로 잊어먹을 수가 없는 오십 명의 목소리가 있었다. 그중 다시는 들을 수 없는 목소리가 서른넷이고 그가 살아생전에 들을 수 있는 목소리는 정확하게 열여섯이었다. 그럼에도 다시는 들어서는 안 되는, 수천 수만의 사람들이 떠들어대는 곳에서 사랑하는 사람에게 밀어(密語)를 던지듯 은밀하게 속삭여도 금방 알아들을 수 있는 목소리지만 살아생전엔 절대로 들어선 안 되는 음성이 들려온 것이었다. 더구나 단 몇 마디 말이었지만 이미 그 말속에서 목소리의 주인이 심각한 부상을 입고 있음도 감지할 수 있었다.

생각은 길었지만 동작은 빨랐다.

이미 진우의 입이 열리는 순간 몸을 돌린 혁련휘는 처참하게 망가진 진우의 몰골을 보곤 들고 있던 옷을 떨어뜨리고 말았다.

"오랜만이야. 휘… 아니, 대주!"

마침내 죽어서라도 지켜야 했던 친구들과의 약속을 지켰다는 안도감에 상처의 고통도 없는지 함빡 입을 열고 미소를 짓는 진우의 고른 치아는 슬프도록 아름다웠다.

"어, 어떻게 된 거냐, 그 상처는?"

믿을 수도 없는, 믿고 싶지도 않은 상황에 접한 혁련휘는 당황하고 있었다. 그런 혁련휘를 바라보며 더욱더 밝게 웃은 진우는 겨우 움직일 수 있는 팔로 상처 부위를 가리키며 자세한 설명을 하기 시작했다.

"별거 아냐. 내 팔을 자른 것은 남궁세가의 검이었고, 목 언저리에 난 상처는 종남파의 검이지. 그리고 몸통을 대각선으로 베고 지나간 것은 형산파의 검이었어. 그놈은 내가 친절하게 목을 베어버렸지."

진우는 그때의 상황을 묘사라도 하려는 듯 팔을 움직였다. 하지만 그것은 그저 꿈틀거림에 불과했다.

"다리의 이 화살은… 치사한 놈들, 내 걸음이 빠르니까 화살을 쏘아 대더군. 그나마 다행이야. 틀림없이 당가 놈들이었는데 독은 바르지 않았더군. 그리고……."

"그만!"

더 이상 들을 수가 없었던지 말을 끊은 혁련휘의 얼굴은 조금 전에 운학 진인에게 보여주었던 밝은 얼굴이 아니었다. 굳을 대로 굳은, 말 그대로 살기가 풀풀 넘치는 표정으로 돌변한 혁련휘는 비틀거리는 진우를 부축했다.

"어째서 그들의 공격을 받은 것이냐?"

그제야 웃음을 지운 진우가 자신을 탈출시키며 소리치던 친구들의 음성을 떠올렸다. 언제나 말꼬리를 붙잡고 늘어지며 자신과 가장 앙숙인 홍자성, 늘 침착하고 신중한 엄우, 그리고 가운데에서 자신들을 이끌어주었던 노조린… 어쩌면 다시는 볼 수 없을지 몰랐다. 아니, 기적이 일어나 그들이 살아 있어도 지금 자신의 상태론 두 번 다시 만나지 못할 듯싶었다.

"사냥이지."

"사냥?"

이해를 못한 혁련휘가 되물었다.

"엄우가 그랬어, 토사구팽이라고. 사냥이 끝나니 도리어 우리를 사냥하는 것이라고 하더군."

"토… 사… 구… 팽……."

가장 염려했던 단어가 진우의 입에서 나오자 혁련휘는 자신도 모르게 주먹을 쥐었다. 처음 진우를 보게 되었을 때부터 떠올렸던 단어. 애써 부정을 했지만 진우의 말은 자신의 생각을 비웃기라도 하듯 계속 이어졌다.

"그놈들이 주절거리더군. 우리뿐만 아니라 다른 친구들도 사냥하기 위해 준비를 했다고 말이야. 모르긴 몰라도 살아남은 친구들이 거의 없을 거야. 치밀한 준비를 한 것 같았거든."

"……."

혁련휘는 머리에서 시작하여 다리까지 퍼진 떨림을 감당하지 못해 두 눈을 감고 말았다. 전신의 피가 요동을 치며 급격하게 한곳으로 몰려들고 피들의 움직임을 감당하지 못한 심장이 광분하듯 움직였다.

"너에게 이 상황을 알리기 위해 조린, 엄우, 자성이 내 뒤에 남았어. 빌어먹을! 이럴 땐 다리가 빨라도 더럽다니까. 나만 살자고 도망친 꼴이지 뭐야. 아마… 죽었을 거야. 기습을 한 놈들의 수가 너무 많아서……. 그런데… 우리가 무슨 잘못을 한지 모르겠어. 우린 그저 사람답게 살아보려고 한 것뿐인데 말이야. 아니, 애당초 그 따위 것을 바란 게 잘못인가? 짐승처럼 사육되었으니 짐승처럼 죽어야 했나?"

진우가 손을 들어 혁련휘의 팔을 잡았다. 혁련휘의 감았던 눈이 떠지고 두 눈동자가 자신을 바라보고 있다는 것을 안 진우가 떨리는 음성으로 말을 이었다.

"대답해 봐. 짐승처럼 살아야 했을까?"

"아니, 우리는 사람이야."

혁련휘가 무거운 음성으로 대답했다.

"그렇지. 우리는 사람이야. 그런데 왜 저들은… 우웩!"

말을 하던 진우가 갑자기 몸을 비틀었다. 그리고 계속해서 구역질을 해댔다. 손을 들어 입을 막을 힘도 없는지 혁련휘의 품에 안긴 진우가 입으로 잘려진 내장 조각과 함께 피를 토해냈다. 또한 치켜뜬 눈에서 검은 동자가 사라지고 점점 흰자위가 드러나며 정신이 혼미해지는 듯했다.

"이, 이런! 이봐, 진우! 괜찮은 거야?"

진우의 몸에서 급격하게 생명의 기운이 빠져나가자 깜짝 놀란 혁련휘가 진우의 몸에 진기를 불어넣었다. 하지만 진우는 점점 더 죽음에 가까이 다가가고 있었다. 한참이나 진기를 흘려보냈지만 진우의 상세는 좀처럼 나아지지 않았다.

"정신 차려! 정신 좀 차려, 임마!"

혁련휘가 얼굴을 덮고 있는 피와 내장 조각을 닦아내며 연신 진우의 몸을 흔들었다. 진기를 불어넣는 것과 몸 흔들기를 얼마나 했을까? 간신히 정신이 돌아온 진우가 입을 열었다.

"흔들… 지 마. 아프다."

"그, 그래."

안도의 한숨을 내쉬는 혁련휘를 바라보며 엷은 미소를 지은 진우가 흘러내린 피에서 내장 조각을 집어 들더니 물끄러미 바라보았다.

"박살이 나도 아주 제대로 났군. 조각조각. 나도 참 독한 놈이지. 이 몸을 해가지고 여기까지 오다니……. 하지만 그러지 않을 수가 없었어. 이번 일을 반드시 대주에게 알려야 했으니까. 흑영 이십이호의 자존심을 걸고 말이야."

방금 전만 해도 사경을 헤매던 사람이라고는 생각하지 못할 정도로 또렷한 진우의 음성에 혁련휘의 안색이 일변했다. 그것이 무공을 익히는 사람은 물론 일반인이라 해도 죽을 때는 한 번씩 겪는다는 회광반조(廻光反照)임을 모를 리 없는 그다.

"칠 일 밤낮을 달렸어. 지독하게 쫓아오는 놈들 때문에 잠시도 쉬지도, 먹지도 못하고 말이야."

"그래."

"포기하고 싶었어. 너무 힘들고 고통스러웠거든. 그런데 그렇게 하지 못했어. 왜 그런지 알아? 나마저 죽으면 아무도 대주에게 이 사실을 알릴 사람이 없거든. 왜냐고? 그렇게 되면 우리는 흑영이 아니라 혈성의 잔당으로 죽는 것이니까. 중원 어디에서도 흑영이란 존재를 모르는데, 사람들이 흑영이 죽었는지 혈성의 잔당들이 죽었는지 알 게 뭐야. 저들이 떠벌리는 대로 믿겠지. 우습지 않아? 평생을 짐승처럼 사육당한 이유가 혈성의 놈들을 죽이기 위해서였는데 도리어 혈성으로 몰려 죽다니 말이야."

"……."

"하지만 이제 됐어. 휘… 아니지, 위대한 흑영대의 대주가 이 일을 알게 되었으니 됐어. 우린 대주의 능력을 알아. 우리만큼 대주의 능력을 잘 아는 사람은 없을걸. 그래서 조린도, 엄우도, 그리고 자성도 웃으면서 죽을 수 있었을 거야. 대주 혼자 살아남더라도 우리의 복수를 해줄 것이라 믿고 말이야. 대답해 봐. 그렇게 할 수 있지? 저놈들에게 우리의 복수를 해줄 수 있지?"

손톱이 살을 파고들 정도로 힘껏 혁련휘의 팔을 잡은 진우가 간절한 눈빛으로 혁련휘를 바라보았다. 그런 진우에게 자신이 무슨 말을 해야 하는지 혁련휘는 알고 있었다. 끓어오르는 격동을 참고 억지로 미소를 지은 혁련휘가 당연하다는 듯 고개를 끄덕였다.

"물론. 난 대주니까."

"됐어. 그러면 된 거야. 이제야 안심이 되는군. 이제 그놈들도 알게 되겠지. 우리를 건드린… 것이 얼마나… 어리석은 짓… 이었는지 말이야……."

힘없이 팔을 떨어뜨린 진우의 음성이 점점 작아지고 동시에 눈의 초점도 흐려졌다.

"우린… 다른 것을… 원한 게 아니야……. 그저 인간답게… 살고자 했는데… 그저 인간답게… 참… 우리가… 객점을 열었어. 나는… 기루를 하자고 했는데 말이야… 휘! 너도… 알잖아… 내가 기루… 에서 태어난 거……. 난 그래서 기루를 하며… 나 같은 놈이 없기를 바랐는데……."

"다른 놈들도 다 알고 있어."

자신을 좀 더 편하게 누인 혁련휘가 대꾸를 하자 희미한 웃음을 보인 진우가 고개를 끄덕였다.

"그랬나… 그랬군. 그래도 내 의견은… 표국을 하자고 한 자성… 이놈… 보다는 나은 의견이었어……. 여전히 멍청해… 그 자식은… 그런데 엄우는 물론이고… 조란마저 외면하더군……. 그래서 객점을 하기로 했어. 그 며칠… 이 일생에… 가장 행복했다면… 믿을 수 있겠어? 정말… 행복했는데……."

점점 작아진 진우의 음성은 이제 더 이상 들리지도 않을 정도로 작아져 있었다. 하지만 혁련휘는 진우의 말을 하나도 빠짐없이 듣고 있었다.

"객점의… 이름이… 뭔지 알아? 영웅객점이야… 영웅객점……. 영웅은… 아무나 되… 는… 게 아닌데… 자… 성이 끝… 까지 우겨서……."

"영웅객점? 멋진 이름인데. 멋진 이름이야, 너희들과 너무 잘 어울리는."

하지만 진우는 더 이상 혁련휘의 말을 들을 수가 없었다.

"……."

자신의 무릎을 베고 누운 진우의 몸에서 더 이상 생기가 느껴지지 않자 말을 잃은 혁련휘가 멍하니 진우의 얼굴만 바라보았다.

툭!

한줄기 눈물이 볼을 타고 흐르더니 진우의 얼굴에 떨어졌다. 비록 죽임을 당했지만 자신의 임무는 다 했다는 듯 눈을 감은 진우의 얼굴은 평온하기만 했다. 그의 죽음이 중원에 몰고 올 거대한 회오리는 상관할 바가 아니라는 듯이…….

"자, 자네……."

"모른 체하십시오."

너무나 갑작스레 일어난 상황에 어찌할 바를 몰랐지만 무슨 말이라도 해야 한다는 생각에 혁련휘의 곁으로 다가온 운학 진인이 입을 열었다. 그러나 혁련휘는 싸늘한 음성으로 운학 진인의 말문을 막아버렸다.

"그나마 못 알아보았기에 망정이지 진인께서 이곳에 계셨다는 것을 알면 녀석이 편히 눈을 감지 못할 것입니다. 그러니 가만히 계십시오. 녀석의 혼이나마 편히 떠나도록 말입니다."

진인이라고 했다. 칠 년이란 세월을 보내고서야 비로소 진인에서 영감으로 바뀌었건만… 더구나 뒤도 돌아보지 않는다. 이때만큼 혁련휘의 등이 멀게 느껴진 적은 없었다.

운학 진인은 순간 치밀어 오르는 격정을 참지 못하고 두 눈을 감고 말았다. 아직 정확한 판단을 내리기에는 다소 성급한 면이 있었지만 진우의 말을 통해 전해진 내용은 상상조차 하기 싫은 것이었다.

'토사구팽이라니! 도대체 누가?'

그러나 자신이 갖는 이런 의문이 우문(愚問)임을 알기에 운학 진인의 입에선 절로 탄식이 흘러나왔다. 앞으로 닥쳐올 재앙이 뻔히 눈에 보였다.

'어쩌자고 일이 이 지경이 되고 말았는가!'

고개를 흔들며 혁련휘를 바라보는 운학 진인. 혁련휘는 진우의 주검 앞에 무릎을 꿇고 고개를 숙이고 있었다. 혁련휘는 아무런 말도, 흐느낌도 없이 그저 하염없이 죽은 진우의 얼굴에 시선을 고정시키고 있었다.

그렇게 얼마의 시간이 흘렀을까? 죽음보다 무거운 적막감 속을 방황하고 있던 운학 진인에게 혁련휘의 음성이 들려왔다.

"하루… 하루만 기다리겠습니다."

굽혔던 무릎이 펴지고 천천히 몸을 일으킨 혁련휘가 몸을 돌렸다.

"하루입니다. 저를 납득시키십시오. 도저히 믿고 싶은 일이 아니기에, 절대로 일어나선 안 되는 일이었기에 진인께 하루의 여유를 드리겠습니다. 무슨 일이 있어도 저를 납득시키셔야 합니다. 저를 위해서. 그리고… 나머지 사람들을 위해서……."

잠시 말을 멈춘 혁련휘가 슬쩍 진우의 시신을 바라보았다.

"이곳에서 기다리겠습니다, 친구와 함께."

그 말을 끝으로 혁련휘의 닫힌 입은 다시 열리지 않았다.

"알았네. 기다리게. 반드시 기다려야 하네."

더 이상 말이 필요없었다. 혁련휘의 말이 얼마나 중대하고 심각한 것인지 알고 있는 운학 진인은 조금도 주저하지 않고 몸을 날렸다.

몸을 돌리고 있었지만 기척을 통해 운학 진인이 자리를 떠나 무당파로 향하고 있다는 것을 알고 있는 혁련휘가 진우의 시신을 들어 올렸다.

"부질없는 짓이라고 욕하지 마라. 네 말을 믿지 못하는 것이 아니라 다시 한 번 확인을 하려는 것이다. 너무나 많은 사람들의 목숨이 걸린 일이기에. 그래도 네 말이 사실이라면… 아마도 사실이겠지. 그 결과는……."

진우를 안고 집으로 향하던 혁련휘의 발걸음이 멈추어졌다. 그리고 너무나 담담한, 그러나 어떤 감정도 느껴지지 않는 음성이 이어졌다.

"네 상상에 맡긴다. 하지만 이것 하나만은 약속할 수 있어. 저승길… 외롭지는 않게 만들어주지."

다시 걸음을 옮기는 혁련휘의 입가에 살짝 미소가 걸렸다. 누군가 보았다면 그대로 숨이 멎을 정도로 엄청난 살기를 품은 미소가 혁련휘의 얼굴에서 좀처럼 사라지지 않았다.

물찬 제비라도 이보다 빠를까?

무당파에서 어린 제자에게 가르친다는 가장 기초적인 경공 제운종(梯雲縱)을 펼치며 나뭇가지를 발판 삼아 바위를 넘고 산을 넘어 단숨에 무당파에 이른 운학 진인의 모습을 본다면 그 누구라도 제운종이야말로 천하제일의 경공이라 치켜세울 만했다. 그러나 그렇게 빠른 경공을 발휘하는 운학 진인에겐 조금도 마음의 여유가 없었다.

'눈빛이 그때와 같았어.'

혁련휘가 마지막 말에 보여준 표정이 그 옛날, 천 명 하고도 한 명의 인원으로 선택된 후 2년이 지나 다시 만난 겨울, 자신을 보고 아무런 표정도 없이 그저 한마디를 던졌을 때와 너무도 같다는 생각을 하자 가슴속에 저 깊은 곳에 무거운 쇳덩이가 가라앉는 느낌이 들었다.

"배는 곯지 않고 있습니다. 하지만 조금… 힘들군요."

조금의 원망도, 그렇다고 분노도 느껴지지 않은 그저 평범한 말. 하나 갓 열두 살이 된 혁련휘에게 그 말을 들었을 때 운학 진인은 태어나 처음으로 두려움을 느끼고 말았다.

'막아야 한다. 무슨 일이 있어도 막아야 한다. 하지만 어떻게?'

산을 오르는 내내 머리 속을 떠나지 않는 질문. 아무리 생각해도 답이 나오지 않았다. 복잡한 머리 속과는 달리 제운종은 엄청난 속도로 운학 진인을 무당파의 초입 해검지에 이르게 하였다.

해검지에는 예외없이 두 명의 제자가 번을 서고 있었다. 그들은 무당파 후기지수 중 가장 뛰어나다 하여 명명된 무당칠수(武當七秀)에 당당히 이름을 올려놓고 있는 천강과 천우였다.

보통 장문인이나 중요한 비급이 있는 곳은 몹시 중하게 여겨 문파의 뛰어난 제자들이 번을 서지만 정문이나 산사(山寺)의 산문 같은 곳은 비록 그 문파의 얼굴이나 마찬가지였음에도 주로 배분이 낮은 제자가 번을 섰다. 하지만 모든 일엔 예외가 있는 법. 무당파에서만큼은 달랐다.

무당산을 오르는 순간 무당파에 이르렀다고 해도 과언은 아닐 정도로 무당파와 더불어 그 무당파를 품고 있는 무당산은 사해(四海)에 그 이름을 떨쳤다. 그러나 실질적으로 무당파에 들어섰다고 말할 수 있는 곳은 정문에서 약 백여 장 떨어진 해검지를 지나면서부터였다.

해검지가 어떤 곳인가?

해검지는 무당파에 있어서 영광이요, 자부심이 서린 곳이었다.

삼백여 년 전, 무당파 제자의 삼 분지 이가 넘는 인원이 희생하며 중원을 휩쓸던 세외 세력을 몰아낸 업적을 기리기 위해 전 무림인들이 만들고 인정한 곳이 바로 해검지였다. 그 이후 황제를 제외하고는 그 누구를 막론하고 무당파를 오를 땐 소지하고 있던 무기들을 해검지에 맡기는 것이 불문율(不文律)처럼 되어버렸다. 오직 무당파 장문인의 허락이 있을 때만이 검을 소지하고 무당에 오를 수 있었다.

그런 특이성 때문에 해검지에는 무당파에서도 늘 최고의 실력을 지닌 제자들이 돌아가며 번을 섰다.

뜨거운 햇볕이 내리쬐던 오후, 다음 대 무당파 장문인으로 내정되어 있는 영진(嶺振) 도사의 제자인 천강과 천우가 정체를 알 수 없는 인물이 자신들을 향해 다가오고 있다는 것을 안 것은 오후의 뜨거운 햇살에 지쳐 곧 있을 교대 시간을 기다리며 목을 빼고 있을 때였다.

"누구냐!"

"서, 서랏!"

산 아래에서 엄청난 속도로 다가오는 인영을 발견한 천우가 먼저 소리를 질렀다. 하지만 발견하고 소리를 지르는 순간 괴인영은 벌써 천강과 천우에게 근접했고 천강이 두 번째 말을 외쳤을 땐 이미 그들의 머리 위를 뛰어넘고 있었다.

"이런!"

"적이다!"

괴인으로 오인받은 운학 진인이 그들을 지나쳐 무당으로 향하자 천강과 천우는 동시에 몸을 날리며 소리를 질렀다. 운학 진인에게 비하면 턱없이 부족한 경공이었지만 둘이 펼치는 경공 또한 범상한 것은 아니었다. 그러나 그들이 소리를 지를 필요도 없었다. 천강과 천우보다 한참 앞서 무당파에 도착한 운학 진인이 도관의 기둥이 흔들릴 정도로 큰 소리로 호통을 쳤기 때문이다.

"이~놈, 상경아! 상경이 어디 있느냐!"

세상에 그 누가 있어 백주대낮에, 그것도 소림과 더불어 중원무림의 양대산맥으로 군림하고 있는 무당파에 쳐들어와서 지나가는 개 이름 부르듯 장문인의 이름을 불러댈 수 있을까?

쩌렁쩌렁 울리는 고함 소리에 연무장에서 무공을 닦고 있던 제자들은 물론이고 그들을 지도하던 중년 도사의 두 눈이 부릅떠졌다.

"감히 여기가 어디라고 미친 영감이 함부로 들어와 그 지저분한 입을 놀린단 말이냐!"

연무장에서 제자들에게 유운검법(流雲劍法)을 가르치던 영미(嶺迷) 도사가 평소의 급한 성격대로 상대가 누구인지도 알아보지 않고 소리를 질렀다. 아니, 알아볼 필요도 없었다. 저토록 무례하고 건방진 자가 적이 아니면 누가 적이겠는가! 단숨에 때려눕히고 함부로 입을 놀린 죗값을 받아내려는 듯 영미 도사가 성큼 앞으로 나섰다. 하나 그것이 치명적인 실수였다는 것은 영미 도사의 말이 끝나기도 전에 밝혀졌다.

"네 이놈! 네놈은 사조도 못 알아본단 말이더냐! 당장 네 사부를 데리고 오너라!"

"사, 사조님!"

자신도 모르게 털썩 무릎을 꿇은 영미 도사는 사람들이 왜 하늘이 노래진다고 하는지 그제야 알게 되었다.

낭패도 이런 낭패가 없었다. 아무리 엉망인 몰골을 하고, 그것도 갑자기 들이닥쳤다고는 하지만 사손이 사조를 몰라보는 불경을 저질렀다. 어디 그것뿐인가? 미친 영감이라고 소리까지 질러댔으니…….

"못난 사손이 사조게 불경을 저질렀습니다. 죽음으로써 벌을 물어주십시오."

"시끄럽다. 뭣 하느냐? 당장 네 사부를 불러오라고 하지 않느냐!"

지금 운학 진인에게 급한 것은 자신을 몰라본 제자들을 혼내고 사조의 위엄을 바로잡는 것이 아니었다. 그러나 영미 도사는 그저 머리를 땅에 처박으며 죄를 청할 뿐 좀처럼 움직일 기미를 보이지 않았다.

"이놈! 내 말이 말 같지 않더란 말이냐? 당장 장문인을……!"

벌벌 떨며 땅에 납작 엎드려 있는 영미의 모습에 자신도 모르게 화가 치민 운학 진인이 재차 명을 내리려고 할 때 안쪽에서 급히 달려오는 사람들, 그중 한 명이 자신이 찾고 있는 상경 진인임을 알아본 운학 진인이 말을 끊었다.

몇몇 사형제와 제자들을 이끌고 급히 달려오는 상경 진인의 얼굴에 이유 모를 불안이 깔려 있었다.

영미 도사와는 달리 장문인실에서 온 무당을 쩌렁쩌렁 울리는 호통 소리를 들은 상경 진인은 음성의 주인공이 사부임을 바로 알 수 있었다. 사부가 제자를 찾는 데 그 일만큼 급한 일이 있을 수 없었다. 하던 일을 당장에 멈춘 상경 진인은 자신과 마찬가지로 사부의 음성을 알아듣고 달려나온 사제들과 함께 급히 연무장으로 걸음을 옮겼다. 그리고 드러난 풍경. 사부인 운학 진인이 노기 띤 얼굴로 서 있고 제자들이 무슨 죄를 졌는지 모두 무릎을 꿇고 있었다.

'무슨 일로 저리 화가 나셨을까?'

사부인 운학을 따른 지가 벌써 수십여 년, 상경 진인은 단 한 번도 저처럼 화를 내는 사부의 모습을 본 적이 없었다. 비록 알려진 것과는 다르게 성격이 다소 괴팍한 점이 있었지만 그렇다고 이렇게 화를 내는 모습은 기억에 남아 있지 않았다.

"찾으셨습니까, 사부님."

운학 진인에게 다가간 상경 일행은 재빨리 허리를 숙여 예를 표했다. 하나 운학 진인에겐 인사를 받는 시간도 아쉬웠다.

"어찌 된 일이냐?"

"예? 무슨 말씀을……."

거두절미(去頭截尾)하고 물어오는 운학 진인의 말을 알아들을 리 만무한 상경 진인이 곤혹스런 표정이 되어 조심스레 되물었다.

운학 진인의 얼굴이 한층 더 엄해졌다.

"어찌하여 칠파일방과 삼대세가에서 그들을 뒤쫓고 있는 것이더냐?"

"그들이라 하시면……."

"갈! 네가 감히 사부를 속이려 드느냐?!"

상경 진인이 딴소리를 한다는 생각에 노기를 참지 못하고 버럭 소리친 운학 진인의 외침엔 자신도 미처 인식하지 못한 상당한 힘이 실려 있었다. 앞의 상경 진인이나 다른 사람들은 그다지 영향을 받지 않았지만 내공이 약한 제자들은 가슴을 부여잡고 고통스러워했다. 하지만 감히 어느 안전이라고 고통을 호소할까! 그들에게선 조금의 신음 소리도 흘러나오지 않았다.

"제자가 감히."

다급히 허리를 숙이는 상경. 그 순간 뇌리를 스치는 것이 있었으니…….

"어째서 흑영을 쫓고 있느냔 말이다."

어린 제자들이 고통스러워하는 것을 어찌 모를까. 자신이 조금 심했다고 생각했는지 운학 진인의 말이 조금 누그러졌다.

운학 진인의 질문에 상경 진인의 얼굴이 흑색으로 변했다. 예상대로였다.

'역시! 사부님께선 그 일을 추궁하시는 것이로구나. 어찌 아셨을까?'

"묻지 않더냐! 어찌하여 그들을 제거하고 있는지 말이다!"

운학 진인의 음성이 다시 높아졌다. 그러자 번쩍 고개를 든 상경 진인은 조마조마한 심정으로 바라보고 있는 사제들과 제자들을 바라보며 잠시 망설이더니 곧 결심하고 입을 열어 설명을 시작했다.

"며칠 전 화산에서 회합이 있었습니다."

"그래서?"

"회합에서 결정이 난 것입니다, 그들을 제거하기로."

"……."

너무 어이가 없는 것인지, 아니면 산을 오르며 예상했던 것이 정확하게 들어맞아서 그런 것인지 운학 진인은 아무런 말도 하지 않고 상경 진인만을 응시했다.

"협맹이라는 것이 있습니다. 저희들을 누르고 백도의 지도자가 되고 싶어하는 자들입니다. 그들이 흑영의 뒤를 캐고 있었습니다. 그 일에 위기를 느낀 수뇌들이……."

운학 진인이 들어볼 것도 없다는 듯 말을 잘랐다.

"그래서? 그래서 흑영을 제거하기로 결정을 내렸단 말이냐?"

"예."

상경 진인이 기어가는 음성으로 대답했다.

"허허! 제 힘으로 백도를 지키지 못하는 못난 우리들 때문에 일생을 희생당한 이들이 아니더냐. 내 그렇게 말렸건만 말도 안 되는 체면과 명분 때문에 그들을 외면하더니 이제는 목숨마저 취하려 들어?"

과거 흑영대의 존재를 세상에 드러내고 그들의 업적을 치하하자고 했던 자신의 말에 절대불가를 외치며 끝끝내 강호를 떠나게 만들었던 무림맹의 수뇌들. 그날의 일을 여전히 가슴 아프게 생각하고 후회하고 있는 운학 진인의 주름진 노안(老顏)에 회한(悔恨)이 떠올랐다. 그리고 그의 쓰라린 마음은 곧 분노가 되어 상경 진인에게 되돌아왔다.

"너는 무엇을 하고 있었느냐!"

"예?"

"네놈은 무엇을 하고 있었느냔 말이다. 고작 그들의 존재가 드러나는 것이 두려워 그 따위 짓을 하려는데 무당파의 장문인이라는 네놈은 대체 무엇을 했느냔 말이다!"

허리를 꼿꼿이 펴고 서릿발 같은 기운을 내뿜으며 호통을 치는 운학 진인의 말에 상경 진인은 감히 얼굴을 들지 못했다.

"내 이런 일이 있을까 두려워하여 네게 단단히 일러두지 않았느냐! 무슨 일이 있어도 그들을 보호해야 한다고! 그런데 결과가 고작 이것이더냐?!"

운학 진인의 추궁은 점점 거세어졌다.

"송구합니다. 하지만 제자 또한 노력을 했습니다. 있을 수도 없는 일이라고 강변했습니다. 그렇지만……."

"그렇지만, 어쨌다는 것이냐?"

'그것은 네 의지가 부족했기에 일어난 일이다'라고 하는 듯한 눈빛의 운학 진인은 상경 진인의 변명을 그다지 듣고 싶지 않은 모양이었다.

"그들은 제자의 말을 듣지 않았습니다. 그나마 저와 의견을 같이하던 소림사의 장문인도 그중 몇몇이 살수 단체를 만들었다는 말에 저들의 의견에 동조를 하고 말았습니다."

"허! 살수 단체? 허허허! 언제부터 객잔이 살수 단체로 변했단 말인가……."

평생에 단 며칠, 친구들과 객잔을 하며 지낸 순간이 가장 행복한 순간이었다고 죽어가며 웃음 짓던 진우의 모습을 떠올린 운학 진인. 일이 이쯤 되고 나자 화를 내고 싶은 마음도 사라졌다.

"본 문의 제자들도 하산을 한 것이냐?"

한참 동안이나 침울한 표정으로 서 있던 운학 진인이 힘없는 음성으로 물었다.

"아닙니다. 결론은 그리 났지만 제자는 그 결론에 불복(不服)했습니다. 차후 그 일로 일어날 모든 것을 각오하기로 하고 본 문은 그들의 행사에 참여하지 않았습니다."

상경 진인이 운학 진인의 눈치를 살피며 대꾸했다. 운학 진인의 고개가 두어 번 끄덕여졌다.

"잘했다. 그래야지. 우리마저 그들을 배반할 수는 없는 일이지."

"그런데……."

잠시 머뭇거리던 상경 진인이 조심스레 물었다.

"이번 일에 대해선 거의 아는 사람이 없는데 사부님께선 어찌……."

"조금 전 쫓기던 흑영을 만났다. 곧 죽고 말았지만."

진우의 죽음을 떠올린 운학 진인의 안색이 흐려졌다. 그런 운학 진인의 모습에 왜 흑영이 이곳까지 왔는지 묻고 싶었지만 차마 그럴 수 없었던 상경 진인은 사부의 다음 하명을 기다렸다.

"그래, 결과는 어찌 되었다더냐?"

"애당초 제자를 내려보내지도 않았는데 본 문에 알려올 까닭이 있겠습니까? 하지만 일을 그르쳤을 경우 어떤 역효과가 있는지 너무나 잘 알고 있는 저들입니다. 아마 치밀하게 준비를 했을 것입니다. 제자의 생각으론 대부분이 죽임을 당했으리라 생각합니다."

"그랬을 테지. 그래, 그랬을 것이야."

상경 진인의 말에 일리가 있음을 고개를 끄덕여 동의를 해준 운학 진인은 그러나 곧 고개를 가로저었다.

"하지만 그가 살아 있는 한 일은 결코 끝나지 않았음이니……."

"그라면 누구를 말씀하시는 겁니까?"

"대주(隊主)! 흑영대의 대주를 말함이다."

말을 하는 운학 진인의 음성이 은근히 떨리고 있었다. 그러나 상경 진인이 이해가 가지 않는다는 표정으로 되물었다.

"제자 또한 흑영대의 대주가 상당한 능력을 지닌 것으로 알고 있습니다. 하지만 그를 따르던 수하들이 모조리 목숨을 잃은 상황에서 그가 할 수 있는 일이 무엇이 있겠습니까? 그 또한 계속된 추격에 시달리다 곧 죽고 말 것입니다."

"네가 그에 대해서 얼마나 아느냐? 아니, 비단 너뿐만 아니라 그의 능력을 제대로 아는 사람이 얼마나 될까?"

다시 안색을 굳힌 운학 진인이 실로 진지한 음성으로 말을 이었다. 상경 진인이 공손히 다음 설명을 기다렸다.

"흑영대는 곧 그를 말함이다."

"예?"

"모든 대원들이 죽어도 그가 살아 있다면 흑영대는 건재한 것이고,

다른 대원들 전원이 살아 있다 해도 그가 없다면 흑영대는 진정한 흑영대가 될 수 없다."

상경 진인이 이해를 하지 못하는 표정을 짓자 그럴 줄 알았다는 듯혀를 찼다.

"후~ 그만큼 그의 능력이 독보적(獨步的)이라는 것이다. 알다시피 흑영대는 혈성과의 싸움에서 실로 엄청난 능력을 보여주었다. 주요 고수는 물론이고, 심지어 혈성의 성주와 삼대호법도 그들에 의해 목숨을 잃었지. 우리가 혈성의 본거지를 힘들게라도 점령할 수 있었던 것은 그들이 이미 명을 달리한 사람들이었기에 가능한 일이었다. 그들 중단 몇이라도 살아 있었다면 상황은 전혀 다르게 변했을 수도 있었지."

삼 일간의 싸움을 끝으로 혈성을 점령한 과거의 쓰라린 기억을 되살리며 잠시 말을 멈춘 운학 진인은 그 어느 때보다 심각한 표정으로 말을 이었다.

"그런데 그들의 목숨을 빼앗은 사람이 바로 대주였다. 그것도 그 혼자서."

꽝!

충격!

실로 엄청난 충격이 상경 진인의 뇌리를 강타했다.

혈성의 성주가 누군가! 그리고 항상 그와 함께 다닌다는 삼대호법은!

그 당시만 해도 천하제일의 고수를 꼽으라면 열이면 열, 주저하지 않고 혈성의 성주인 백무극(白武克)의 이름을 거론했다. 더불어 삼대호법 또한 그와 비견될 고수로 인정받고 있었다. 그런 고수들을 단신으로 제압했단 말인가! 도저히 믿을 수 없는 일이었다.

"물론 정면대결을 한 것은 아닐 게다. 하지만 암습이라 해도 그만한 상대를 제거하기 위해 얼마나 뛰어난 무공과 살수(殺手)의 기예(技藝)를 지녀야 하는지는 너 또한 잘 알고 있을 것이다."

"예."

당연했다. 혈성의 성주와 삼대호법의 목숨을 빼앗았다는 것은 실력이 뒷받침되지 않는 한 도저히 이루어질 수 없는 일이었다.

"그런데 나를 제외하곤 아무도 그 사실을 모른다. 그저 흑영들의 합공에 의해 그리된 것으로만 알고 있을 뿐이다."

아직도 놀라 진정이 되지 않는 가슴을 쓸어내리는 상경 진인에게 운학 진인이 한마디를 던지듯 내뱉었다.

"그가 이곳 무당에 있다."

상경 진인의 눈이 경악에 휩싸이기도 전에 이어지는 말.

"그리고 그가 이 사실을 알았다."

"누, 누가?"

"본 적 있을 게다, 혁련휘라고……."

"아!"

운학 진인의 말이 끝나기도 전에 혁련휘와 가장 많이 대면한 영운이 깜짝 놀라 탄성을 내뱉었다. 하나 사부와 사숙들의 시선이 자신에게 모이자 영운은 곧 잘못을 깨닫고 화급히 고개를 숙였다.

"드러난 백 개의 손은 막아도 숨겨진 한 개의 손은 막지 못하는 법이다. 그가 몸을 숨긴 뒤 혈성을 상대하듯 그렇게 복수를 하기 시작한다면 누가 있어 그의 검을 피할 수 있단 말이냐? 천하제일인이라던 백무극도 그의 검에 쓰러졌거늘……."

"……."

"과거 이름을 날렸던 살수들의 면면을 살펴보거라. 그래, 멀리도 갈 것 없이 살수계의 전설이라고 하는 만뢰구적(萬籟俱寂) 몽연적(蒙演寂)의 예를 들어보자. 지금으로부터 십팔 년 전 그에게 목숨을 잃은 사부와 사형제, 가족의 복수를 하기 위해 혈성과의 싸움마저 잠시 중단하고 실로 헤아릴 수 없이 많은 사람들이 함께 연합했다. 그리고 그를 무림공적이라 하여 전 무림인이 나서서 그를 쫓지 않았느냐?"

"제자가 그 당시 사부님의 명을 받아 무당의 대표로 나섰습니다."

"그러나 결과는 어떠했느냐? 그가 몸을 숨겼을 때 찾아낸 사람은 아무도 없었고 때때로 어둠에 숨어 반격을 할 땐 참담할 정도로 많은 피해를 입었을 뿐이었다. 결국 그를 잡을 수 있었던 것은 간신히 사로잡은 그의 가족을 볼모로 한 다음이었지."

무당파의 대표로 나섰던 상경 진인이 너무도 잘 알고 있는 일이었다. 그리고 그 사건은 상경 진인은 물론이고 백도인들에게 있어선 두 번 다시 기억하기조차 싫은 수치스런 일이었다. 수백 수천 명이 달려들어 살수 한 명을 잡지 못했으니······.

"그런 몽연적이 혀를 내두른 사내가 바로 혁련휘다. 그가 나에게 이런 말을 한 적이 있다."

"당장 눈앞에 있는 지금 죽이라면 모를까 눈앞에서 사라진 다음이라면 차라리 당신을 죽이는 게 쉽겠소."

"그때 혁련휘의 나이가 열여덟이었다. 열여섯에 흑영들의 실질적인 우두머리가 되었고 열여덟에 몽연적이 고개를 절레절레 흔들 정도의 인물, 그가 바로 혁련휘다."

"······."

아무도 입을 여는 사람이 없었다. 일의 전모를 알고 있는 상경 진인과 대충 이해를 하고 있는 수뇌들은 물론이고 전혀 영문을 모르는 제자들 또한 알 수 없는 두려움과 문파의 어른들이 내뿜는 질식할 듯한 기세에 질려 숨도 제대로 쉬지 못하고 있었다.

"그가 기다리고 있다. 짐작하고 있을 테지. 하나 그래도 혹시나 하는 마음에 나에게 하루의 시간을 주었다. 자신을 설득시켜 달라고 하더군. 그도 아는 것이야, 이 일로 얼마나 많은 피를 보아야 하는지. 그러나… 무슨 말로 그를 설득하겠느냐? 친형제 이상으로 서로를 아끼고 사랑하던 그들이었다. 그런 친구의 주검이 그의 품에 안겨 있는 상황이거늘. 무슨 말로……."

"그래도 설득은 해보아야 하지 않겠습니까?"

상경 진인이 다급한 음성으로 물었다.

"무슨 수로? 이미 모든 일이 명확해졌거늘. 무당은 개입하지 않았다고 말을 하자는 것이더냐?"

"그럴 리야 있겠습니까? 하지만 사부님의 말씀대로라면 그야말로 큰일 아닙니까? 이대로 손을 놓고 있을 수는 없지요. 설득을 해보겠습니다."

"부질없는 짓이거늘……."

운학 진인이 고개를 좌우로 흔들었다.

"그래도 모르는 것입니다. 제자가 그를 만나보겠습니다."

거듭 주장을 하는 상경 진인을 물끄러미 바라보던 운학 진인이 땅이 꺼져라 한숨을 내쉬었다.

"후~ 그리 원한다면 그렇게 하도록 하자. 네 말대로 된다면야 두말할 나위가 없겠지만… 기대는 말아야 할 것이다. 힘들 것이야……."

"……."

말을 마친 운학 진인이 아무런 말도 없이 몸을 날렸다. 사제들에게 뒷일을 부탁한 상경 진인이 그 뒤를 따랐다.

'사부님의 말씀대로다. 그 상황이 되면 누구라도 참지 못하겠지. 하지만……'

상경 진인 또한 운학 진인의 말대로 힘들다는 것은 느끼고 있었다. 그러나 이대로 아무런 행동도 하지 못한다면 평생을 후회할 것 같았다. 무슨 수를 써서라도 필요하다면 자존심, 명성, 체면을 떠나 혁련휘의 바짓가랑이라도 붙잡고 사정을 할 생각이었다. 그러나 일은 그들의 예상과 전혀 다른 방향으로 흘러만 갔으니…….

현존하는 무당파의 최고 고수와 그 뒤를 잇는 고수들의 움직임은 여타 다른 고수들에 비할 바가 아니었다.

눈 깜짝할 사이에 혁련휘의 집에 도착한 운학 진인은 자신을 기다리고 있을 혁련휘를 급히 찾았다. 하지만 집은 텅텅 비어 있었고 혁련휘의 모습은 보이지 않았다.

"설마 벌써 떠난 것인가?"

집 안에 혁련휘가 없다는 것을 안 운학 진인이 초조한 표정으로 집을 나섰다. 순간 운학 진인과는 다르게 집 주변을 살피던 상경 진인이 다급하게 소리를 질렀다.

"사부님, 이곳입니다!"

외침이 끝나기도 전에 몸을 날려 상경 진인의 곁에 내려선 운학 진인이 본 것은 자그마한 무덤이었다. 만든 지 얼마 되지 않았는지 단 한 번도 세상 구경을 하지 못하다가 처음 햇빛을 받게 된 황토가 미처 마르지도 않은 상태였다. 그러나 상경 진인이 보고 있는 것은 그것이 아니었다.

　무덤의 맞은편. 팔십 평생을 살면서 지금껏 단 한 번도 보지 못한 처참한 광경이 운학 진인을 기다리고 있었다.

　"이, 이것이 도대체가……."

　그토록 지독했던 혈성과의 싸움에서도 보지 못한 광경. 주변에 흩어진 시신의 수를 대충 헤아려 보니 칠팔 구 남짓 되는 듯했다. 그러나 그것도 어디까지나 추정일 뿐 정확한 것은 아니었다. 아니, 지금 그들은 자신들의 눈앞에 끔찍하게 뭉개진 고깃덩어리가 과연 사람의 것인가 의심부터 해야만 했다. 한 마리의 어린 사슴을 수백의 늑대들이 뜯어 먹은 듯 온전한 시신이 없었다.

　살짝 바람이 불자 역한 피비린내가 닥쳐들었다. 참지 못한 상경 진인이 고개를 돌렸지만 운학 진인은 천천히 살육(殺戮)의 현장으로 다가갔다.

　"무량수불! 무량수불!"

　무엇을 본 것일까? 주변을 살피던 운학 진인이 돌연 고개를 하늘로 들어 올리더니 간절한 음성으로 연신 도호를 외웠다. 그런 운학 진인의 발 아래 아직도 김이 솟아오르는 듯한 뻘건 핏물로 쓴 글이 적혀 있었다.

　문답무용(問答無用)이라는 글귀가…….

　　　　*　　　　　*　　　　　*

　강서성(江西省) 여산(廬山).

　위로는 장강(長江)을, 동쪽과 남쪽으론 파양호(我陽湖)를 끼어 접근기 어렵고 서쪽의 만학천암(萬壑千巖)은 늘 안개로 휩싸여 그 진면목을 알아보기 힘들다는 여산은 예로부터 헤아릴 수 없이 많은 시인묵객들과 나그네들의 경탄의 대상이 되며 산세의 웅장함과 수려함, 빼어난 절경으로 이름이 드높았다.

산이 아름다우면 산에 취한 사람들이 의당 모이기 마련. 언제부터인지는 모르나 여산에는 수많은 서원(書院)과 사원(寺院), 장원(莊園)들이 하나둘씩 들어섰다.

여산의 주봉인 오로봉의 동편에 위치한 삼첩장원(三疊莊園)도 그중 하나였다. 들어선 시기는 정확하게 알 수 없지만 근처에 있는 삼첩천(三疊川)의 이름을 빗대어 지은 것이라는 예측을 가능하게 하는 삼첩장은 여산에 위치한 여타 장원들과 비교하여 그다지 큰 규모를 지니고 있지는 않았으나 자연과 어우러져 나름대로 제법 운치를 지닌 자그마한 장원이었다.

자연을 거스르지 않고 주변의 나무와 바위들과 어우러지며 이어진 토담 안에는 좌우로 두 개의 아담한 전각이 들어서 있고 전각 사이에는 작은 연못이 있어 이름 모를 물고기들이 한가로이 유영(遊泳)하고 있었다.

연못 위로 놓여진 구름다리는 두 전각의 이동 통로이기도 하였지만 천상의 신선(神仙), 선녀(仙女)들의 노니는 모습이 조각된 다리 위를 거닐다 보면 자신 또한 신선이 되었다는 착각을 일으키게 할 만큼 신기가 넘쳐흐르는 하나의 예술품으로서의 자태를 뽐내고 있었다.

화창한 오후, 그런 구름다리를 오가며 신선놀음을 하는 사내가 있었다.

오후의 햇살이 제법 따가운지 섭선을 펴서 그 열기를 막고, 때로는

바람을 일으키며 한가로이 산책을 하는 사내의 모습은 영락없는 백면
서생(白面書生)이었다.

적당한 키, 마른 몸매, 그리고 백지장처럼 하얀 안색은 유약함의 극
치를 달리고 있었다. 걸음걸이 또한 장부의 힘은 하나도 느껴지지 않
고 그저 계집의 걸음처럼 조신하기만 했다. 그나마 각진 턱과 살짝 치
켜 올라간 눈꼬리가 유약함 속에서도 날카로움을 느끼게 해주지 않았
다면 남자가 아닌 여자로 착각했을 법도 한 모습이었다.

횡간성령측성봉(橫看成嶺側成峰).
옆으로 보니 고갯마루요, 또 곁으로 보아도 봉우리로다.

원근고저각부동(遠近高低各不同).
멀고 가깝고, 높고 낮음이 저마다 각각이구나.

불식여산진면목(不識廬山眞面目).
여산의 참모습 알기 어려우니,

지록신재차산중(只綠身在此山中).
다만 내 몸이 산에 묻혀 있음이로다.

소식(蘇軾:소동파)이 여산에 왔다가 그 아름다움에 빠져 지었다는
시(詩)가 사내의 입에서 흘러나왔다. 사내는 자신이 소식이 된 양 두
눈을 감고 주변의 정취에 빠져들었다.

"호오~ 제법 그럴듯한데 그래. 무슨 소린지 제대로 알아들을 수는

없지만 분위기가 있어."

갑작스레 들려오는 음성에 눈을 감고 있던 사내, 서무궁(胥舞窮)의 눈이 번쩍 떠졌다.

가장 먼저 삼첩장에 들어온 그가 장원을 돌보던 노부부를 내보내고 문을 걸어 잠근 지 닷새, 외인의 출입을 허용하지 않은 삼첩장은 정확하게 세 명의 사내에게만 출입을 허용했다. 그리고 지금 목소리의 주인공이 그가 두 손 모아 기다리는 손님 중 네 번째 손님이 될 것이다. 그렇지 않다면 삼첩장 곳곳 알게 모르게 설치된 기관진식(機關陣式)에 아무런 영향을 받지 않고 이렇게 접근할 수는 없었다. 만약 모르는 자가 기관이 발동된 삼첩장의 담을 몰래 넘고자 했다면 미처 두 걸음을 떼어놓기 전에 걸레 조각으로 변해 버렸을 것이니.

고개를 돌린 서무궁은 자신의 전면에 서 있는 사내를 바라보며 반색을 했다.

"너로구나, 자성!"

"우라질! 지옥에서 살아 나왔는데 고작 한다는 소리가 '너로구나'냐? 그리고 그 웃는 얼굴은 뭐냐?"

스스로 지옥에서 살아 나왔다고 말을 할 정도로 처참한 지경에 이른 홍자성은 서 있는 것조차 힘이 드는지 구름다리의 난간에 기대어 거친 숨을 몰아쉬었다. 옷은 이미 걸레 조각만도 못하게 변해 버린 지 오래였고 군데군데 드러난 몸엔 온갖 상처의 흔적이 있었다.

상처를 치료할 여유조차 없었는지 대부분의 상처는 상처로 인해 생긴 피와 고름이 뒤엉켜 있어 절로 눈살을 찌푸리게 하였는데 심한 곳은 상처 부위가 썩어 들어가는 곳도 있었다.

"상처야 늘 있는 거 아냐? 엄살 부리지 마라. 광견 홍자성이 그만한 상처에 엄살을 부려서야 되나."

"흥! 네놈도 내 꼴이 되어봐야 알지. 당해보지 않고 그 고통을 어찌 알까?"

홍자성은 다리의 짓무른 상처에서 흘러나오는 피고름을 닦아내며 얼굴을 찡그렸다. 그 모습을 잠시 바라보던 서무궁이 슬쩍 고개를 들어 올리며 물었다.

"그런데… 혼자냐?"

"……."

피고름을 닦아내느라 열중이던 홍자성의 손이 순간적으로 그 움직임을 멈추었다. 그리고 고개를 들어 서무궁을 바라보았다. 홍자성의 눈빛은 깊은 수렁에 빠진 듯 어두운 그늘을 만들었다.

"어젯밤에 조린이 도착했다. 너와 마찬가지로 엉망이 되어서."

"그랬군. 역시 탈출에 성공했구나."

홍자성의 얼굴에 잠시나마 밝은 빛이 보였다.

"조린이 말했다, 너와 엄우가 함께 움직였다고."

여전히 담담한 음성으로 말을 하기는 하지만 입술을 지그시 깨무는 모양이 서무궁 또한 직감적으로 뭔가를 느끼는 듯했다.

"엄우는… 죽었다."

진우를 탈출시킨 후 뿔뿔이 흩어졌다가 막천산(莫千山)에 이르러 다시 만난 그들은 끈질기게 추격하는 추격자들을 분산시키기 위해 또다시 헤어졌다. 다만 부상의 정도가 약한 노조린에 비해 심각한 부상을 당한 홍자성과 엄우가 함께 움직였고 노조린이 적들을 유인하고자 먼저 산을 내려갔다. 그러나 적들은 그렇게 어리석지 않았다. 노조린에게 많은 수의 추격자들이 들러붙었지만 홍자성과 엄우를 방관하지는 않았다. 결국 그들은 절강성을 벗어나기 직전 뒤를 추격해 온 적들에게 덜미를 잡히고 말았다.

"엄우는 정말 열심히 싸웠다. 나도 죽어라 싸웠지만 온몸에 검을 맞으면서도 조금도 물러서지 않는 엄우와 비교할 바가 아니었지. 눈을 잃고 양다리가 잘리며 쓰러질 때까지 엄우는 단 한 번도 비명을 지르지 않았다. 그리고 청성의 재수없는 놈, 철중쟁쟁인지 고철인지 하는 그놈에게 목을 잘리는 순간까지 엄우는 자존심을 버리지 않았다. 내 이름을 걸고 맹세하건대 그놈은 반드시 내 손에 난도질당하여 죽을 것이다. 어쨌든 엄우가 미친 듯이 날뛴 덕에 난 놈들의 손아귀에서 빠져나올 수 있었다. 엄우의 목숨을 그 대가로 지불하고."

목을 잘리는 순간까지 빨리 도망치라고 소리치던 엄우의 음성이 여전히 귓가를 울리는 듯 입을 여는 홍자성의 얼굴은 고통으로 일그러졌다.

"됐어. 너만이라도 살았으니 다행이지. 들어가자. 우선 상처를 치료해야겠다."

서무궁은 금방이라도 쓰러질 것 같은 홍자성을 부축하며 등룡각(登龍閣)이라고 멋들어지게 쓰여진 편액이 걸려 있는 왼쪽 전각을 향해 걸었다.

"몇 명이나 왔냐?"

"너와 나를 포함해 다섯."

"……."

"왜? 그만하면 많은 것 아냐?"

서무궁이 잠시 걸음을 멈추고 고개를 돌리며 물었다.

"그렇긴 하지만……."

"네가 무슨 생각을 하는지 다 알아. 하지만 인원이 적다고 복수를 못한다고는 생각하지 않는다. 물론 완벽한 복수를 할 수 있다고 장담하진 못하지만 최소한 친구들의 죽음에 대한 책임은 물을 수 있을 것이다. 아니, 물어야 하겠지. 지금은 그런 생각을 할 때가 아니라 어찌하면 빨리 상처를 낫게 할까 연구할 때다."

"윽!"

말을 마치며 어디를 건드렸을까? 대답 대신 비명을 지른 홍자성은 가뜩이나 일그러진 얼굴을 더욱 구겼다.

"쯧쯧, 망가져도 아주 단단히 망가졌군. 안에 있는 녀석들도 같은 신세니 가서 인사나 해라. 하하하!"

서무궁은 찡그린 얼굴로 못마땅하게 쳐다보는 홍자성의 시선에 슬쩍 웃음으로 대응하고 등룡각을 향해 천천히 걸어갔다.

"쿠엑! 지독한 냄새."

등룡각에 들어선 홍자성은 아직 발을 들이밀지도 않았음에도 밀려오는 지독한 약 내음에 코를 움켜쥐었다.

"지독하기는 뭐가 지독해. 난 향기롭기만 하고만. 잔소리하지 말고 어서 들어가. 어차피 몸이 나을 때까지 저 냄새를 지겹도록 맡아야 할 테니."

서무궁은 발걸음을 멈추고 고개를 절레절레 흔드는 홍자성을 거의 안다시피 하여 등룡각 안으로 들어섰다.

그러자 드러나는 광경. 등룡각의 거실에는 나란히 놓인 세 개의 침상이 있었고 그 위엔 온몸을 하얀 천으로 도배하다시피 한 사람들이 누워 있었다. 처음엔 분명 인간 같지도 않은 몰골들을 하고 있었을 테지만 서무궁의 친절한 손길이 미친 지금은 그래도 상태가 나아 보였다.

"자자, 누가 왔는지 봐라. 어서들 일어나."

서무궁은 호들갑을 떨며 침상을 돌아다녔다. 그리고 그가 지나간 곳에선 어김없이 비명과 함께 욕설이 튀어나왔다.

"약(藥) 주고 병(病) 주는 것이냐? 치료를 했으면 아물도록 놔두어야지, 심심하면 와서 건드리는 심사는 뭐란 말이냐?"

"빌어먹을 놈!"

사내들의 욕설엔 아랑곳없이 싱글싱글 웃음을 지은 서무궁이 질린 표정으로 자신을 바라보는 홍자성의 곁으로 다가왔다.

"자칭 지옥에서 살아온 사내가 왔단 말이야. 환영을 해줘야지."

"비켜. 네놈하고 있다간 다시 지옥에 처박히겠다."

대뜸 핀잔을 준 홍자성이 침상을 향해 걸어갔다. 가장 먼저 그를 반긴 것은 곳곳에서 피가 배어 나와 하얀 천을 붉게 물들이고 있는 노조린이었다.

"왔구나."

"그래, 너도."

고개를 돌려 뒤를 살피던 노조린의 안색이 일순간에 어두워졌다.

"엄우는……?"

홍자성의 고개가 좌우로 흔들렸다.

"후~ 그랬구나, 그랬어."

홍자성과 노조린이 동시에 입을 다물자 서무궁이 끼어들었다.

"그만 해. 가족을 잃고 겨우 목숨만 건진 녀석도 있다고."

자신과 노조린은 혼인을 하지 않았다. 그리고 앞에서 뺀질거리고 있는 서무궁도 아닌 것 같았다. 그렇다면 남은 사람은 둘이었다.

'무공에 미친 저 녀석은 아닐 것이고, 그럼 관정인가?'

침상에 누워서도 뭔가 깊은 생각에 잠겨 손을 움직이고 있는 송백령(宋百嶺)을 힐끔 쳐다보며 혀를 찬 홍자성이 관정에게 말을 걸었다.

"많이 당했구나."

"그냥. 나만 당한 것도 아니고."

"가족 일은 안됐다."

"……."

"어떤 놈들이었냐?"

"화산파. 그나마 내가 가장 잘 알고 사용하는 무공이 화산 무공이라 벗어날 수 있었다. 만약 다른 문파였다면 빠져나오지 못했을 거야."

"그렇군."

이런 류의 대화를 나누어본 적이 없기에 서로 무슨 말을 해야 할지 몰랐다. 또다시 어색한 침묵이 흘렀다. 하지만 침묵은 오래가지 않았다.

"그렇구나! 여기서 몸을 피할 것이 아니라 피해를 감수하고 공격을 했어야 했어. 그러면 그 땡중의 목은 땅에 떨어졌을 것인데… 아니지. 그 당시 상태로 그놈의 공격을 받았다간 살아남지 못했을 것이니 피한 것이 잘한 것인가? 에구구! 모르겠다, 모르겠어!!"

지금껏 혼자 딴청을 피우던 송백령의 입에서 탄성이 터져 나오고 묵은 체증에 체증이 겹쳐 더욱 불편한 사람처럼 인상을 찌푸리며 몸을 일으킨 그가 홍자성의 곁으로 다가왔다.

"미안, 미안. 아주 중요한 순간이라 아는 체를 못했다. 오랜만이다. 쯧쯧, 많이 상했구나. 천하의 광견이 어쩌다 이 꼴이 되었을까?"

"흥! 남 말할 때가 아닌데. 네 몰골을 좀 보고 말을 하라구. 관정이 가장 심한 것처럼 보였는데 이불을 덮고 있어서 그렇지 너도 만만치가 않구나. 다리는 부러진 것이냐?"

쩔뚝거리며 걷는 송백령의 몸은 산송장이나 진배없었다. 이상이 없는 곳은 오직 얼굴뿐인 듯했다.

"하하하! 그렇지 뭐. 그래도 한쪽밖에 부러지지 않았다. 소림사 땡중들의 곤법(棍法)이 무섭다는 얘기는 들었지만 그 정도일 줄은 몰랐어. 어찌나 정신없이 두들겨 대는지 전신의 뼈마디가 성한 곳이 없다니까."

송백령은 자신의 옆구리를 들쳐 보이며 죽는시늉을 했다. 아닌 게 아니라 움푹 들어간 것이 적어도 너덧 대의 갈비뼈는 상한 듯했다.

"쯧쯧, 자업자득(自業自得)이잖아. 도망을 쳐도 모자랄 판에 죽어라 싸웠으니 그럴 만도 하지. 목숨을 건진 것만으로도 다행으로 여기라구."

노조린처럼 동료를 위해 적을 유인한 것도 아니고 적어도 흑영 내에서 세 손가락 안에 드는 무공을 지닌 송백령이 저토록 심하게 다친 것이 이해가 가지 않았던 서무궁의 추궁으로 그를 제거하기 위해 찾아온 소림승들과 한 치의 양보도 없이 싸웠다는 것이 밝혀진 송백령은 시종일관 당당했다.

"도망? 내가 왜? 날 죽이러 온 놈들을 그냥 보내란 말이야? 난 그렇게 못해. 설령 싸우다 죽으면 죽었지, 그런 놈들을 가만히 두고 볼 내가 아니라고."

송백령은 무슨 소리를 하느냐는 듯 따져 물었다. 그 기세에 기가 질린 서무궁이 슬쩍 한 발짝 뒤로 물러났다. 그러나 여전히 송백령의 용기를 만용(蠻勇)으로 몰아세우는 것은 잊지 않았다.

"그래, 너 잘났다. 그렇게 죽도록 싸우며 다녀봐라. 큰코다칠 일이 있을 것이다."

"두렵지 않아. 도망치느니 그냥 죽고 말지."

송백령도 지지 않고 대꾸했다.

"그만 해라. 별 쓸데없는 것으로 다투냐, 다투길. 그런데 궁금한 것이 있다, 무궁."

"궁금? 뭐가?"

송백령과 말싸움을 하던 서무궁의 고개가 홍자성에게 향했다.

"여기 모인 사람들의 특징을 봐라."

홍자성의 말에 서무궁은 물론이고 다른 사람들까지 서로를 쳐다보았다.

"너 빼고는 모두 중상이야, 당해도 이렇게 당한 적이 없는."

"하하하! 알았다, 알았어. 그런데 왜 나만 이렇게 멀쩡하냐고?"

질문의 요지를 금방 파악한 서무궁이 박장대소(拍掌大笑)를 하였다. 웃음을 멈춘 서무궁은 들고 있던 섭선을 단번에 펴더니 천천히 흔들며 한껏 거드름을 피웠다.

서무궁이 무슨 말을 할지 이미 그 내용을 알고 있던 다른 사람들은 짜증이 나는 듯 고개를 돌려 버렸다.

"흠흠, 그것이 나와 너희들의 차이점이지. 난 처음부터 백도 놈들을 믿지 않았어. 언젠가 오늘과 같은 날이 있을 것이라 생각했지. 그런 의심을 하게 되자 자연 가장 안전한 장소를 찾게 되었다. 우선 나는 크지도 작지도 않은 적당한 마을에 자리를 잡았어. 그리고 일을 시작했지."

"사기꾼 같으니라고!"

송백령이 소리를 질렀다.

"사기꾼이라니! 과거에는 모르지만 지금 나만큼 글을 많이 알고 있는 사람이 누가 있냐? 너는 열 번을 죽었다 깨어나도 나를 못 따라와."

"잘났다."

더 이상 말을 섞기도 귀찮은 듯 몸을 돌려 침상으로 돌아간 송백령을 지그시 노려보던 서무궁이 멈추었던 말을 이었다.

"그동안 닦은 실력으로 마을 아이들을 가르치는 글 선생이 되었다."

"……."

순간 무슨 말인지 이해를 하지 못한 홍자성이 고개를 돌려 노조린을 바라보았다. 관정은 송백령과 마찬가지로 이미 고개를 돌린 상태였고 자신의 몸에 난 상처를 돌보느라 노조린만이 곁에 있었기 때문이다.

"글 선생이란다."

자신 또한 홍자성과 같은 충격을 경험했기에 담담히 웃으며 대답을 해준 노조린은 뒤이어 나올 홍자성의 반응도 이미 알고 있었다. 그리고 그것은 한 치의 어긋남도 없이 맞아들었다.

"사기꾼 맞네. 허참! 저잣거리에 창기(娼妓)가 요조숙녀(窈窕淑女)가 된다는 말을 믿으면 믿었지, 네가 글 선생이라고? 비급 하나도 제대로 못 읽어 헤매던 네가? 훌륭하다!"

"시끄러. 마음껏 비웃어라. 하지만 내가 그 마을의 글 선생인 것은 어김없는 사실이니까. 좀 전에도 들었잖아. 이젠 시도 읊을 줄 알고 공자(孔子) 왈(曰), 맹자(孟子) 왈(曰)도 할 줄 안다."

"섭선에 써놓은 것을 누가 모를 줄 아냐? 그런 것이면 나도 하겠다."

몸을 돌리고 있던 송백령에게서 또 한 번 독설(毒舌)이 튀어나왔다.

"그래그래, 그건 그렇다 치고 글 선생이 되었다고 치자. 그 다음은 어찌 된 것이냐?"

끝까지 자신의 신분을 고집하는 서무궁과 말싸움하는 것이 시간 낭비라는 듯 홍자성이 손짓을 했다. 그런 홍자성의 태도가 불만스러웠지만 서무궁 또한 더 이상 말싸움을 하기는 싫었다.

"그렇게 그 마을에 정착하고 거처도 정하게 되었지. 자그마한 집이었지만 나로서는 처음 가져 보는 집이었다. 하지만 그 집에 들어서 내가 제일 먼저 한 것은 탈출구를 만드는 것이었다."

"탈출구?"

"그래. 침상 밑에서 뒷산의 사당에까지 이르는 장장 오십여 장에 이르는 거리를 매일같이 뚫었다."

그때를 시늉이라도 내듯 손으로 도구 모양을 만들어 땅을 파는 행동을 하는 서무궁의 모습은 절로 실소를 자아내게 했다.

"그렇지만 기습을 받으면 그것도 별로 소용이 없을 텐데."

터져 나오는 웃음을 참고 홍자성이 물었다.

"그럴지도 모르지. 그러나 나에겐 안전 장치가 또 하나 있었다."

"안전 장치라니?"

노조린의 손길에 제법 고통을 느꼈는지 질문을 하는 홍자성의 얼굴이 일그러졌다.

"마을에 완전히 정착한 이후 나는 아이들을 통해 바깥소식을 들었지. 그리고 마을에 새로 들어오는 사람들의 면면을 모조리 파악할 수 있었다. 그들이 일반 나그네들이든, 아니면 장사를 하기 위해 마을을 찾은 장사치들이든 그 누구도 아이들의 눈을 피할 수가 없었고 곧 내 눈을 피할 수가 없었다."

"허!"

서무궁의 말이 이어지는 동안 처음으로 비웃음이나 어처구니없어 흘리는 탄성이 아닌 진정으로 감복한 감탄사가 흘러나왔다. 그런 홍자성의 태도에 자신감이 생겼는지 서무궁의 말엔 탄력이 붙었다.

"마을에 정착한 지 오 년이 조금 넘던 날, 그동안 조금씩 만들었던 탈출로가 마침내 완성이 되어 홀로 자축을 하고 있을 때였다. 마을 끝에 살고 있는 아이 하나가 집에 찾아왔다. 집안이 가난해 제대로 교육을 받지 못하다가 나로 인해 글을 깨우친 아이로 나를 몹시 존경하는 아이다. 그런데 그 눈빛의 의미는 뭐냐, 자성?"

"아니다. 계속해라."

"아이가 전해온 말은 간단했다. 마을 어귀에 낯선 사람들이 모이고 있다는 것. 그리고 그들은 저마다 무장을 하고 있다는 것."

당시의 긴장감이 새삼 밀려오는지 섭선을 흔들고 있는 서무궁의 손에 약한 경련이 일었다.

"더 이상 들어볼 것도 없었다. 나는 그 길로 달려가 그들의 정체를 확인했다. 청성파의 놈들이었어. 그리고 알았지, 나를 잡기 위해 왔다는 것을. 그래도 이놈들은 체면이 있었는지 마을 사람들을 공격하지는 않았다. 하긴 공격을 하기엔 너무 큰 마을이었으니까. 하지만 목표는 확실했어. 마을의 입구에 집결한 그놈들은 주저없이 내가 살고 있는 집으로 쳐들어오더군. 조금만 늦었으면 큰일 날 뻔했지. 난 마침 그날 완성된 탈출구를 통해 재빨리 도망을 칠 수 있었다. 그리고 이곳으로 왔지. 그 다음엔 보다시피다. 관정이 제일 먼저 도착했고 이어서 백령이, 그리고 조린. 이런 순으로 장원에 도착했다."

어깨를 한 번 으쓱하는 것으로 서무궁은 모든 설명을 마쳤다. 그러자 듣고 있던 홍자성의 입에서 기나긴 한숨이 새어 나왔다.

"후~ 우리가 네가 지닌 교활함의 반만 따라갔어도 이 꼴은 당하지 않았을 것을."

"칭찬으로 듣겠다."

"그래, 이건 칭찬이다. 어쨌든 대단해. 그런데……."

엄지를 들어 서무궁을 치켜세우던 홍자성이 말끝을 흐렸다.

"그런데 뭐? 말을 해."

"내가 마지막일까?"

송백령의 몸이 돌려지고 관정 또한 누인 몸을 일으켰다. 상처 부위에 무명 천을 감고 있던 노조린의 손길도 멈추어졌다.

서무궁이 홍자성의 어깨를 두드리며 말했다.

"그렇지 않기만을 바래야지."

"하지만 기대는 하지 않는 것이 좋을 거야. 기대만큼 뒤에 따르는 실망도 큰 법이니."

잠시 멈추었던 손을 움직이며 말을 하는 노조린의 음성은 착잡하기만 했다.

"그러면 언제 시작할 거야? 설마 이대로 숨어 지내는 것은 아니겠지?"

지금껏 침묵을 지키던 관정이 물었다.

"물론 그런 일은 있을 수 없지. 하지만 지금 당장은 아니야. 우선 우리의 몸을 회복해야 하고… 대주를 기다려야지."

"하지만 진우가 무사히 대주에게 갔는지 모르잖아."

"넌 그때 진우의 모습을 보지 못해서 그래. 염려하지 마라, 백령. 진우는 반드시 대주에게 우리가 처한 사실을 알렸을 테니까. 나는 진우를 믿는다."

허벅지에 흐르는 피를 멈추게 하는 것을 끝으로 노조린의 몸이 일으켜졌다.

"그건 자성의 말이 맞아. 진우는 틀림없이 대주를 만났을 거다. 그리고 너무 급하게 생각할 것 없어. 시간은 충분하니. 모든 것은 대주가 온 후에 결정될 것이야. 우리는 대주의 말을 따르기만 하면 돼. 그걸로 충분해."

노조린의 말에 더 이상 토를 다는 사람은 없었다.

홍자성이 삼첩장에 도착한 지 정확하게 사흘이 지났다.

제법 많은 시간이 지났지만 서무궁을 제외한 나머지 사람들은 워낙 깊은 상처들을 입어 아직도 몸 이곳저곳에 천을 감고 있었고, 특히 가장 늦게 도착한 홍자성과 몸이 거의 양분될 뻔한 관정은 여전히 거동이 여의치 않을 정도로 상태가 좋지 않았다.

몸도 정상이 아니고 기다리는 대주도 오지 않았기에 그들은 어떠한 행동도 하지 못한 채 그저 자신들을 배반한 칠파일방과 삼대세가에 대한 분노를 삭이며 하루하루를 보내야만 했다. 특히나 꼼짝없이 침상에 누워 있는 홍자성은 매일같이 짜증을 부리며 신경이 곤두서 있었다.

"아직 멀었나. 뱃가죽이 등에 가 붙겠다."

침상 위에 걸터앉아 얼굴을 잔뜩 찌푸리고 있는 홍자성의 음성엔 불만이 가득 담겨 있었다.

"오리를 키워서 잡느라고 그런 것인지, 아니면 실력이 없어서 그런지… 오리 구이를 해오겠다고 한 지가 언젠데 아직도 소식이 없어! 안 그래?"

홍자성은 자신의 의견에 동의를 구하기 위해 옆의 침상에 누워 있는 관정에게 말을 걸었다.

"글쎄, 알아서 잘 해오겠지."

관정은 별 관심이 없다는 듯 한마디를 하고선 몸을 돌려 버렸다.

"아니야. 틀림없이 우리 둘만 제외하고 지들끼리 처먹고 있을 거야. 나쁜 놈들 같으니라고!"

관정의 반응과는 상관없이 혼자 열을 내던 홍자성은 더 이상 참을 수가 없었던지 벌떡 몸을 일으켰다.

"내가 그렇게 놔둘 줄 알아. 어림도 없지. 찾고 만다, 내 오리를!"

침상에 내려 한 발 한 발 힘겹게 걸음을 옮기는 홍자성의 눈에선 준비를 늦게 하는 친구들에 대한 분노인지, 아니면 음식에 대한 욕구 때문인지 뻘건 불꽃이 활활 타올랐다. 그러나 홍자성이 미처 세 걸음도 옮기기 전에 벌컥 열린 문에서 일단의 사람들이 들어왔다.

"어라! 뭐 하는 거냐?"

서무궁이 땀을 뻘뻘 흘리고 있는 홍자성을 이상하게 쳐다보며 물었다. 그런 서무궁의 손에는 갓 구워 김이 모락모락 피어오르고 기름이 반질반질 흘러내리고 있는 오리 세 마리가 들려 있었다. 서무궁의 뒤로 술병을 들고 따라오는 노조린의 모습도 보였다.

"아, 아니, 그냥……."

"아니긴 뭐가 아니냐! 뻔한 거지."

아직 부러진 다리가 완쾌되지도 않았지만 잠시도 어디에 가만히 앉아 있지 못하는 천성 때문에 잠시 바람이라도 쐬겠다며 서무궁을 따라 전각을 나섰던 송백령이 대뜸 핀잔 섞인 호통을 쳤다.

"무, 무슨 소리야, 뻔하다니. 뭐가? 난 그저 운동이나 할까 하고……."

홍자성이 변명을 하려는 듯 더듬거리며 말을 이었지만 어림도 없는 소리였다. 며칠 동안 홍자성의 신경질을 감내해야 했던 송백령은 기회를 잡았다는 듯 매섭게 몰아붙였다.

"흥! 조금 전에 네가 하는 말을 다 들었다. 우리가 지금 오리를 다 먹어버릴까 해서 그 몸을 해가지고 움직이는 것 아니냐?"

"어, 어떻게?"

"하하! 네 목소리가 좀 크냐? 어디에 있든 간에 장원 안에만 있다면 다 들을 수 있을 정도로 우렁찬 목소리였다. '찾고 만다, 내 오리를!' 하하하하!"

들고 온 오리를 탁자에 내려놓으며 시치미를 떼고 있던 서무궁도 방금 전에 홍자성이 했던 말을 흉내 내며 허리를 잡고 웃어댔다.

"이… 이……!"

순간 부끄러움에 얼굴을 붉혔지만 그들의 말에 한 치도 틀림이 없었기에 홍자성은 달리 뭐라 할 말을 찾지 못했다. 그런 홍자성을 구해준 것은 막 술병을 내려놓은 노조린이었다.

"그만 해라. 우리가 늦긴 많이 늦었잖아. 배가 고팠던 모양이지."

"늦긴 뭘 늦어. 털만 뽑으면 되는 게 아니잖아. 적당한 불과 양념을 곁들여야 진정한 오리 구이가 탄생하지. 그 정도도 못 참아서야."

서무궁이 고개를 가로저으며 홍자성의 조급함을 나무랐다.

"알았다, 알았어. 내가 죽일 놈이다. 죽일 놈은 죽일 놈이고 우선 오리나 먹자. 뱃속에 들어 있는 밥벌레들이 난리다."

자신이 성급했다는 것을 인정한 홍자성이 노릇하게 구워진 오리에게 다가갔다. 그리곤 다리 하나를 집어 단숨에 몸통으로부터 분리를 시켰다.

"와우! 냄새 좋고. 감촉 좋고!"

다리를 찢는 순간 피어오르는 향기를 음미라도 하듯 두 눈을 감고 코를 벌름거린 홍자성의 입에서 절로 감탄사가 흘러나왔다.

"당연하지, 누가 요리했는데."

홍자성의 칭찬에 기분이 좋아진 서무궁이 남은 다리 하나를 찢고는 관정에게 다가갔다.

"제법 잘 구워졌다. 맛 좀 봐라."

"됐어."

서무궁이 권하는 오리를 뿌리친 관정은 천천히 몸을 일으켜 탁자로 다가왔다. 그리고 노조린에게 손을 내밀었다.

"술이나 좀 줘."

"괜찮겠냐? 어제도 많이 마셨는데."

술병을 넘겨주기는 하지만 관정을 바라보는 노조린의 안색은 걱정으로 가득 찼다.

"괜찮아. 취하지도 않는데 뭘."

피식 웃으며 단숨에 술을 들이키는 관정의 음성엔 진한 슬픔이 깔려 있었다.

늘 같은 식이었다. 삼첩장에 도착한 이후 관정의 입에선 별다른 말이 나오지 않았다. 먼저 말을 거는 법도 없었고 동료들이 몇 마디를 던져야 그제야 한두 마디 대답을 들을 정도였다.

과거 관정의 성격이 어떠했는지 익히 알고 있는 이들로서는 그런 관정의 모습에 달리 할 말을 찾지 못했다. 자신들이야 공격을 받고 몸이 만신창이가 되도록 당했지만 최소한 가족을 잃지는 않았다. 아니, 애당초 가족이 없기에 관정과 같은 슬픔을 느낄 기회조차 없었는지도 모른다. 지금에 와서는 어쩌면 그것이 더 다행인지도 몰랐지만……

아무튼 가족을 잃은 관정의 마음이 어떠할 것이라는 것을 정확히 이해는 하지 못했지만 막연히 짐작할 순 있었다. 동료들을 잃어도 이렇게 가슴이 찢어지고 마음이 아픈데 어린 딸과 아내를 잃은 그의 슬픔이야 오죽할까? 자연 관정을 대하는 이들의 말과 태도엔 조심성이 담

겨 있었다. 막무가내로 신경질과 짜증을 내는 홍자성도 관정에겐 감히
함부로 장난을 치지도, 떼를 쓰지도 못했다.

"술만 마시면 몸에 좋지 않다. 그리 나쁜 맛은 아니니까 안주로 삼
아."

노조린은 서무궁이 들고 있던 다리를 받아 관정에게 내밀었다. 숨도
쉬지 않고 술을 마시던 관정이 술병에 입을 떼고 자신의 눈앞에 있는
오리 다리와 그것을 내밀고 있는 노조린을 번갈아 바라보았다.

뭐라 말은 하지 않았지만 걱정이 가득 담긴 눈. 절로 가슴이 따뜻해
졌다.

'고마운 녀석들······.'

관정은 천천히 손을 뻗어 오리 다리를 받아 들었다.

"알았다. 그러니 그렇게 죽을상하지 마라, 난 괜찮으니까. 하지만
맛없으면 각오해."

"무슨 소리! 맛이나 보고 말하라구. 더 달래지나 마라. 달라고 해도
없으니."

서무궁이 기다렸다는 듯 되받았다.

"그럼그럼. 더 줄 게 어디 있어. 내가 먹기에도 부족하고만."

벌써 한 마리를 뚝딱 해치운 홍자성이 은근슬쩍 다른 한 마리를 자
신 앞에 끌어당기며 소리치자 그 모양을 지켜보던 친구들이 고개를 흔
들어대며 웃어 젖혔다.

"하하하!"

"괴물 같은 놈! 걸신이 들렸냐?"

오랜만에 웃어보는지 이들의 웃음소리는 그칠 줄 몰랐다.

그러나 그 웃음소리를 들으며 싸늘한 한광을 뿜는 사내가 있었다.

덜컹!

방 안의 문이 활짝 열리며 한 사내의 모습이 드러났다.

깜짝 놀란 이들의 눈빛이 순식간에 변하고 송백령과 노조린은 벌써 공격을 감행할 준비를 하고 있었다. 하지만 그들의 행동은 더 이상 이어지지 못했다. 강한 오후의 햇살을 등지고 나타낸 사내. 그들의 눈이 잘못되지 않고 뇌리에 각인(刻印)된 기억이 틀리지 않는다면 나타난 사내는 틀림없는 대주, 어려서부터 생사를 같이한 친구이자 자신들을 이끌었던 흑영대의 대주 혁련휘였다.

"휘!"

"대주!"

홍자성의 입에 물린 고깃점은 이미 바닥으로 떨어졌고 관정의 손에 들렸던 술병도 탁자 위로 던져진 지 오래였다. 하나 혁련휘는 이들의 외침에 아무런 반응도 보이지 않았다. 단지 고개를 돌려 방 안을 살필 뿐이었다.

한참 동안이나 주변을 살피다 나온 혁련휘의 한마디!

"한가하군."

혁련휘의 음성은 착 가라앉아 있었다. 하지만 그것을 눈치 챈 사람은 아무도 없었다.

"결국 진우가 성공한 모양이다. 그렇게 다짐을 하더니만… 우선 앉아. 술부터 한잔……."

제일 먼저 행동을 한 사람은 입구와 가장 가까이 앉아 있던 노조린이었다. 갑자기 나타난 혁련휘의 모습에 그저 멍하니 서 있던 그는 곧 정신을 차리고 재빨리 혁련휘에게 다가가 술병을 건넸다. 그러나 그에게 돌아온 것은 혁련휘의 따뜻한 가슴도, 친근한 말도 아니었다.

미처 말을 다 끝마치지 못한 그에게 날아온 것은 주먹이었다.

퍼억!!

"크윽!"

혁련휘의 주먹에 맞은 노조린의 고개가 완전히 뒤로 돌아가고 몸이 비틀거렸다.

순간적으로 벌어진 일에 당황한 나머지 사람들이 미처 말리기도 전에 노조린에게 다가간 혁련휘는 무차별적으로 주먹을 날렸다.

퍼억! 퍽!

"크헉!"

마치 전생의 원수라도 만난 듯 발길질을 하고 주먹을 날리는 혁련휘의 행동엔 조금도 주저함이 없었다.

"휘!"

"대주! 도대체 왜 그러는 거야!"

더 이상 놔두었다가는 큰일 날 것이라 여긴 송백령과 서무궁이 혁련휘의 행동을 가로막고 나섰다. 하지만 그들에게 돌아온 것도 노조린과 마찬가지로 묵직한 주먹일 뿐이었다.

퍽! 퍼억!

"윽!"

배를 맞은 송백령은 그 자리에서 주저앉았고 턱을 맞은 서무궁은 무려 이 장이나 날아가 침상 옆 구석에 처박혔다.

자신을 막아서던 송백령과 서무궁을 단숨에 날려 버린 혁련휘는 이미 정신이 가물거릴 정도로 당한 노조린에게 다시 주먹질을 해댔다.

"그만! 그만 하라구! 우리가 도대체 무슨 죄를 지었기에 숨어 살아야 하지? 그들이 원하는 것은 다 해주었어! 훈련받으라는 대로 훈련받았고 죽여달라는 사람은 다 죽여주었다. 그리고 조용히 살라고 하여 인적없는 산골에 처박혀 살았다. 칠 년 동안이나! 하지만 그 정도면 된 것 아냐? 우리도 인간답게 살고 싶었어. 언제까지 그렇게 시골구석에 처박혀 숨죽이며 살아야 하지? 우린 그저 다른 사람들처럼 평범하게 살고 싶을 뿐이었어. 단지 그뿐이었다고! 그게 잘못이냐?"

혁련휘가 노조린을 두들겨 패는 것이 아무래도 자신들이 객점을 열어 공격의 빌미를 준 것에 대한 책임을 묻는 것이라 생각한 홍자성이 눈앞에 있는 술병을 집어 던지며 소리쳤다.

털썩!

혁련휘에게 잡혀 있던 노조린의 몸이 바닥으로 무너져 내렸다. 눈을 뜨고 거친 숨을 내쉬는 것을 보니 아직 정신을 잃은 것 같지는 않았다.

"다 했냐?"

손속을 멈춘 혁련휘가 몸을 돌리며 입을 열었다.

"그, 그래."

"그것이… 잘못이란 말은 하지 않았다."

'그것이 아니라니?'

혁련휘의 말에 당황한 홍자성이 악에 받쳐 더욱 크게 소리를 질렀다.

"그럼 도대체 이유가 뭐야? 겨우 사지에서 살아 돌아와 아직 몸도 성하지 않은 우리를 두들겨 패는 이유 말이야!"

'제놈은 맞지도 않았으면서…….'

한쪽 구석에서 턱을 어루만지며 슬쩍 홍자성을 바라보는 서무궁, 침상에서 몸을 일으킨 관정, 그리고 쓰러진 김에 아예 노조린의 옆에 누운 송백령도 의혹이 가득 담긴 눈으로 혁련휘를 바라보았다. 하지만 뭐니 뭐니 해도 혁련휘의 이런 행동을 궁금하게 여긴 사람은 난데없이 구타를 당한 노조린이었다.

간신히 눈을 뜬 노조린의 시선도 혁련휘에게 모아졌다.

"이게 뭣 하는 짓이지?"

"뭣 하는 짓이라니……?"

대뜸 반문하는 홍자성의 음성은 조금 전과는 달리 힘이 없었다.

"아무런 죄도 없는 동료들이 죽었다. 그들 중에는 가정을 지니고 행복하게 살고 있던 녀석들도 있겠지. 그들의 혼이 아직 구천(九泉)을 떠돌아다니고 있는데 술판이란 말이냐?"

아무런 감정도 느껴지지 않는 혁련휘의 음성. 그랬기에 말 한마디 한마디가 주는 느낌이 달랐다.

"그게 아니라… 휘……."

"시끄러. 지금 이 순간은 친구라는 것을 떠나 흑영대의 대주로서 하는 말이다."

혁련휘는 자신을 주목하는 동료들을 바라보며 여전히 감정이 실리지 않은 음성으로 말을 하기 시작했다.

"무당산에서 내려와 이곳으로 오는 내내 생각을 했다. 어쩌면 다 죽었을지도 모른다고. 그러면서도 혹시나 하는 마음에 빌고 또 빌었다. 제발 단 한 명이라도 좋으니, 그놈이 병신이 되어 손발이 떨어져 나갔다면 내가 손발이 되어 평생을 지켜줄 테니 제발 웃으며 나를 반겨줄 수 있는 녀석이 한 놈이라도 있게 해달라고 말이다. 하지만… 이건 아냐!"

조금의 감정도 실리지 않았던 혁련휘의 음성이 갑자기 격해졌다. 그만큼 몸에서 뿜어져 나오는 기세도 격렬해졌다.

"술판이라니!"

와장창!

혁련휘의 발길질에 탁자 위에 놓여 있던 술병이며 음식들이 하늘로 치솟고 탁자는 형체도 알아보지 못할 정도로 박살이 나버렸다.

"너희들은 지금 연공관에 있었어야 했어! 다리가 부러진 것은 문제가 아니야!"

"커헉!"

혁련휘의 발에 걷어차인 송백령의 입에서 절로 비명이 터져 나왔다.

"배가 갈라진 것도 문제는 될 수 없다."

다행이 가까이 있지 않았기에 관정은 무사할 수 있었다. 관정의 손이 자신도 모르는 사이에 상처가 난 옆구리를 쓰다듬었다.

"팔다리가 부러져 움직이기 불편해도, 배가 갈라져 내장이 쏟아져 나오는 한이 있어도 너희들이 지금 있어야 하는 곳은 이곳이 아니라 연공관이다. 너흰 당연히 복수를 꿈꾸며 이를 악물고 몸을 만들고 있어야 했어."

혁련휘의 고개가 바닥으로 향했다.

움찔!

자신도 모르게 몸을 떤 노조린을 바라보며 혁련휘가 한 자 한 자 힘을 주어 말했다.

"그리고 그건 부대주인 조린, 네 몫이었다."

노조린의 눈이 감겼다. 다시 고개를 든 혁련휘의 말은 계속 이어졌다.

"인간의 몸이란 참 정직한 거다. 몸에 배인 것도 쓰지 않고 썩혀두면 언제 익혔는지도 모르게 사라져 버리고, 다시 익히려고 해도 그만큼 힘이 들지. 칠 년이야. 무려 칠 년! 칠 년 동안 묵힌 몸으로 무엇을 할 수 있지? 복수? 개에게나 던져 주라고! 지금 너희들의 몸으론 복수는커녕 도망치기에 바쁠 뿐이야. 그건 나 또한 마찬가지다. 그런데 한시가 아까운 이 판에 술이나 먹으며 시간을 버리고 있다니, 먼저 간 동료들에게 미안하지도 않은 것이냐?'

"……."

그랬다. 지금은 복수를 생각할 때지 이렇게 술을 마시며 웃고 떠들 때가 아니었다. 혁련휘의 말에 단 한 마디도 반박을 할 수가 없었던 이들은 고개를 숙이고 부끄러움에 침묵을 지켰다.

침묵은 한참 동안이나 이어졌다.

"젠장! 잘났다. 누가 대주 아니랄까 봐 하는 말마다 이렇게 정곡을 찌르냐!!"

홍자성이 볼멘 목소리로 소리쳤다.

"원래 그랬잖아. 꼼짝도 못하게 만들고 사람 무안 주는 게 저놈 특기 아니냐!"

혁련휘에게 부러진 다리를 걷어차여 고통에 몸부림치던 송백령도 몸을 일으키며 거들었다.

"난 내 딸과 아내의 죽음을 한시도 잊어본 적이 없어."

관정의 눈에서 서늘한 살기가 쏟아져 나왔다.

"아고고! 턱이야! 앓아 누운 저놈들과는 달리 난 벌써 복수의 계획을 세워두고 있었다고."

턱을 어루만지며 몸을 일으키는 서무궁의 얼굴도 제법 진지해졌다. 그런 그들을 바라보며 입가에 희미한 미소를 지은 혁련휘가 입을 열었다.

"이제야 정신이 드는 모양이구나. 어쨌든 몹시 힘든 길이 될 거야. 하지만 반드시 가야 하는 길이지. 연공관에서 기다리겠다."

말을 마친 혁련휘가 천천히 몸을 돌렸다. 그 뒤를 따르기 위해 송백령과 관정도 힘겹게 걸음을 옮겼다.

"정신 차려라, 조린. 우리도 가야지. 그나저나 정말 인정사정없이 두들겨 팼네. 그것도 정확하게."

서무궁이 축 늘어진 노조린을 일으켜 세우며 혀를 내둘렀다. 아무렇게나 두들겨 팬 것 같았지만 혁련휘의 주먹이 상처 부위만은 교묘히 피했다는 것을 알았기 때문이다.

"젠장! 엿이나 먹으라……."

혁련휘의 뒷모습에 욕설을 하던 홍자성이 재빨리 입을 가렸다. 막 문을 나서던 혁련휘의 몸이 돌려지는 것을 보았기 때문이다. 순간 경직된 홍자성이 긴장된 모습으로 혁련휘의 다음 말을 기다렸다.

"그리고… 살아주어서 고맙다."

이곳에 와서 처음으로 친근한 감정이 실린 음성으로 말을 던진 혁련휘의 신형이 사라지자 긴장이 풀린 홍자성이 한숨을 내쉬었다.

"후아~ 빌어먹을 놈! 끝까지……."

그 모양을 보던 이들의 입가에 절로 미소가 걸렸다.

제5장
남궁세가(南宮世家)

남궁세가

칠파일방과 삼대세가가 대대적으로 혈성의 잔당들을 소탕한 후 많은 의혹이 제기되고 그것을 파헤치기 위해 다각도로 조사가 되었다. 하지만 당사자인 칠파일방과 삼대세가가 한결같이 자신들의 행동에 정당성을 부여했고, 또 그것을 부정할 만한 별다른 의심점이 발견되지 않았기에 혈맹을 비롯하여 몇몇 인사들이 제기한 의문점은 그대로 묻혀버리고 말았다.

그렇게 육 개월이란 시간이 흘렀다.

겉으로는 평온해 보이는 무림이었지만 뭔가 모를 암운이 드리워졌다는 것을 알 만한 사람은 다 알고 있었다.

폭풍 전야(暴風前夜)와도 같은 적막감, 그리고 후에 닥칠 엄청난 혈풍(血風)을 사람들은 직감적으로 느끼고 있었다. 그리고 그들의 예상대로 곧 전 무림을 뒤덮을 혈풍은 강남무림의 정신적 지주인 남궁세가에서부터 드리우기 시작했다.

남궁세가(南宮世家)!

강서성의 성도인 남창(南昌)에 위치한 남궁세가는 그 역사가 소림에 필적할 정도로 오랜 전통을 자랑했다.

정면엔 파양호에서 흘러나온 강줄기가 도도히 흐르고 작은 전각, 어쩌면 그보다 더 초라한 초가집으로 출발했을지도 몰랐지만 지금은 가주가 머물고 있는 수신각(修身閣)과 그 앞에 펼쳐진 거대한 연무장을 중심으로 수많은 고루거각(高樓巨閣)들이 늘어선 남궁세가는 그 둘레의 성벽이 근 칠팔 리에 이르는 거대한 규모를 자랑하고 있었다.

처음부터 시작이 화려할 수는 없는 법. 남궁세가 역시 그 역사만큼 무림에서 차지하는 비중은 그다지 크지 못했다. 그러나 지금으로부터 약 삼백 년 전, 일대 검객(劍客)이자 영웅(英雄)이었던 남궁척(南宮斥)이 배출되면서 남궁세가는 그 중흥기(中興期)를 맞이하게 되었다.

남궁척은 일세에 보기 드문 천재였다.

그는 그동안 꾸준히 전해 내려오기는 했지만 그다지 뛰어난 위력을 발휘하지 못했던 가전무공(家傳武功)들을 하나로 집대성하여 세가의 기초를 튼튼히 하였고 말년에는 지금도 자타가 공인하는 최고의 검법 중 하나로 꼽히는 무상검법(無上劍法)을 창안하기도 하였다.

그렇게 힘을 키운 남궁세가는 당금에 이르러 검에서만큼은 중원무림 최고의 검파인 무당파도 한 수 양보할 정도로 뛰어난 실력을 자랑하게 되었고, 언제부터인가 수많은 거대 문파와 세가들이 산재한 강북에 비해 그 실력이나 수에서 현저히 떨어지는 강남무림을 대표하는 영도자가 되었다.

그런 남궁세가에 잔잔한 어둠이 내려앉기 시작했다.

보통 이 시간이라면 하루를 마감하며 가족과 조용한 시간을 보내는 것이 일반적이고 평소의 남궁세가 역시 마찬가지였겠지만 오늘만큼은 달랐다.

세가 이곳저곳에 수없이 많은 횃불이 하나둘씩 켜지며 곧 찾아올 어둠을 대비하고 있었고 연무장에서 들려오는 기합 소리와 감탄사, 박수 소리, 함성은 더욱 커지기만 했다. 하지만 지금 이 순간 세가에서 가장 바쁜 사람들은 다른 누구도 아닌 주방에서 음식을 장만하고 있는 숙수(熟手)들이었다.

"자자, 서둘러라. 해가 완전히 지기 전에 모든 준비를 마쳐야 한다!"

음식을 조리하느라 온갖 냄새와 열기가 불을 뿜고 있는 주방을 거침없이 돌아다니며 큰 목소리로 일을 종용하는 숙수장(熟手長) 염규(閻奎)의 주름진 얼굴은 땀으로 뒤범벅이 되어 있었다.

"곧 비무대회가 끝날 때가 되었다. 힘든 것은 알지만 최선을 다해, 그리고 최대한 빨리 음식 준비를 끝내야 할 것이다. 서둘러라."

염규가 남궁세가에 들어온 지도 벌써 수십 년. 처음엔 주방에서 허드렛일을 하다 지금은 주방의 모든 이들을 관리하는 숙수장이 되기까지 산전수전(山戰水戰)을 겪었다면 다 겪은 노련한 사람이었지만, 그럼에도 석 달에 한 번 돌아오는 이날은 왠지 모를 긴장감에 휩싸이곤 했다.

석 달에 한 번, 남궁세가의 무인들은 세 번째 되는 보름에 그동안 자신들이 갈고닦았던 무공들을 사부와 사숙들에게 내보이고 또 사형제들과의 비무(比武)를 통해 서로의 무공도 비교하며 우의(友誼)도 다지는 큰 행사가 있었다.

온 세가의 식솔들이 참여하는 행사이니만큼 비무대회가 끝나고 나면 곧바로 세가의 잔치로 이어졌다. 많은 음식과 술이 들어갈 것은 자명한 일. 그것을 준비하는 것은 숙수들의 몫이었고 숙수장인 염규의 몫이었다.

"하하! 너무 염려하지 마십시오, 어르신. 대부분의 음식 준비는 이미 끝났고 술과 안주 또한 준비되었습니다. 다만 적당한 때를 맞추느라 탕(湯)의 준비가 조금 늦어질 뿐입니다."

장차 염규의 뒤를 이어 숙수장으로 내정된 신목(申睦)이 흐르는 땀을 닦아내며 다가왔다.

"아네. 하지만 마음이 이리 놓이지 않으니 어쩌겠는가? 며칠 전부터 이상하게 불안한 것이 영 마음이 편하질 않아. 음식 맛도 조금씩 이상한 것 같고."

"그럴 리가요. 신경을 많이 써서 피곤하셨던 모양입니다. 조금 쉬시지요."

오갈 데 없는 어린 자신을 거두어들이고 지금까지 성장시켜 준 사람이 염규였다. 아버지요 스승 같은 사람이 마음이 편치 않다는데 기분이 좋을 리 없었다. 신목의 안색 또한 어두워졌다.

"괜찮네. 나는 상관하지 말고 어서 일 보게. 나야 이제 늙어 소리를 지르는 것 외에는 할 수 있는 것이 없지만 자네는 다르지 않은가?"

염규는 신목의 안색이 어두워지는 것을 바라보곤 걱정하지 말라는 듯 인자한 미소를 지으며 그의 등을 두들겼다. 그리고 천천히 몸을 돌렸다.

"후~ 많이 늙으셨구나. 서릿발 같은 모습도 다 사라지시고."

뒤돌아 걸어가는 염규를 바라보며 신목의 입에서 절로 안타까운 한숨이 새어 나왔다. 하지만 바로 지금 같은 장소에서 그와는 다른 의미에서 한숨을 내쉬고 있는 사내가 있었다.

'흠, 늙은 생강이 맵다고 하던가? 역시 나이는 그냥 먹는 것이 아니군.'

서무궁은 며칠 전부터 음식 맛이 이상하다는 염규의 말에 한쪽 가슴이 서늘해지는 것을 느껴야 했다.

'하지만 알 수 없을 것이다. 독의 대가가 남궁세가에 없는 한. 은 숟가락에도 반응하지 않는 독을 어찌 알아낼까? 혹시 모르지, 사천당가라면 말이야. 그나저나 이제 나도 움직일 때가 되었군.'

신목의 바로 위, 음식 냄새와 열기로 찌든 천장을 사이에 두고 염규와 신목의 대화는 물론이고 다른 숙수들의 움직임을 하나도 빠짐없이 관찰하고 있던 서무궁의 몸이 천천히 움직이기 시작했다. 아니, 움직였다고 하는 표현은 조금 무리가 있었다. 애당초 주방에서 보이는 천장과 밖에 드러난 지붕 사이의 공간이 극히 좁았기에 이곳에 잠입한 이후 서무궁은 단 한 번도 앉아보지 못하고 오로지 누워서 지내야만 했다.

천장 바닥에 바싹 엎드린 서무궁은 천천히 기고 있었다. 하지만 기는 것도 쉽지는 않았다. 숙수들이 비록 무공을 모른다곤 하지만 만일이라는 것이 있을 수 있고, 그 만일이라는 일이 발생하면 그동안 자신이 고생한 것이 한 줌 먼지처럼 흩어질 것이기 때문이다.

'우라질! 하필이면 왜 독술(毒術)은 익혀 가지고… 사서 고생을 하는구나! 그리고 뭔 놈의 건물이 이토록 무식하게 큰 것이냐!'

무려 이각이나 걸려 간신히 목적지에 이른 서무궁의 입 안에서 절로 욕지거리가 튀어나왔다.

직계 가족(直系家族)과 방계 가족(傍系家族)을 제외하고도 세가에 머무는 인원이 삼백에 이르는 남궁세가였다. 그들이 먹는 음식을 장만하는 주방이 큰 것은 당연했다. 하지만 그것은 서무궁과 아무런 관계도 없었다. 그는 그저 거대한 규모 때문에 자신이 고생하는 것이 짜증날 뿐이다.

슬쩍 고개를 돌려 이동한 거리를 살펴보니 고작 칠 장 정도. 어이가 없어 한숨이 새어 나왔다.

'하룻밤에 수백 리를 이동할 수 있는 경공을 가지고 있는 내가 고작 이 정도 거리를 이동하는 데 이 고생을 하다니. 더구나 이 땀은 뭐란 말이냐!'

잠시 멈추었을 뿐인데 턱 밑에는 벌써 흥건히 땀이 고였다. 그가 얼마나 신경을 썼는지 여실히 드러나는 모습이었다.

잠시 땀을 식힌 서무궁이 품에서 꺼낸 것은 눈에 잘 보이지도 않는 무명실과 실을 연결한 작은 대롱이었다.

서무궁은 천장에 난 미세한 틈을 이용해 무명실을 아래로 내려 보냈다.

의식도 하지 못하는 사이에 다가오는 빛과 같이 그 어떤 소리도, 기척도 없이 천천히 내려간 무명실은 어른의 키보다 더 높고 장정 서넛은 되어야 감쌀 수 있을 정도로 거대한 술통 위로 정확하게 안착을 했다.

이번 비무대회를 위해 염규와 신목이 정성을 다해 만든 술이 담긴 술통은 주방을 빠져나가기만을 기다리는 모습이었다. 그런 술통이 한두 개가 아니라 십여 개나 있었다.

'술독에 빠져 죽으려고 작정을 했군. 하지만 이놈들아! 이번 술은 조금 다를 것이다. 아주 조금 말이다. 크크크!'

음침한 괴소를 터뜨린 서무궁의 손엔 어느새 자그마한 병이 들려 있었고 그 안의 내용물이 대롱과 무명실을 따라 술통으로 떨어져 내렸다. 아무런 소리도 없이 술통에 떨어진 액체는 거대한 바닷물이 육지에서 흘러나오는 강물을 집어삼키듯 그렇게 흔적도 없이 술 속으로 스며들었다.

하나가 끝나면 다른 하나를……

조금씩 몸을 이동시키며 마지막 하나 남은 술통에까지 병 속에 든 액체를 쏟아 부은 서무궁은 밑으로 내려 보낸 무명실을 거둬들이고 편안한 자세로 누워 만족한 미소를 지었다.

'이것으로 끝이다. 내가 이곳에 들어온 지도 벌써……'

손가락으로 날짜를 세어보던 서무궁이 피식 웃음을 터뜨렸다.

"세워볼 필요도 없지. 정확하게 보름 분량을 가지고 들어왔으니……"

손끝에 걸리는 병을 집어 들며 하루에 한 개씩 주방에서 나가는 모든 음식에 액체를 섞은 것을 떠올린 서무궁이 문득 손에 힘을 주었다.

푸스스스!

서무궁의 손에 잡힌 병은 순식간에 한 줌 모래로 변해 손가락 사이로 흘러내렸다.

"이제 하루만 기다리면 되겠군. 내일, 내일이다. 볼 만할 것이야."

천천히 눈을 감는 서무궁의 눈에 잠시 비친 것은 소름이 오싹 끼칠 정도로 끔찍한 살기였다.

남궁세가에서 동쪽으로 십여 리 정도 떨어진 관제묘(關帝廟).

특별한 일이 아닌 다음에야 평소에, 그것도 야심한 밤에 인적이 있을 리 없는 이곳에 환한 불이 밝혀져 있는 것으로 보아 분명 누군가가 밤을 보내고 있는 듯했다. 게다가 음식까지 굽는지 연기와 함께 구수한 냄새가 관제묘를 휘감았다.

"오늘이 보름째던가?"

불길이 약해진다고 여긴 노조린이 주변에 있던 나뭇가지 몇 개를 집어 던지며 물었다.

"그래, 정확하게 보름째지."

기다란 꼬챙이에 꿰인 동물은 틀림없는 멧돼지였다. 노릿하게 익어가는 멧돼지를 바라보며 혹시라도 덜 익는 곳이 있을까 하여 요모조모 살피던 송백령이 고개를 들어 대꾸했다.

"무궁이 잘해내겠지?"

"잘하겠지. 남궁 가주의 목을 베어오라고 한 것도 아닌데 고작 그까짓 일을 못한다는 건 말이 안 되지."

"그렇게 쉬운 일이라면 네가 하지 그랬냐?"

송백령이 홍자성에게 대뜸 핀잔을 주었다. 하지만 송백령이 화가 난 것은 홍자성의 말투가 아니라 지금껏 딴 짓만 하다가 이제 막 고기가 익자 가장 먼저 달려들어 침을 흘리고 있었기 때문이다.

"난 독술을 모르잖아."

무신경하게 대답한 홍자성은 들고 있던 소도(小刀)로 멧돼지의 넓적다리를 잘라냈다.

"어이구, 이놈! 실하기도 하다. 어디 잘 구워졌나 볼까?"

송백령이 도끼눈을 하고 노려보든 말든 정신없이 고기를 물어뜯던 홍자성이 한마디를 던진 것은 넓적다리에 붙은 살이 거의 반이나 사라진 다음이었다.

"맛은 있는데 조금 덜 익었다. 약간 싱거운 것도 같고."

"그러면서 벌써 그만큼이나 처먹었냐?"

화가 났지만 하도 어이가 없어 화도 내지 못한 송백령이 빈정거리는 말투로 대꾸했다.

"나야 위가 튼튼하잖아. 하지만 너희들이 먹으면 탈이 날걸."

"말이나 못하면……."

도저히 상대가 안 된다는 생각에 고개를 흔든 송백령이 그런 자신들을 웃으며 바라보고 있는 동료들에게 소리쳤다.

"다들 먹으라고! 내가 생각하기엔 충분히 익었어. 머뭇거리다간 그나마 있는 것 다 뺏길걸. 저것 봐. 익지도 않았다고 하더니 벌써 다리 하나를 다 해치웠어. 다른 사람 같으면 배불러서 반도 먹지 못할 것을 어찌 저리 간단하게……."

송백령의 말대로였다. 눈 깜짝할 사이에 다리 하나를 해치운 홍자성이 또다시 소도를 움직였다.

"그래, 조금 먹어두는 것이 좋겠다. 어차피 내일 아침엔 이곳을 떠나야 할 것이니 그전에 간단하게 요기를 하는 것도 좋겠지."

관제묘 한구석에 짚을 깔고 누워 있던 혁련휘가 몸을 일으켜 다가왔다. 그리곤 송백령이 잘라주는 고깃덩어리를 받아 들었다. 그가 막 고기를 입에 대려는 순간이었다.

'누군가가 오는군. 무궁인가?'

순간적으로 미세한 기척을 감지한 혁련휘는 다가오는 자의 확실한 정체를 파악하기 위해 온몸의 감각을 동원했다. 하지만 긴장은 금방 풀렸다. 그의 예상대로 관제묘로 빠르게 접근하는 사람이 서무궁임을 알았기 때문이다. 혁련휘는 별다른 내색 없이 잠시 멈추었던 손을 움

직여 고기를 먹기 시작했다. 그러면서 다른 한편으론 정신없이 고기를
뜯고 있는 동료들을 살펴보았다.

'역시 조린! 그리고 백령이군.'

혁련휘를 제외하고 가장 먼저 서무궁의 접근을 알아차린 사람은 노
조린이었다. 그리고 별 차이 없이 송백령의 얼굴에도 긴장감이 서렸
다.

"괜찮아. 무궁이다."

노조린과 송백령의 얼굴이 심각하게 굳어지자 혁련휘가 담담한 음
성으로 그들을 진정시켰다. 순간 언제 긴장을 했었냐는 듯 노조린과
송백령은 다시 고기를 먹는 데 집중했다.

연회(宴會)가 펼쳐지는 시끄러운 틈을 타 남궁세가를 벗어난 서무궁
이 관제묘에 들어선 것은 혁련휘의 말이 끝나고 정확하게 세 호흡이
지났을 때였다.

꽝!

나무로 만든 관제묘의 문은 산산조각이 되어 흩어졌다. 단숨에 문을
부순 서무궁은 얼굴 위로 흘러내리는 머리카락을 뒤로 쓸어 넘기며 기
막혀했다.

"이런 젠장! 누군 보름 동안 쫄쫄 굶어가며 그 고생을 하는데 다른
놈들은 고깃점이나 씹고 있으니!"

방방 뜨며 소리를 질렀지만 돌아온 반응은 무덤덤하기만 했다.

"왔냐?"

"고생했다."

혁련휘와 관정이 한마디씩을 던졌을 뿐이고 마지막 남은 다리를 차
지하겠다고 티격태격하는 노조린과 홍자성, 송백령은 서로 치열한 신

경전을 벌일 뿐 서무궁의 외침에 대꾸조차 없었다.

"이… 이……!"

사람이 너무 기가 막히면 말도 안 나오는 법이다. 지나가는 개가 짖어도 한 번 정도는 눈길을 주는 것이 인지상정이거늘!

물론 그들에게 칭찬을 기대한다는 것이 거지에게 구걸하는 것만큼 힘들다는 것은 알고 있었지만, 이처럼 고개조차 돌리지 않을 줄은 차마 꿈에도 생각지 못했던 서무궁은 복장이 터지는 듯 가슴을 움켜쥐었다.

'내가 뭣 때문에 그 고생을 했단 말인가! 뭣 때문에!'

지난 보름 동안 그가 먹은 음식이라고는 잘게 자른 육포 몇 조각이 전부였다. 장소가 장소이니만큼 음식을 많이 먹게 되면 자연적으로 배설을 해야만 하는 번거로움이 따른다. 그것을 방지하기 위해 잠입을 하기 이틀 전부터 음식량을 조절하여 배를 비우고 들어가 주린 배를 잡으며 참고 또 참았거만……

"사람이 왔으면……"

서무궁이 끓어오르는 화를 참으며 조용히 타이르듯 말을 하였지만 그 말도 끝까지 이어지진 못했다.

"양보해라."

"네놈은 벌써 먹었잖아. 이것은 멧돼지를 구운 내 몫이라 생각한다."

"불은 내가 지폈다."

졸지에 자신의 말이 창기들의 입방아만도 못하게 변해 버리자 서무궁은 이성의 끈을 놓아버렸다.

"으아아아아아!"

서무궁이 괴성을 지르며 삼 인에게 달려들었다.

어둠이 채 가시지도 않은 남궁세가.

밤새워 이어진 연회가 끝난 지도 제법 되었지만 여운이 남아서 그런 것일까? 정문이 굳게 닫힌 남궁세가는 깊은 적막감 속에서 침묵하고 있었다.

하지만 겉에 드러난 껍질을 한 꺼풀만 벗겨내도 전혀 다른 모습이 드러나는 배추 속같이 새벽이 다가옴을 아쉬워하는 달빛의 마지막 빛을 받으며 고고히 서 있는 남궁세가를 자세히 들여다보면 뭔가 심각한 일이 발생했음을 알 수 있었다.

그것은 세가의 가주가 머물고 있는 수신각에서부터 시작됐다.

가주의 허락 없이, 특히 엄중히 경계되는 밤에 수신각에 들 수 있는 사람이 몇이나 될까? 하지만 날이 밝기도 전의 이른 시간에 수신각에 모인 사람의 수는 언뜻 보아도 열은 넘어 보였다.

"그러니까 한 사람도 예외가 없더란 말이냐? 한 사람도?"

쇠를 가는 듯한 거친 음성이 수신각에 울려 퍼졌다. 남궁성의 노기 띤 얼굴이 장자(長子)인 남궁천(南宮天)에게 향했다.

"그렇게 꿀 먹은 벙어리처럼 입을 다물고 있지 말고 대답을 해보거라."

침상에 걸터앉아 눈을 부라리고 있는 남궁성의 분노는 대단한 것이었다.

이른 새벽, 지난밤에 다소 과하게 술을 마셔서 그런지 지끈지끈 아파오는 머리를 감싸며 겨우 잠자리에 들었는데 갑자기 수신각에 들이닥친 아들과 총관, 호법들이 들려준 말은 혼미한 정신을 번쩍 들게 할 정도로 충격적인 것이었다.

남궁세가 전 식솔의 중독(中毒)!

중독이라니! 어찌 이런 일이 일어날 수 있단 말인가!

남궁성은 도저히 믿을 수가 없었다. 하지만 거듭된 질문에도 남궁천은 만족할 만한 대답을 하지 못했다.

"그런 것 같네. 무공을 익히는 제자들은 물론이고 아녀자들과 하인들까지 중독된 것으로 보이네. 심각한 상황이야."

남궁천이 고개를 숙이고 우물쭈물거리자 남궁성의 오랜 친우이자 남궁세가의 호법을 맡고 있는 원로(元老) 노진격(盧盡激)이 남궁천을 대신해 간단하게 대답을 하였다.

'비루한 놈!'

남궁성은 변변한 대답도 하지 못하고 고개조차 들지 못하는 아들을 바라보며 고개를 흔들었다.

그의 나이가 올해로 벌써 일흔. 다른 문파에서나 가문에서는 가주의 자리를 넘기고 은퇴를 해도 오래전에 했을 나이였지만… 도저히 그럴 수가 없었다.

남궁세가라는 거대한 가문을 맡기기엔 장자인 남궁천의 능력이 도저히 마음에 차지 않았기 때문이다. 결국 별다른 대안을 찾지 못한 남궁성은 아직도 계속해서 가주의 자리를 유지하고 있었다.

"증상(症狀)은 어떤가?"

한참 동안이나 못난 아들을 못마땅하게 쳐다보던 남궁성의 시선이 돌아갔다. 그제야 대화의 물꼬가 터졌다는 듯 총관 시개량(著箇梁)이 재빨리 나섰다.

"상상외로 심각합니다."

"어느 정도로?"

아무리 급한 사건이 터져도 언제나 여유를 잃지 않았던 총관이었다. 그런 그가 저처럼 다급히 외치는 것을 보니 큰일이 나도 난 모양이었다. 질문을 하는 남궁성의 얼굴이 굳을 대로 굳어졌다.

"무공을 모르는 연약한 아녀자와 아이들, 그리고 하인들이 새벽부터 복통(腹痛)을 호소하며 몸부림치고 있습니다. 연신 구역질을 하는 것은 물론이고 두통(頭痛) 때문에 움직일 엄두를 내지 못하고 있습니다. 하지만 더욱 심각한 것은……."

"심각한 것은?"

시개량의 음성이 절로 침중해졌다.

"무공을 익힌 사람은 내공을 끌어올리지 못한다는 것입니다. 내공을 운용하는 순간 모든 내공이 흩어집니다."

"뭣이!"

남궁성이 당장 침상을 박차고 뛰어나왔다.

"다시 한 번 말해 보게. 내공이 어떻게 된다고?"

"내공을 운용하는 순간 모든 내공이 흩어집니다. 그리고 벌써 상당수의 제자들이 무공을 잃었습니다."

시개량의 말이 끝나기를 기다린 노진격이 말을 이었다.

"내가 시험을 해보았지만 확실하네. 운기를 시작하자마자 내공이 썰물 빠지듯 사라져 버리더군. 덕분에 나는 내공을 잃은 그저 그런 늙은 이로 전락을 했고."

노진격이 무겁게 고개를 끄덕이며 시개량의 말에 힘을 실었다.

"그렇게까지!"

자신과 비교하여 별반 차이가 없는 무공을 지닌 노진격이 속수무책으로 당했다면 자신이라고 다른 대책이 있을 수 없었다. 무공을 잃는 것은 불문가지였다.

노진격의 말에 큰 충격을 받은 남궁성의 몸이 휘청거렸다.

"아버님!"

시개량의 곁에 서 있던 남궁요(南宮僥)가 깜짝 놀라 남궁성에게 달려갔다.

"괜찮다. 그래, 너는 어찌 보느냐? 독이더냐?"

남궁성은 자신을 부축하는 사람이 의술에 조예가 깊은 셋째 아들 남궁요임을 확인하자 대뜸 물었다.

남궁요는 천성적으로 소심한 큰형 남궁천과는 달랐다. 서열이 그에게 밀려서 그렇지 과거 남궁세가의 최고 인재는 남궁요라는 세간의 인식대로 그는 상당한 무공과 함께 아버지 남궁성의 절대적인 신임을 받고 있었다.

남궁성을 침상에 앉힌 남궁요가 잠시 흐트러진 자세를 바로잡고 또박또박 설명을 하기 시작했다.

"전문적으로 내공을 흩뜨리는 군자산(君子散)과 같은 종류의 독이라 생각합니다."

"군자산?"

남궁성이 의혹 어린 음성으로 되물었다.

"그렇습니다. 물론 같은 독은 아니지만 군자산과 같이 내공만을 없애는 것을 목표로 하는 독이 틀림없습니다."

이미 이곳으로 오기 전에 복통과 두통에 시달리는 식솔들과 무공을 잃고 망연자실하여 있는 제자들을 살피고 온 남궁요는 자신의 말에 확신이 있는 듯했다.

"하지만 이상하구나. 군자산은 몸에는 아무런 해를 끼치지 않는다.

그저 내공만을 조용히 제어할 뿐. 그래서 이름도 군자산이라 불리지 않느냐?'

남궁성이 하고 싶은 말은 간단했다. '왜 무공을 모르는 세가의 식솔들이 고통을 호소하느냐' 였다. 그러자 남궁요가 고개를 흔들며 대답을 했다.

"비슷한 독이라고 했지 같은 독이라고는 하지 않았습니다. 저들이 고통을 느끼는 것은 무공을 익힌 사람들에 비해 허약한 몸을 지니고 있기에 그런 것 같습니다. 그 독으로 죽은 사람이 아직 나오지 않았다는 것이 그 증거입니다. 그저 고통을 호소할 뿐이지요."

남궁요의 설명이 끝나기를 기다린 노진격이 입을 열었다.

"보통 군자산이라면 여섯 시진이 지나면 자연 해독이 되기 마련. 자네 말에 의하면 세가를 덮친 독도 군자산과 비슷하다고 하니 자연 해독되는 것인가? 아니면……."

노진격은 차마 뒤의 말을 이을 수가 없었다. 있을 수도 없고 절대로 있어서도 안 되는 너무나 끔찍한 말이기에.

뒷말을 얼버무린 노진격의 물음에 안심하라는 듯 남궁요는 재빨리 대답을 했다.

"단숨에 목숨을 빼앗거나 몸에 치명적인 효과를 주는 독은 많이 있지만 아직 영구히 내공만을 쓰지 못하게 하는 독은 나타나지 않았습니다. 제가 알고 있는 한 말이지요. 모르긴 몰라도 이것 또한 자연 해독이 될 것입니다. 다만 시간이 얼마나 걸릴지는 저 또한 짐작할 수가 없습니다."

"음! 그나마 다행이라면 다행이군. 하지만 문제는!"

잠시 말을 멈춘 노진격이 고개를 돌려 자신을 바라보는 남궁성과 눈을 맞췄다.

"문제는 과연 누가 어떤 의도로 남궁세가에 독을 풀었냐는 점이네. 또한 어떤 방법으로 독을 풀었는지도 반드시 밝혀내야 될 것이고."

일순 수신각은 깊은 침묵의 수렁으로 빠져들었다. 누구 하나도 노진 격의 말에 대답을 할 수가 없었다.

도대체 누가 독을 풀었단 말인가? 그것도 목숨을 빼앗는 것도 아닌 그저 잠시 무공을 쓰지 못하게 만드는 독을.

아니, 무공을 쓰지 못하면 많은 인원도 필요없이 고수 몇 명만 쳐들어와도 끝장날 것이니 어차피 같은 결과였다. 더구나 남궁세가는 무가였다. 아무리 의(義)와 협(俠)을 따라 공명정대하게 행동을 했다 하더라도 적은 생기기 마련이었다. 누가 독을 풀었는가 하는 것은 지금 그다지 거론할 것이 아니었다.

하지만 어떻게 남궁세가에 독을 풀 수 있었단 말인가? 수신각에 모인 사람들이 가장 이해를 하지 못하는 것이 바로 그것이었다.

강남에서 최고이자 최대의 문파였고 전 무림을 통틀어서라도 남궁세가와 필적할 만한 전력을 지닌 곳은 많아야 세 손가락 안이었다. 그런 남궁세가를 치는 방법은 어떤 것이 있을까?

남궁세가에서 자신들을 가장 크게 위협할 수 있는 것으로 여긴 것은 단연 독이었다. 적은 양으로도 치명적인 결과를 가져올 수 있는 것이 독이었기에 남궁세가는 오래전부터 독에 대한 경계를 게을리 하지 않았다.

외부에서 들여오는 물건과 음식에서부터 세가 내에 있는 우물, 그리고 매일같이 조리되는 음식에 이르기까지 항상 만전을 기해 독의 유무를 조사하고 또 조사했다. 그것을 전담하는 사람까지 둘 정도였으니 남궁세가에서 얼마나 독에 대해 경계를 하고 또 했는지 익히 짐작할 수 있었다. 그런데 중독이라니! 도저히 있을 수 없는 일이 벌어진 것이다.

꼬리에 꼬리를 무는 의혹 속에서 수신각의 어떤 인물도 함부로 입을 열지 못했다. 그들은 너나 할 것 없이 가주인 남궁성의 하명을 기다렸다. 그리고 마침내 남궁성의 말문이 열렸다.

"우선 급한 것은 독의 성질을 알아내는 것이다. 일반 의원은 죽었다 깨어나도 어떤 독인지 알지 못할 것이다. 당가뿐이다. 오직 당가만이 알 수 있을 것이다. 지금 즉시 당가에 전서구를 띄워라. 현재 세가에 일어난 일은 하나도 빠짐없이 적도록 하여라. 중독된 현상에 대해서도 자세하게 기술하고. 서두르라!"

"알겠습니다."

총관 시개량이 재빨리 허리를 굽혀 명을 받고 수신각을 빠져나갔다.

"그래도 복통과 두통을 호소하는 병자들에게 의원은 필요할 것이다. 인근에 있는 의원들을 모조리 불러들여라."

"그렇게 하겠습니다."

총관이 자리를 비웠기에 남궁요가 대신 대답을 했다.

"천! 너는 당장 세가의 모든 무인들을 집결시켜라. 절대로 함부로 내공을 운용케 하지 말고 만약의 사태에 대비하여라."

"예? 예."

움찔한 남궁천이 엉거주춤 뒤로 물러났다. 그 모양을 보던 남궁성의 노안에 그늘이 만들어졌다.

"모두들 물러가 자리를 지키고 식솔들이 더 이상 동요하지 않도록 잘 달래도록 하라."

"알겠습니다."

수신각에 모인 사람들이 사태의 중요성을 모를 리 없었다. 남궁성의 명이 떨어짐과 동시에 그들의 모습이 사라졌다. 수신각에 남은 것은 남궁성과 노진격 둘뿐이었다.

"예감이 좋지 않아, 예감이."

"설마 별일이야 있겠나?"

노진격의 말에 탁자 곁으로 다가간 남궁성이 주담자를 들며 허허로운 웃음을 보였다.

"그렇게 된다면야 오죽이나 좋겠는가? 하지만 쓸데없이 독을 풀 사람이 있다고 보는가? 틀림없이 우리에게 원한을 지닌 자거나 적의를 가지고 있는 자들의 짓일 게야."

"하긴, 그렇지 않다 말하고 싶지만 자네 말에 틀림이 없으니……."

남궁성에게 술잔을 받아 든 노진격이 잔 속의 술을 단숨에 입속에 털어 넣곤 심각한 표정으로 잔을 넘겼다.

"세가에서 가장 가까운 곳이 무당파였던가?"

"글쎄, 무당보다는 형산파가 더 가까울 것이네. 왜 그러는가?"

노진격의 의문에 남궁성이 고개를 흔들며 쓴웃음을 지었다.

"아니네. 어차피 연락이 오고 가고 도움을 주기 위해 그들이 제자들을 보내준다 하더라도 적어도 사나흘은 걸릴 것. 그때면 모든 것이 끝나 있을지도 모르는 일이네. 구태여 그럴 필요까지는 없겠군."

"자네, 그렇게까지 생각하고 있었나?"

노진격의 음성이 절로 떨리고 있었다.

한 문파가 적으로부터 자신을 지키지 못해 다른 이의 힘을 빌리는 것이 얼마나 무참한 일인가. 더구나 그 이름도 드높은 남궁세가라면?

그럼에도 남궁성이 그런 생각을 했다는 것은 지금 세가에 닥친 위기가 얼마나 심각한 것인가를 단적으로 보여주는 것이었다.

"어쩌면 남궁세가가 지금껏 겪지 못한 일을 당할지도 모르겠군. 후~ 어쩌다 일이 이렇게 되었는지 모르겠네. 독이라… 그렇게 조심을 했건만……."

"설마 그들……."

남궁성의 불길한 말에 불현듯 누군가를 떠올린 노진격의 입 안에서 무슨 말인가가 웅얼거려졌다.

"응? 무슨 말인가?"

"아, 아니네. 아무것도 아니야."

"싱겁기는."

슬쩍 미소를 보인 남궁성이 들고 있던 술잔을 단숨에 비우곤 술잔이 부서지도록 탁자에 내려놓고는 몸을 일으켰다.

"우리도 그만 나가보세나. 이렇게 앉아 있어봤자 아무런 일도 해결되지 않으니 식솔들이나 다독여야겠어."

"그, 그러지."

노진격 또한 남궁성을 따라 몸을 일으켰다. 그런 노진격의 뇌리에 남궁성에게 차마 하지 못한 말이 계속 남아 울리고 있었다.

'혹시 그들이… 아니다. 내가 무슨 생각을! 숨어 지내기도 힘들 것이거늘… 하지만…….'

자꾸만 부정을 해보아도 이상하게 떨쳐지지 않는 기억이었다.

'그만 하자. 흑영은 아닐 것이다. 설마 하니…….'

남궁세가에서 흑영의 비밀을 알고 있는 단 두 사람, 가주인 남궁성과 노진격뿐이었다. 그리고 온몸을 휘감는 불길함 속에서 노진격이 떠올린 단어는 바로 '흑영'이었다.

"무혈지독(無血之毒)이라고 했던가?"

관제묘를 밝히던 불을 끄며 혁련휘가 물었다.

"그래, 무혈지독. 내가 심혈을 기울여 만든 독이다."

혁련휘의 말에 서무궁이 가슴을 펴고 대답했다.

"이름 하나는 그럴듯하다만. 뭐? 무혈지독? 웃기는 소리 하네. 군자산에 그저 몇 가지 더 첨가한 것을 누가 모를 줄 아냐! 팔방미인(八方美人)인 휘가 유일하게 젬병인 것이 독인 것을 알고 장난을 치는 모양인데 우리는 다 알고 있다. 말이 되는 소리를 해야지."

서무궁의 기가 사는 것을 도저히 보지 못하는 홍자성이 코웃음을 치며 대뜸 비아냥거렸다. 그러자 서무궁도 지지 않고 대꾸했다.

"흥, 그러면 네가 한번 만들어보지 그랬냐? 그냥 군자산이라면 다른 검사를 할 필요도 없이 그저 은수저 한 번 담그는 것으로 발견이 가능하고, 그 어떤 독이라도 남궁세가의 치밀한 검사를 벗어나지 못한다. 하지만 내가 만든 무혈지독은 아무리 조사를 하고 주의를 기울여도 절대로 발견할 수가 없다고. 물론 그렇게 하기 위해 양을 많이 줄여 성과를 보는 데 보름이나 걸렸지만, 그래도 내가 아니면 절대로 불가능한 일이다. 간단해? 그럼 네가 만들어봐, 그렇게 간단하면. 뭘 알기나 하고 말을 해라."

"흥, 당가의 독을 가장 많이 배운 놈이 그것도 못하면 바보지. 그런 것 가지고 유세냐, 유세가?"

서무궁의 대꾸에 홍자성 또한 달리 할 말은 없었다. 만들어보라는데 무슨 말을 하겠는가? 그저 지기 싫어 몇 마디 더 던져 볼 뿐이었다.

"어쨌든 그것의 지속 시간이 얼마나 된다고 했지?"

그동안 길렀던 구레나룻을 깨끗이 민 혁련휘는 서너 살은 더 젊게 보여 못해도 이십 대 후반의 모습을 간직하고 있었다.

"세 시진."

"너무 짧다. 벌써 한 시진은 지났다구. 이제 남은 것은 두 시진 정도뿐이야."

"어쩔 수가 없다고. 조린, 너도 알다시피 워낙 소량씩 주입하다 보니 그 이상 시간을 유지하기엔 무리야."

서무궁이 손사래를 치며 대꾸하자 혁련휘가 빙그레 웃으며 입을 열었다.

"두 시진이면 충분하지. 어차피 시간을 끌 것도 아니고 그 정도면 적당한 시간이야."

너무나 부드러운 웃음.

혁련휘가 그런 웃음을 보일 때 가장 무섭다는 것은 오랜 경험을 통해 잘 알고 있는 동료들은 자신들도 모르게 바싹 긴장을 했다. 특히 홍자성과 서무궁은 슬쩍 입을 가리며 입 단속을 했다.

"남궁세가에서부터야, 먼저 간 친구들을 위해 우리가 흘릴 수 있는 혈루(血淚)는. 그동안 많이 기다렸던 모양이야. 꿈에서까지 괴롭히더군. 그런 기대를 외면해서는 안 되겠지."

말을 하며 자신을 바라보는 친구들과 하나하나 시선을 맞춘 혁련휘가 마지막 말을 내뱉었다.

"그럼 가볼까?"

혁련휘의 몸이 가장 먼저 관제묘를 빠져나왔고 그 뒤를 노조린이 따랐다. 가장 늦게 벗어난 관정의 뒤 관제묘에는 밤새 그들을 따듯하게 보살펴 주었던 모닥불만이 마지막으로 거친 연기를 내뿜으며 사그라졌다.

"정신들 바짝 차려야 한다. 수상한 자들의 접근이나 행동이 없는지 잘 살펴라."

집안 어른들의 말을 듣고 아침 일찍부터 남궁세가의 정문에 나와 있는 남궁천소(南宮釧嘯)는 평소보다 서너 배는 족히 되는 인원을 돌아보며 당부를 거듭했다.

'후~ 수를 늘렸다고는 하지만 전력은 오히려 두어 명이 지킬 때보다 못한 것이 아닌가? 내공도 운용하지 못하는 자들이 아무리 많으면 무엇 한단 말인가?'

불안정한 얼굴로 자신을 바라보는 제자들의 눈빛에선 불안감이 물씬 엿보이고 있었다.

"그런데 어찌하여 문을 걸어 잠그지 않은 것인가? 이럴 때 문을 열어놓으면 더욱 위험할 텐데."

정문을 지키기 위해 남궁천소를 따라나선 무인 중 가장 나이가 많은 강상(姜象)이 물었다.

비록 자신이 남궁세가의 직계 가족이고 이공자라는 칭호를 듣고 있지만 강상 또한 숙부의 제자로 항렬로 따지자면 자신의 사형이나 마찬가지였다.

세가 내에는 많은 무인들이 있었지만 그들 모두가 남궁가의 제자가 되는 것은 아니었다.

남궁세가를 비롯하여 일반적으로 이름이 알려진 무림의 세가들은 전통 문파들이 제자들을 구분하기 위해 두었던 내(內)제자와 외(外)제자의 구분을 직계나 방계의 후손이냐, 아니면 외부에서 들어온 제자냐로 나누었다. 하지만 구분만을 그렇게 할 뿐 일신의 능력을 인정받아 남궁세가의 제자가 된 사람은 직계나 방계 가족과 별다른 차별 없이 세가의 주요 무공을 익힐 수 있었다.

강상 같은 무인들이 그 대표적인 예라고 할 수 있었다. 하지만 그들의 수는 얼마 되지 않았고 세가에 있는 대부분의 무인들은 세가의 무공을 배우기는 하지만 사제 관계가 아니라 주종 관계라고 하는 것이 더 정확했다.

어쨌든 사형이 되는 강상을 함부로 대할 수 없었던 남궁천소는 그의 질문에 정중하게 대답을 했다.

"강 사형의 말씀이 옳습니다. 하지만 조부님께서 그리 명령을 하셨습니다. 수없이 많은 위기가 있었고 때로는 멸문지화를 당할 뻔한 적도 있었지만 남궁세가의 문은 단 한 번도 닫혀진 적이 없다고 말입니다. 솔직히 저 또한 답답했지만 어쩌겠습니까. 그것이 남궁세가의 자존심이라는데 말이지요."

지금 강상이 하는 말을 그대로 조부에게 주장했다가 무안을 당한 남궁천소가 쓴웃음을 지었다.

'이런 위기에서 자존심이라… 이것을 뭐라 해야 하나? 만용(蠻勇)? 후~ 하지만 그런 자존심이 있었기에 지금의 남궁세가가 있는 것이겠지.'

노가주의 고집스러운 얼굴을 슬며시 떠올린 강상의 얼굴에 미소가 떠올랐다. 새삼 남궁세가의 저력을 떠올렸기 때문이다. 이런 무가의 제자라는 것이 뿌듯하게 느껴지기도 했다.

그러나 강상의 미소가 사라지기도 전에 악상(岳尙)이 손을 들며 소리쳤다.

"공자님! 저기!"

남궁천소의 고개가 돌아가고 강상의 고개가 돌아갔다.

여섯 명의 사내가 있었다.

때마침 솟아오른 햇빛을 등에 지고 있어 얼굴은 자세히 보이지 않았지만 하나같이 건장한 사내들이었다.

맨 앞의 사내는 빈손인 듯하였지만 뒤에 따라오는 나머지 오 인은 하나같이 무장을 하고 있었다. 아니, 꺼내지 않아서 그렇지 앞선 사내의 허리에 달랑거리는 것은 틀림없는 검이었다.

선두에서 일행을 이끄는 사내의 좌측에 선 자는 흔하디흔한 박도(朴刀)를 들고 있었고, 사내의 우측에서 건들거리며 걷고 있는 자는 별다른 치장 없이 그저 단순하게 생긴 환수도(環首刀)를 들고 있었다.

세 사람은 마치 약속이라도 했는지 발을 내딛는 속도와 보폭(步幅)이 마치 한 사람이 걷는 것과 같이 너무나 똑같아 왠지 묘한 분위기를 만들었다.

그뿐만이 아니다. 전면의 삼 인과는 마찬가지로 뒤에 따라오는 삼 인의 모습 또한 특이했다.

덥지도 않은 이른 아침에 섭선을 팔랑거리며 거들먹거리는 자와 자신의 몸보다 훨씬 더 긴 구겸창(鉤鎌槍)을 목 뒤로 하여 양팔을 창간(槍杆)에 턱 걸치곤 연신 떠들어대는 자도 이상했지만 녹슨 철검을 땅에 끌어 괴상한 소리를 내며 걷는 자의 모습도 보통은 아니었다.

"좋은 의도로 오는 자들은 아닌 것 같네."

바싹 긴장을 한 강상이 긴장된 음성으로 말했다.

"제 생각도 그렇습니다. 고작 여섯 명이 무엇을 할 수 있겠습니까마는 지금은 상황이 상황이니만큼 조심을 해야겠습니다. 악상은 즉시 안에다 이 사실을 알려라."

"알겠습니다."

가장 먼저 일행을 발견한 악상이 재빨리 대답을 하고 안으로 뛰어들어 갔다. 동시에 강상의 음성이 주변에 퍼졌다.

"각자 무기를 점검하고 만일의 사태에 대비해라. 알다시피 내공은 사용하지 못한다. 그것이 얼마나 심각한 문제인지는 알지만 지금은 어쩔 수 없다. 근력(筋力)의 힘으로 버티는 수밖에는……."

스르릉!

강상과 남궁천소이 검을 빼어 들자 좌우에 도열해 있던 열두 무인들의 손에도 각각 검이 들려졌다. 그리곤 긴장된 시선으로 정면으로 다가오는 사내들의 일거수일투족을 살폈다.

"호오~ 무기를 빼어 드는데 그래. 그렇지. 싱거운 것은 나도 싫었어."

남궁세가를 향해 다가오는 사내들. 그중 맨 뒤에서 구겸창을 걸치며 걸어오던 홍자성의 입에서 한껏 조롱 섞인 음성이 새어 나왔다.

"놔둬라. 무기를 빼 들었으되 내공을 사용하지 못하니 저들 마음이야 오죽 답답할까? 똥줄이 탈 거야. 흐흐흐!"

마치 유람이라도 나온 듯 섭선을 펄럭이는 서무궁의 입에서 괴소가 흘러나왔다.

남궁세가를 중독시키기 위해 잠입한 보름 동안 제대로 먹지 못해서 그런지 양쪽 볼이 상당히 홀쭉해진 서무궁은 자신의 용독(用毒) 솜씨를 조금도 의심하지 않는 듯 자신만만해했다.

그들의 대화를 듣는 다른 동료들의 입가에도 살짝 미소가 걸쳤다.

"남궁세가의 역사가 얼마나 된 지 알아?"

혁련휘가 고개조차 돌리지 않고 그저 무심한 음성으로 물었다.

"자세히는 모르지만 한 오륙백 년은 되지 않을까?"

노조린이 대답을 했다. 그러나 혁련휘의 고개가 좌우로 천천히 흔들렸다.

"아니, 정확하게 팔백 년하고 조금 더 됐어. 천 년 전통을 자랑하는 소림에 버금가는 전통을 지닌 것이 남궁세가야. 무당보다도 몇십 년 앞선다고들 하지. 하지만 오늘은 그 빛나는 전통에 일대 획을 긋는 중요한 날이 될 거야. 우리가 그렇게 만들어줄 거다."

착 가라앉은 음성으로 말을 잇던 혁련휘의 고개가 우측의 송백령에게 향했다.

"이봐, 백령."

"응? 왜?"

송백령이 고개를 돌려 대답했다.

"일의 시작은 네게 맡기마. 저들 중 가장 말이 많은 놈. 내 말을 기다릴 것도 없어. 그놈이 우두머리든 아니든 그것도 상관없어. 네가 판단해서 가장 말이 많은 놈을 무조건 베."

"흐흐흐, 좋아. 초반 기선(機先)이 중요한 법이지. 맡겨둬."

자신의 도를 허벅지에 쓱 문지르는 것으로 준비를 마친 송백령의 대답을 끝으로 이들의 대화는 끝났다. 어느새 남궁세가의 정면에 이른 이들에겐 전혀 새로운 말 상대가 기다리고 있었다.

"멈추시오!"

혁련휘 일행이 막 정문에 도착하자 남궁천소가 앞서 걸어나오며 소리를 쳤다.

"어디에서 오신 분들이기에 이리 이른 새벽부터 본 가를 방문한 것이오?"

"나는 혁련휘라고 하오. 이곳이 남궁세가가 맞소?"

혁련휘가 부드러운 음성으로 되물었다.

'이것들이 장난을 치자는 것인가? 정녕 모르는 것인가, 아니면 본가를 우롱하려는 것인가? 자금성(紫禁城) 앞에 와서 자금성을 찾는다더니……'

남궁천소의 눈에서 서늘한 기운이 뿜어져 나왔다. 하지만 상대의 정확한 의도를 모르는 이상 함부로 행동할 수는 없었다.

"그렇소. 이곳이 바로 남궁세가요. 한데 무슨 일로 본 가를 찾으신 것이오?"

"하하하! 강남 최고의 무가가 남궁세가라기에 이곳을 지나는 길에 잠시 들렀소이다. 이보게들, 여기가 그 유명한 남궁세가가 맞다고 하는군."

혁련휘가 고개를 돌려 짐짓 기쁜 듯 소리쳤다.

"우리 남궁세가는 찾아오는 손님들을 외면할 정도로 인심이 나쁘지 않지만 지금은 세가 내에 약간의 사정이 있어 손님들을 반길 수가 없소이다. 죄송하오. 그런데 잠시 들른 사람들치고는 지니고 있는 물건들이 꽤 험한 듯하오만."

남궁천소가 혁련휘의 뒤에 싱글거리는 노조린 등을 바라보며 굳은 얼굴로 되물었다.

"하하하! 별것 아니외다. 지금 우리는 우리를 실컷 부려먹고 종내에는 뒤에서 비수를 찌른 자를 찾고 있소이다. 그자의 무공이 실로 뛰어나니 자구책(自救策)으로 무기를 든 것이지요. 참, 혹시 저희가 찾고 있는 자의 이름을 아시오? 인근에선 제법 알려진 이름이오만."

혁련휘는 남궁천소의 반응은 전혀 신경 쓰지 않고 웃는 낯으로 공손하게 물었다.

"인근에서 명성을 얻고 있다면 알 수도 있겠소이다. 그자의 이름이 무엇이오?"

배반자를 찾는다는 혁련휘의 대답에 약간 안심을 한 남궁천소였지만 그래도 떨떠름한 마음을 완전히 버릴 수는 없었다. 그래서 질문에 짜증이 섞이는 것은 그 또한 어쩔 수 없었다.

"그대도 잘 아는 이름일 것이오. 남궁성이라고……."

여전히 싱글거리며 말을 하는 혁련휘와는 다르게 남궁천소의 얼굴이 순식간에 살기로 뒤덮여 버렸다.

"뭣이! 네놈들이 감히! 여기가 어디라고!"

웃으며 얘기를 하는 상대방에 대한 예의가 아니라고 생각하여 집어넣었던 검이 어느새 하늘로 치솟았다. 단숨에 혁련휘를 베어버릴 듯한 기세. 하나 올라간 기세와는 다르게 남궁천소의 다음 동작은 이어지지 못했다.

'이것이… 어찌 된 것인가?'

남궁천소는 이해할 수가 없었다. 분명 앞에 있는 사내는 끔찍할 정도로 소름 끼치는 웃음을 짓고 있지만 그자의 목을 베어버려야 할 자신은 왜 이리 힘없이 눕고 싶은 것인지… 전신의 힘이 어디로 갔는지 들고 있는 검은 마치 수만 근의 바윗덩어리처럼 무겁게 느껴지기만 했고 시야는 갈수록 흐려지고 혁련휘의 모습이 옆으로 뉘어지기까지 했다.

'뭔가 이상해…….'

하지만 쓰러지는 남궁천소보다 이 상황을 더욱 이해하지 못하는 사람은 남궁천소의 바로 뒤에서 혁련휘와의 대치를 주의 깊게 살피고 있던 강상이었다.

'왜 저자의 모습이 보이는 것인가?

자신이 바라보고 있던 사람은 분명 남궁천소였다. 그리고 혁련휘의 말에 분기탱천한 남궁천소가 검을 빼어 드는 것까지 똑똑하게 보았다. 한데 왜 갑자기 그의 뒷모습 대신 웃고 있는 혁련휘와 무식하게 생긴 도를 바라보며 징그러운 괴소를 터뜨리고 있는 자가 보인단 말인가? 강상은 도저히 이해를 할 수가 없었다.

'이건 또 뭔가?

강상은 자신의 얼굴을 흐르고 있는 이상한 감촉에 의아해하며 손을 들어 그것의 정체를 확인했다. 강상의 손바닥에 가득 묻어 나온 것은 붉다 못해 검은빛을 띠고 있는 피였다. 고개를 들어 가슴을 내려다보니 얼굴뿐만 아니라 가슴, 배 할 것 없이 새빨간 피가 묻어 있었다.

'피? 어째서 피가?

왜 갑자기 피가 자신의 몸을 뒤덮었는지 이해하지 못하던 강상의 혼란은 오래 이어지지 않았다. 자신의 모습을 살피기 위해 숙여졌던 시선에 쓰러진 남궁천소의 모습이 들어왔기 때문이다.

"이, 이럴 수가!"

강상은 머리에서 사타구니까지 정확하게 양분되어 양쪽으로 쓰러진 남궁천소의 시신을 인식하고 뒤늦은 경악성을 터뜨렸다. 그 또한 자신이 어째서 목숨을 잃었는지 이해를 하지 못한 듯 치켜떠진 눈에는 한껏 의혹이 담겨 있었다. 그런 남궁천소의 몸에서 뿜어져 나온 피는 주변은 물론이고 벌써 자신의 발치에까지 이르고 있었다. 그제야 남궁천소의 뒷모습 대신 어째서 혁련휘가 보였는지 이해를 한 강상이 고개를 치켜들었다.

너무나도 빠르고 깨끗한 솜씨를 지닌, 남궁천소가 미처 비명을 지르기도 전에, 그리고 자신들이 인식도 하기 전에 남궁천소의 몸을 양단해 버린 사내가 입을 열었기 때문이다.

"말이 참 많은 놈이야. 나는 말 많은 놈이 싫어. 그리고 너도."

강상의 눈이 놀라 부릅떠졌다. 자신의 머리 위로 쏟아져 내려오는 것이 음성의 주인공이 휘두르는 도라는 것은 말을 하지 않아도 알 수 있었다.

'피해야……'

피해야 한다는 생각이 뇌리에 떠오르기도 전에 무공으로 단련된 강상의 몸은 이미 반응하고 있었다. 하지만 벼락같이 떨어지는 도를 피하기엔 강상의 움직임이 너무 느렸다.

'젠장! 이럴 줄 알았다.'

뭔가 뜨거운 불길이 온몸을 휘감는다는 것을 느낀 강상은 어처구니없는 웃음을 내뱉었다. 몸이 위기를 느끼고 반응을 했건만 일으켜진 내공이 순식간에 산산이 흩어지며 힘이 빠져 버리는 것이 아닌가! 내공을 쓰지 못하고 단순한 몸 동작으로 그렇게 빨리 다가오는 도를 피할 능력이 강상에겐 없었다.

'내공만 있었어도……'

그것이 강상이 뇌리에 떠오른 마지막 생각이었다. 그렇게 허망하게 정신을 잃은 강상의 희미한 의식 너머로 담담한, 그러나 너무나 차가운 음성이 들려왔다.

"쓸어버려."

그러나 강상은 그 음성의 뒤로 자신을 따르던 수하들의 처절한 비명 소리는 들을 수가 없었다.

"크… 으으!"
홍자성의 구겸창에 목을 찔려 제대로 비명도 지르지 못하고 쓰러진 무인을 끝으로 정문에는 더 이상 두 발로 땅을 딛고 있는 인물은 존재하지 않았다. 그저 촌각(寸刻)도 되지 않아 그들을 잠재운 혁련휘의 일행만이 무덤덤하게 서 있을 뿐이었다.

"이봐, 조린."
더 이상 움직이는 사람이 없자 한쪽에서 싸움을 지켜보던 혁련휘가 노조린을 불렀다. 싸움이랄 것도 없이 일방적인 학살로 끝났지만 옷에 피가 튀는 것은 어쩔 수 없는 모양이었다. 자신의 몸 이곳저곳에 묻은 피를 기분 나쁘게 바라보던 노조린이 고개를 돌리며 대답했다.

"응. 왜?"
"저게 필요할 것 같은데."
혁련휘는 의아하게 자신을 쳐다보는 노조린에게 손을 들어 뭔가를 가리켰다. 노조린의 고개가 혁련휘의 손가락을 따라 돌아갔다. 그리곤 입가에서 시작된 웃음이 얼굴 전체에 퍼져 나갔다.

"그렇지, 저게 필요할 것 같아. 휘! 네 말이 맞아."
노조린의 몸이 공중으로 날아올랐다. 별다른 힘을 쓴 것 같지도 않았지만 단번에 삼 장여의 높이를 뛰어오른 노조린의 몸놀림은 가볍기만 했다.

"웃차!"
다시 땅으로 내려선 노조린의 손에는 길이가 거의 일 장에 이르고 넓이 또한 키의 절반에 이르는 현판이 들려 있었다.

'南宮世家' 라고 쓰여 있는 현판.

그다지 잘 쓴 글은 아니었지만 정문을 중축(重築)하거나 개축(改築)하는 등 어쩔 수 없는 경우를 제외하고는 단 한 번도 떼어지지 않았던 현판.

지금까지 단 한 번도 다른 이의 손길을 허락하지 않았던 그 자존심이 너무도 허무하게 무너지는 순간이었다.

"휘유~ 장난 아니게 오래되어 보인다. 낡은 것 좀 봐라."

홍자성이 구겸창의 끝으로 남(南) 자를 쿡쿡 찌르며 탄성을 터뜨렸다.

"어허! 무식한 짓 하지 마라. 이것은 하나의 예술품이다. 수백 년은 묵었으니 낡은 것은 당연한 것이다. 하지만 그토록 오랜 세월이 흘렀음에도 이 정도 상태를 유지하는 것을 보아 남궁세가에서 얼마나 공을 들여 관리했는지 눈에 훤하다. 그리고 이 글을 쓴 사람도 대단해. 획 하나하나에 힘이 넘쳐 있어. 웅대한 힘과 영웅의 기운이 느껴지는 것 같지 않아?"

그나마 글을 조금 익혔다고 자부하는 서무궁은 노조린의 손에서 재빨리 현판을 뺏어 들고는 짐짓 아는 체를 했다.

"웅대한 힘? 영웅의 기운? 무슨 헛소리야. 내가 보기엔 발로 써도 이보다는 잘 썼겠다. 알량한 실력으로 나서지 좀 마라."

송백령이 어처구니없는 표정으로 서무궁을 힐난했다. 그러자 홍자성 또한 구겸창을 다시 어깨 뒤에 걸치며 거들고 나섰다.

"맞아, 오래돼서 그렇지 솔직히 잘 쓴 글은 아니야. 자고로 잘 쓴 글이라 하면 나같이 무지한 놈에게도 감동을 줘야 하는데 이건……."

"흥! 그저 반듯하게 써야만 훌륭한 글이라고 생각하는 네놈들과 무슨 말을 하겠냐? 글이라는 것은 이렇듯 지렁이가 기어가는 것처럼 보여도 그 안에 필자의 힘과 혼이 담겨지면 그게 바로 훌륭한 글이요 명필(名筆)인 법이다. 뭐를 알고 까불어라, 까불길."

서무궁의 반격도 만만치는 않았다. 그래도 명색이 마을에서 아이들을 가르치던 선생이었다. 다른 것은 몰라도 글에 대한 이런 말싸움은 절대 질 수 없었던 서무궁은 목에 핏대를 세워가며 목청을 높였다.

"언제까지 이러고 있을 거냐? 대주하고 조린인 벌써 정문으로 들어서고 있는데. 느껴지지도 않냐? 적들은 이미 우리를 맞을 준비를 하고 있다. 한심하기는······."

씩씩거리며 서로를 노려보는 이들의 어깨를 슬쩍 건들며 지나가는 관정의 표정엔 별다른 표정이 떠오르지 않았다. 그저 조금 전 싸움에 끼어들지 않았다는 것을 보여주는 증거로 핏방울 하나 묻어 있지 않은 검을 끌며 조용히 걸음을 옮길 뿐이었다.

"검이 끌고 다니라고 있는 거냐? 제발 들고 다녀라. 이상한 소리 좀 내지 말고."

관정의 말보다는 행동이 기분을 더 상하게 했는지 송백령의 입에서 거친 음성이 튀어나왔다.

"젠장! 가자!"

송백령과 서무궁, 홍자성은 서둘러 관정의, 그리고 혁련휘와 노조린의 뒤를 쫓아 남궁세가로 들어섰다.

정문을 통해 안쪽으론 넓은 길이 나 있었고 앞선 일행이 그 길의 정가운데에서 걷고 있었다.

"빠르기도 하네."

송백령은 자신보다 다소 앞서 걷고 있는 일행을 따라잡기 위해 걸음을 빨리했다. 덩달아 서무궁과 홍자성의 걸음도 빨라졌다.

길은 얼마 가지 않아 끝이 났다. 길의 끝은 좀처럼 보기 드문 실로 거대한 연무장이다.

연무장이 보이자 선두에 섰던 혁련휘가 걸음을 멈췄다.

"넓기도 정말 넓다."

남궁세가의 명성과 머물고 있는 인원으로 보아 어느 정도 예상은 하고 있었지만 모든 것이 자신이 상상한 그 이상의 규모라는 것에 송백령의 표정이 묘하게 변했다. 어찌 보면 감탄을 하는 것 같기도 했고 어찌 보면 한껏 비웃는 것 같기도 했다.

"인간들도 많고."

홍자성도 고개를 돌려 한껏 적의를 풀풀 풍기며 무기를 빼어 들고 기다리는 사람들을 바라보곤 기가 질린 듯 고개를 흔들었다. 족히 이삼백은 되어 보였다. 하나 그의 표정에 떠오르는 것은 두려움이나 긴장감이 아닌 살기였다.

"장소가 마음에 들어."

담담한 음성으로 입을 열며 혁련휘의 멈추어졌던 걸음이 다시 시작되었다. 잠시 멈추어지기는 했지만 그 정도의 인원도 혁련휘와 동료들의 발걸음을 붙잡지는 못한 듯했다.

"네놈들은 누구냐? 여기가 감히 어디라고 함부로 날뛰는 것이더냐?!"

얼마 되지도 않는 수염을 부르르 떨며 무리의 중앙에 있던 노인이 소리를 질렀다. 제법 지위가 높은 사람이었는지 노인이 말을 하자 주변의 그 누구도 함부로 입을 열지 못했다. 그러나 그건 남궁세가와 관계된 사람들의 반응일 뿐이고 고작 여섯 명으로 남궁세가를 쓸어버리겠다는 각오를 하고 있는 이들에겐 그저 목청 좋은 늙은이의 공허한 잔소리일 뿐이었다.

[잘 들어.]

천천히 발걸음을 옮기는 혁련휘에게서 전음성이 들려온 것은 자신의 말에 다가오는 적들에게서 아무런 반응이 없다고 생각한 노인이 대뜸 살기를 드러내며 공격 명령을 내리기 바로 직전이었다.

[저들은 지금 제대로 된 무공을 사용하지 못한다. 하지만 인원이 만만치가 않아. 저들이 한꺼번에 덤비면 상당히 곤란한 상황을 겪게 될 거야. 곤란한 상황이라는 것은 우리의 신변이 위험해진다는 것이 아님을 알 거다. 그저 저 많은 인간들을 모조리 베어야 한다는 것이지. 못할 것도 없지만 그것으로 우리의 복수가 끝나는 것은 아니다. 피곤만 쌓일 뿐이지. 또한 아무것도 모르는 저들이 우리의 복수 대상이라고 말할 수도 없다. 그렇지만 우리의 행보를 가로막는 것을 방관만 할 수도 없겠지. 더구나 죽기를 각오하고 덤벼들 거다.]

조금 빠르다 싶었던 혁련휘의 걸음이 약간 느려졌다.

[그래서 미리 말을 해둔다. 무인이란 동물과 같다. 본능적으로 상대를 알아보고 우위를 결정하지. 앞에 있는 놈이 나보다 강한지, 아니면 그렇지 못한지를 말이야. 그리고 자신보다 강하다고 생각하면 스스로 피하거나 아니면 고개를 숙이고 들어온다. 차이점도 있다. 동물에겐 자존심이 없지만 무인에겐 자존심이라는 것이 있다. 동물에겐 생존만큼 중요한 것이 없지만 무인에겐 목숨보다 소중한 다른 것이 존재할 때가 있어. 사랑, 명예, 의리, 우정… 사람마다 무게를 두는 가치가 다르겠지만 말이지. 저들에겐 목숨보다는 명예가 중요할지도 모른다. 어쩌면 그것이 우리를 가장 힘들게 만드는 요소가 될지도 모르겠고. 그

러니 우선적으로 그 싹을 잘라야 해. 싸움이 시작되면 조금의 인정도 두지 마라. 달려드는 적은 최대한 잔인하고 완벽하게 목숨을 끊어라. 고통스럽게 죽이는 것도 상관없다. 단 저들에게 동료들의 피를 보며 전의를 불태우게 해주면 안 돼. 어설프게 건드려 놓은 동물처럼 위험한 것도 없다. 맹수는 사냥을 할 때 전력을 다한다고 하지? 그놈들은 본능적으로 알고 있는 거야, 아무리 힘이 없는 동물이라도 상처를 입으면 귀찮아진다는 것을. 동물이 그러할진대 사람이야 오죽할까? 더구나 저들은 툭하면 의리니 명예니 하는 것을 들먹이는 무인들이다. 절대로 순순히 물러서지 않으려 할 거다. 그렇기에 그런 마음까지 사라지도록 처음부터 정신없이 휘몰아쳐야 한다. 아무리 감추려 해도 모든 인간들의 마음속엔 생존의 욕구가 꿈틀거리는 법. 우린 그것을 끄집어내야 해. 그것도 최대한 빨리. 그래야만 저들을 모조리 죽이는 것을 피할 수가 있다. 다시 말하지만 겁이 나서 그러는 것이 아니야. 그저 귀찮아서 그럴 뿐이지. 어쨌든 이것 하나만 명심해라. 절대로 인정을 두면 안 된다. 그리고 압도적인 실력 차이를 보여줘라. 감히 대항할 엄두를 내지 못하도록.]

혁련휘의 전음성은 거기서 끊어졌다. 동시에 발걸음도 멈춰졌다. 혁련휘는 천천히 주변을 살폈다. 그리곤 최종적으로 몸을 돌려 약간은 굳은 표정으로 자신을 응시하는 동료들을 바라보았다.

"얼굴들을 보니 내가 쓸데없는 말을 한 것 같다."

피식 웃은 혁련휘가 서무궁에게 다가갔다.

"그리고 그것은 나에게 맡기는 것이 좋겠다."

"그, 그래."

얼떨결에 대답을 한 서무궁은 어깨에 메고 있던 현판을 건네주었다.

하지만 어딘지 모르게 떨떠름한 표정. 그가 왜 그런 표정을 지었는지는 재빨리 현판을 받아 든 혁련휘의 입에서 흘러나온 말이 설명해 주었다.

"이런, 벌써 명령이 떨어진 모양이다. 이걸 들고 싸울 수는 없으니… 그럼 수고들해라. 난 싸움이 시작되면 너희들의 활약을 잠시 지켜보다 애초에 가던 길을 가겠다."

혁련휘는 함성을 지르며 다가오는 적들을 바라보며 한 발 뒤로 물러섰다. 혁련휘의 행동이 너무나 자연스러웠기에 싸움이 시작되면 무리를 이끄는 사람은 항상 그렇게 행동해야 하는 것이 아닌가 하는 의심이 들 정도였다. 그런 혁련휘를 바라보는 동료들의 얼굴엔 한결같이 '그러면 그렇지' 하는 표정이 떠올랐다.

"무게를 잡을 때부터 뭔가 이상했어."

"한두 번이 아니잖아. 진지할 때 혼자 웃고 남들 웃고 있을 때 진지하고. 옛날부터 그랬어."

"그뿐이냐? 잠시 후에 가던 길을 가겠다고 하잖아. 그게 뭔 말이냐? '길을 갈 테니 주변을 깨끗하게 치워라. 그렇지 않으면 가만두지 않겠다'. 바로 이런 뜻 아니겠어? 나 이것 참."

웃고 있는 노조린과 말이 없는 관정과는 달리 나머지 삼 인은 입이 한 자나 튀어나왔다. 바로 앞에 적이 다가오고 있었지만 지금 당장 그들에게 중요한 것은 적이 아니라 얄미운 혁련휘의 행동에 대한 불만을 토로하는 것이었다. 그러나 극히 드물게 의견 일치를 본 서무궁과 송백령, 홍자성의 대화는 언제까지나 이어질 수는 없었다.

"죽어랏!'

명령이 떨어지자마자 가장 먼저 달려와 회심의 일검을 날린 심우인(沈優仁)의 얼굴엔 득의의 표정과 하나 가득 자부심이 떠올랐다.

처음 악상이 전해온 소식을 듣고 연무장으로 집결한 세가의 무인들은 잔뜩 긴장을 한 상태였다. 이미 내공을 쓸 수 없다는 것을 잘 알고 있었고 그런 상황에서 적이 쳐들어왔다는 것은 더 이상 심각할 수 없는 일이었다. 하지만 막상 나타난 적들은 그들의 이런 생각을 일거에 해소시켜 버렸다.

우선 세가를 치기 위해 나타난 적의 수가 너무 적었다.

여섯 명이라니!

안도의 한숨 속에서 몇몇은 고작 여섯 명이 남궁세가를 치러 왔다는 것에 대한 분노를 터뜨리기도 했다. 나타난 적들은 인원도 적을 뿐더러 나이 또한 그리 많지 않았고 아무리 살펴봐도 고수를 만났을 때와 같은 느낌이 전해오지 않았다.

처음 모였을 때의 동요는 이미 사라지고 없었다. 하지만 그들이 상당한 실력을 숨기고 있는 고수라면 상황은 또 달라지는 법. 남궁세가의 주요 고수들은 안심을 하면서도 한편으론 여전히 불안한 마음을 품고 있었다. 그렇지만 일부러 그것을 드러내는 사람은 없었다. 싸움을 앞두고 사기를 떨어뜨릴 필요는 없다고 생각했기 때문이다.

그들의 생각이 먹혀 들어간 것일까? 가주인 남궁성의 동생이자 세가의 어른으로 존경을 받고 있는 남궁승(南宮承)의 공격 명령이 떨어지자 세가의 무인들은 조금의 두려움도 없이 적들에게 달려나갔다.

남궁세가의 제자들은 세가의 명예를 위해, 그리고 세가의 단순한 수하 신분의 무인들은 공을 세워 제자가 되고자 하는 열망에. 그들은 지금 현재 몸 상태가 어떤지는 생각도 못하고 정신없이 몸을 날렸다.

그들 중 혁련휘의 일행에 가장 먼저 도착한 사람이 아직 정식으로 제자가 되지 못했지만 유난히 빠른 몸놀림을 보여주었던 심우인이었다.

'흐흐흐! 네놈의 목은 내 몫이다.'

심우인은 남들보다 빠른 자신의 몸놀림에 감사하며 곧 정식으로 제자가 될 수 있다는 부푼 꿈에 잠겨 있었다. 이제 그것을 이루게 해줄 감촉이 검을 통해 전해올 것이고 어쩌면 비명 소리도 들릴 것이다.

그러나 꿈은 꿈일 뿐이었다.

깡!

분명 목을 베었다면 이런 금속음이 들리지 않을 것이다. 또한 이렇게 손을 울리는 충격도 없을 것이다. 아직 한 번도 들어보지 못하고 감촉을 느껴보지도 못했지만 최소한 저런 소리는 아니라는 것은 심우인도 알 수 있었다.

뭔가 일이 잘못되었다는 것을 순간적으로 알아차렸다는 것이 그나마 다행인지 몰랐다. 생각을 정리하기도 전에 심우인은 달려오던 속도보다 더 빨리 물러나고자 하였다. 그리고 내공도 없는 상황에서 '이 정도면 되었다'라고 할 수 있을 정도로 스스로 만족할 만한 몸 움직임을 보여주었다. 그러나 그것은 내공이 전무하거나 무공을 모르는 일반인 관점에서의 만족감일 뿐 잔뜩 화가 난 홍자성에겐 거북이가 기어가는 것만큼이나 느린 움직임이었다.

"호~ 이 몸의 목을 노리고 와선 그냥 가시겠다고? 그게 될 법이나 한 소리냐!"

심우인의 검을 막아낸 구겸창은 어느새 심우인의 목을 노리며 날아가고 있었다.

"헉!"

최대한의 속도로 도망을 쳤지만 순식간에 거리를 좁히고 날아온 창에 깜짝 놀란 심우인이 고개를 비틀었다. 창날은 그런 심우인의 목줄기를 스치며 지나갔다.

"흥! 제법이군."

설마 피할 줄은 몰랐다는 듯 조소(嘲笑) 비슷한 탄성을 내지른 홍자성은 찔러갔던 창을 재빨리 거둬들였다. 그것으로 끝이었다.

툭!

방금 전만 해도 심우인의 양 어깨 위에 있던 심우인의 머리가 땅으로 굴러 떨어졌다. 구겸창이 왜 구겸창인 줄 생각하지 못한 심우인의 홍자성의 최초 공격을 피했다는 방심이 불러온 화였다.

구겸창은 창날에 창을 쥔 사람 쪽을 향해 하나의 구(鉤), 즉 낫과 같이 날카로운 갈고리를 붙여놓은 창이었다. 특히 날의 중간에 붙여진 갈고리는 여러 기능을 지니고 있었다.

갈고리는 창날과 마찬가지로 날카로워서 그것으로 상대의 몸을 찍을 수도 있었고 옷이나 기타 갑옷 장신구에 걸어 중심을 흐트러뜨릴 수도 있었다. 또한 창날이 필요 이상으로 깊이 박혀 혹여 재빨리 회수를 할 수 없는 상황을 막기 위해 사용되기도 하였다. 그리고 심우인이 당한 것과 마찬가지로 창을 회수하는 과정에서 그 갈고리를 이용하여 목을 베거나 심각한 상처를 입힐 수도 있는 다목적의 병기였다.

"왜 나냐?"

심우인의 목을 벤 홍자성은 아직도 쓰러지지 않은 그의 몸을 갈고리를 이용해 밀어 넘어뜨리면서 소리쳤다.

"왜 나냐고? 이놈도 있고 저놈도 있는데 왜 내가 제일 먼저냐?"

땅에 떨어진 목을 바라보며 홍자성이 가리킨 사람은 밀려오는 적을 쓰러뜨리기 위해 바쁜 서무궁과 송백령이었다.

"내가 제일 만만하게 보였단 말이지, 이 빌어먹을 놈아!"

퍼억!

홍자성의 힘이 실린 발에 밟힌 심우인의 머리가 수박 터지듯 부서지며 허연 뇌수(腦髓)를 뿌렸다.

"어디를 보아 나를 목표로 삼는단 말이냐, 건방진 놈 같으니라고!"

발에 묻은 뇌수를 바닥에 닦으며 여전히 흥분한 음성으로 외쳐 대는 홍자성. 그러나 그의 두 눈은 흥분한 사람에게선 절대로 볼 수 없는 차분함이 담겨 있었다. 그런 그의 눈에 어딘가 어설펐던 심우인과는 다르게 진중한 자세로 자신을 공격해 오는 적들의 모습이 투영됐다. 더구나 그 인원은 한둘이 아니었다. 하지만 내공이 담겨져 있지 않은 그들의 움직임은 홍자성에게 조금도 위협이 될 수 없었다.

"네놈들도 죽고 싶은 모양이구나!"

홍자성은 박살이 났지만 아직 그 흔적이 남아 있는 심우인의 머리를 자신을 향해 달려오는 적에게 그대로 차버렸다. 흔적이라 해봐야 뇌를 감싸고 있던 가죽과 머리카락에 불과했기에 별다른 위력은 없었지만 달려오는 적들을 혼비백산(魂飛魄散)하도록 만들기엔 충분했다. 그리고 그들이 정신을 수습했을 때 그들을 기다리는 것은 그 옛날 장비(張飛)를 능가하는 위용을 자랑하는 홍자성과 그의 구겸창이었다.

"내가 왜 광풍으로 불리는지 지금부터 똑똑하게 보여주마!"

홍자성은 일 장에 조금 못 미치는 구겸창을 빙글빙글 돌리며 자신을 둘러싸고 있는 적들을 살기로 번들거리는 눈으로 노려보았다.

홍자성의 위세에 기가 죽은 것일까? 당장에라도 달려들 것처럼 보였던 남궁세가의 무인들은 저마다 눈치를 보며 주춤거렸고 그런 그들을 바라보는 홍자성의 입가에 비웃음이 떠올랐다.

"네놈들이 오지 않는다면 내가 가지."

말이 끝남과 동시에 그의 손에서 회전하고 있던 구겸창이 움직임을 멈추었다. 아니, 멈추었다고 생각하는 순간 구겸창은 실로 엄청난 속도로 뒤에 있던 한 사내에게 폭사되었다.

"크악!"

지난밤 연회에서 자신의 웃옷을 풀어헤치며 단단한 가슴을 자랑했던 사내는 독사(毒蛇)의 날카로운 이빨처럼 자신을 노리며 다가오는 구겸창을 바라보면서도 피하기는커녕 어떤 반응도 하지 못했다. 그저 살을 찢고 들어오는 창날의 느낌과 잠깐의 시차를 두고 밀려오는 고통에 머리 속이 하얗게 변하며 비명을 지르는 것이 전부였다.

사내가 고통에 몸부림치면 칠수록 가슴에 박힌 구겸창의 예리한 창날과 살의 미세한 틈 사이로 피분수가 뿜어져 나왔다.

"커컥!"

외마디 비명과 함께 사내의 비명성은 더 이상 들리지 않았다.

구겸창에 슬쩍 내공을 주입하여 비트는 것으로 청운(靑雲)의 꿈을 품고 남궁세가에 들어온 사내, 오천언(吳仟彦)의 가슴을 가르고 턱과 얼굴을 수직으로 양단시킨 홍자성은 그 결과를 확인할 필요도 없다는 듯 뒤쪽으로 돌려졌던 구겸창을 회수하여 어느새 정면의 사내를 공격했다.

일련의 움직임이 너무나 빠르고 정확했기에, 홍자성의 구겸창이 뒤쪽으로 돌려져 있는 빈틈을 노리며 공을 세울 기회를 얻고자 했던 사내가 깜짝 놀라 뒤로 몸을 날렸을 때에는 이미 구겸창의 창날이 그의 목을 가르고 지나간 후였다.

"억!"

외마디 비명을 끝으로 사내의 목이 그대로 땅으로 떨어지고 몸은 뒤로 물러나던 힘에 의해 두어 걸음 더 나아가다가 쓰러졌다.

그것이 끝은 아니었다.

한 호흡이 끝나기도 전에 단숨에 두 명의 목숨을 취한 홍자성이 구겸창을 단단하게 움켜쥐었다.

한껏 피를 머금은 구겸창이 요사스러운 빛을 주저리주저리 뿌리고 홍자성의 눈에서도 끔찍한 살기가 뿜어져 나왔다.

"크하하하하! 기억하여라! 내가 바로 그 이름도 유명한 흑영 칠호 광풍 홍자성님이시다!!"

주변이 떠나가라 울리는 광소(狂笑)를 터뜨리며 몸을 날린 홍자성은 구겸창을 전후좌우 자유자재로 움직이며 딱히 누구랄 것도 없이 눈에 띄는 사람이라면 무조건 공격을 시작했다.

"으아악!"

"피해랏!"

목이 날아간다.

사지가 날아간다.

추풍낙엽(秋風落葉)!

이 말밖에 달리 표현할 말이 없었다.

내공을 잃은 남궁세가의 무인들이 필사적으로 막기는 했지만 어른과 어린아이의 싸움이었다. 그 누구도, 남궁세가의 단순한 수하에 불과한 무사들은 물론이고 일신의 능력을 인정받아 정식으로 제자가 된 자들 역시 홍자성의 한 수를 받아내지 못했다.

압도적인 힘의 차이에 의해 무기가 부서지는 것은 물론이고, 어찌어찌하여 한두 번 공격을 막아낸 자들도 창에 실린 힘을 감당하지 못하고 입에서 피를 토하며 쓰러져 갔다. 그나마 그런 자들은 열에 한두 명일 뿐이었고 대부분의 무인들은 날아오는 무기의 속력을 따라가지 못해 그저 멍하니 바라보다 목숨을 잃은 경우가 허다했다.

그렇게 반 각이 지나기도 전에 미친 야생마처럼 이리저리 날뛰는 홍자성의 주변에는 근 이십여 명에 이르는 자들의 시체가 쌓이기 시작했다.

"흠, 자성이 잘하고 있군."

처음에 했던 말대로 싸움이 시작되자 뒤쪽으로 물러서서 느긋하게 전황을 자세히 살피던 혁련휘의 입에서 담담한 음성이 흘러나왔다.

"내가 쓸데없는 소리를 한 모양이군. 어차피 싸움을 시작하면 인정사정없는 녀석들인데… 그리고 누구보다 싸움하는 방법을 아는 친구들이고."

막 고개를 돌려 노조린을 비롯하여 다른 친구들을 바라보는 혁련휘의 고개가 절로 끄덕여졌다.

홍자성처럼 괴성을 지르지도, 그렇다고 긴 창을 마구 휘두르며 싸우지도 않았지만 상대의 목만을 정확하게 베는 노조린과 관정의 주변에는 홍자성이 쓰러뜨린 것보다 거의 배는 되는 듯한 인원이 저마다의 혼(魂)을 잃고 이른 아침 한기를 내뿜고 있는 차가운 땅에 육신을 뉘이고 있었다.

거대한 환수도를 휘두르는 송백령의 활약 또한 무시할 수 없었다.

처음부터 작정을 했는지 도를 뒤집어 잡아 날이 없는 곳을 사용하는 송백령은 정확한 솜씨와 무시무시한 힘을 바탕으로 꾸역꾸역 몰려드는 적을 상대하고 있었다. 그가 싸우는 방식은 조금 특이했다. 도를 뒤집어 잡을 때부터 수상하긴 했지만 송백령은 적의 목이나 몸을 베는 식의 싸움은 하지 않았다.

송백령에게 있어 그들은 사람이 아니었다. 그에게 있어 적은 그가 사냥해야 하는 동물에 불과했다. 그는 자신에게 다가오는 적을 복(伏)날 개 잡듯 두들기고 있었다. 물론 개를 두들기는 것과는 힘의 차이가 있었기에 송백령의 도에 맞은 자들은 단숨에 뼈가 부러지고 살점이 찢겨 나가 해어진 걸레처럼 변해 버렸다. 운이 좋아 머리나 가슴을 격타 당한 사람은 그 즉시 목숨을 잃어 뒤이어 따라오는 고통을 느끼지 못했지만 더러 재수없이 팔이나 여타 다른 곳을 맞은 이들은 더욱 큰 고통을 느끼며 죽어야만 했다.

그러나 이들의 사정은 서무궁에게 당하는 사람들에 비하면 행복할지도 몰랐다. 비록 목이 잘리고 몸이 산산이 부서져도 그 시간은 한순간이었으니까!

하지만 서무궁의 암기에 당하는 사람들은 그렇지 않았다.

섭선에 어떻게 그 많은 비침(飛針)들이 숨겨져 있는지, 여유작작 몸을 움직이며 슬쩍슬쩍 휘두르는 고작 팔뚝 길이의 조그만 섭선에선 이해할 수 없을 정도로 많은 침들이 쏟아져 나왔다. 그것도 하나하나에 극독이 묻어 있는 침들이.

침에 맞은 사람들은 그 즉시 몸이 마비되며 안면을 일그러뜨리고 땅에 쓰러졌다. 순식간에 몸을 마비시킨 독은 내부의 장기(臟器)들을 서서히 중독시키며 종내에는 한 줌 핏물로 만들어 버렸다. 드러나는 외상은 없었지만 쓰러진 자들은 칠공에서 피를 토하며 그렇게 목숨을 잃었다.

그 고통이 얼마나 큰지 독에 중독된 자들이 스스로 목숨을 끊고자 하였으나, 그나마 마비된 몸을 땅에 뉘이고 꼼짝을 할 수 없는 그들이 그렇게 하기엔 애초에 불가능했고 고작 곁에 있는 동료들에게 죽여달라는 눈빛을 보내는 것이 전부였다.

그렇게 남궁세가의 무인들은 거의 일방적으로 학살당하고 있었다. 하지만 싸움이 끝난 것은 아니었다.

"역시 전통이라는 것인가? 무섭군."

잠시 동안 동료들의 활약을 만족스럽게 바라보던 혁련휘의 안색에 그늘이 진 것은 많은 희생, 그것도 보기만 해도 끔찍하게 쓰러지는 동료들의 모습에도 좀처럼 물러나지 않고 끈질기게 달려드는 남궁세가 무인들의 무섭게 일그러진 얼굴을 바라보면서부터였다. 게다가 비록 짧은 시간 동안 수십 명이 목숨을 잃었지만 아직 움직이지 않은 무인들이 너무 많았다. 그들 대부분이 상당한 무공을 지닌―내공을 잃은 지금은 아니지만―남궁세가의 주요 고수일 것이다. 아무리 무공을 잃었다지만 검 하나에 인생을 걸고 짧게는 수년에서 길게는 수십 년 동안 연마를 한 사람들이었다. 절대로 얕볼 수만은 없는 상대이리라.

"내 생각이 틀렸군. 잘못하다간 일이 어긋나겠어."

독의 지속 시간이 이제 한 시진밖에 남지 않았다는 것을 상기한 혁련휘의 마음이 조금은 조급해졌다.

"어쨌든 대단해. 그토록 강했던 혈성의 무인들도 이런 식이면 겁을 먹고 물러서기 마련이었는데……."

혈성의 무리들을 상대하며 기선을 제압하고자 종종 써먹었던 방법이 통하지 않자 왜 사람들이 전통을 들먹이는지 조금은 이해가 갔다. 하지만 그에겐 그것이 중요한 것이 아니었다.

저들의 무공이 회복되는 것은 시간문제. 자신들이 아무리 일당백의 고수라고 자부하더라도 더 이상 시간을 끌다간 말 그대로 개죽음을 당할 수도 있었다. 또한 진정한 고수라면 무공을 회복하지 않은 상황에서도 상당히 위험한 존재였다. 그것은 자신이 이미 혈성과의 싸움에서 동료들에게 증명을 해 보인 적이 있었다.

"최소한 남궁세가라면 그와 같은 인물이 수십은 있을 것이다. 자칫 방심이라도 하는 날엔……."

자신도 모르게 무당까지 찾아와 품 안에서 목숨을 잃은 진우를 떠올린 혁련휘의 얼굴에 냉기가 흘렀다.

"두 번 다시 그 꼴을 볼 수는 없지. 내가 있는 한 변하는 것은 없다. 아무튼 조금 귀찮아졌군."

혁련휘는 들고 있던 현판을 옆에 내려놓고 천천히 검을 꺼내어 들었다. 하지만 혁련휘의 검이 반쯤 모습을 드러냈을까? 연무장을 울리는 외침이 있었다.

"멈춰랏!"

귀청을 얼얼하게 할 정도는 아니었지만 넓은 연무장 구석구석에까지 이를 정도로 웅후한 음성이었다.

"드디어 나타나셨군."

그가 아는 한 자신과 동료들을 제외하고 무공을 잃은 남궁세가에서 이 정도의 고함을 칠 사람은 오직 한 명뿐이었다.

혁련휘의 입꼬리가 올라가며 진한 미소가 얼굴에 떠올랐다. 동시에 빼던 검을 집어넣고 옆에 내려놓았던 현판을 다시 들어 올렸다. 그리곤 천천히 걸음을 옮겨 연무장 중심으로 걸어갔다.

제6장
결초보은(結草報恩)

결초보은

남궁성의 등장으로 치열했던 싸움은 잠시 소강 상태로 접어들었다. 남궁성이 멈추라 한다고 멈출 흑영이 아니었지만 혁련휘의 언질이 있었는지 남궁성이 등장하면서 무차별적인 학살을 하던 그들 또한 손속을 멈추고 뒤로 물러났다.

"이럴 수가!"

한 번의 호통으로 싸움을 중단시킨 남궁성은 장내에 드러난 처참한 광경에 어찌할 바를 몰랐다.

고작 일각이었다, 적이 쳐들어온 것 같다는 연락을 받고 혹시나 또 다른 침입이 있을지도 모른다는 생각에 다른 몇몇 곳을 살펴보고 이곳으로 오는 데 걸린 시간이. 그런데 그 짧은 시간치고는 연무장에 널려 있는 주검이 너무나 많았다.

"고작 일각 동안 이 많은 인원이 쓰러진 것인가? 더구나 저 인원에게?"

떨리는 남궁성의 음성엔 분노보다는 허탈감이 더욱 크게 자리 잡고 있는 듯했다. 비록 무공을 잃었다고는 하지만 그들이 누군가? 남궁세가의 무인들이었다. 어찌 이처럼 일방적으로 당할 수가 있단 말인가!

도저히 용납할 수 없는 일이었다. 하나 의문은 바로 해결되었다.

"자넨 아직 상대가 누군지를 보지 못한 것 같군."

장내에 도착하자마자 쓰러진 식솔들을 바라보며 넋을 잃은 남궁성과는 달리 그들을 그리 만든 상대를 관찰하던 노진격의 입에서 장탄식이 새어 나왔다.

언제 노진격의 입에서 이 정도로 심각한 음성이 나온 적이 있던가? 남궁성의 고개가 절로 돌려졌다.

그곳에 혁련휘가 있었다.

물끄러미 자신을 쳐다보는 혁련휘와 두 눈이 마주치자 남궁성은 자신도 모르게 두 주먹을 움켜쥐고 말았다.

"너… 였구나……."

거센 바람을 맞은 듯 휘청거리는 몸의 중심을 잡고 한참 만에 입을 여는 남궁성의 음성엔 힘이 없었다. 반면에 대답하는 혁련휘의 음성은 담담하기만 했다.

"오랜만에 뵙겠습니다. 그리고 제가 아닙니다. 우리들이지요."

"……."

"노 노야(老爺)께서도 계셨군요."

남궁성에게서 시선을 거둔 혁련휘가 친근한 어투로 남궁성의 곁에서 먼 산만을 바라보고 있는 노진격에게 고개를 숙였다.

"나야 갈 데가 이곳뿐이지. 그런데……."

말을 하던 노진격이 주변을 둘러보았다. 적어도 칠십여 구는 되어 보이는 시체들. 그가 보기에도 너무도 무참한 광경이었다. 절로 고개가 돌려진다.

"꼭 이래야만 했나?"

"무엇을 말씀이십니까?"

"……"

노진격이 무슨 말을 하는지 뻔히 알고 있었지만 혁련휘는 영문을 모르겠다는 듯 딴청을 피우며 반문했다. 그러자 한숨을 내쉬는 노진격 대신 분노에 떨던 남궁요가 언성을 높였다.

"네 이놈! 네놈들이 한 짓을 보고도 그 따위 말이 나오더냐! 네놈들이 감히 남궁세가를 어찌 보고 이와 같은 짓을 저질렀는지는 모르나 절대로 살아 돌아갈 생각은 하지 말거라!"

노진격을 바라보던 혁련휘의 고개가 자신에게 호통을 치고 있는 남궁요에게 돌아갔다. 입가에 머물고 있던 미소는 어느새 사라지고 남궁성과 노진격에게 보내던 친근한 눈빛은 스산한 냉기로 뒤덮여 있었다.

"입… 닥치는 것이 좋을 거야. 죽고 싶지 않으면……"

"뭐, 뭣이! 어린 놈이……"

남궁요가 두 눈을 치켜뜨며 소리를 지르려고 했지만 혁련휘의 말이 조금 더 빨랐다.

"한마디만 더 하면 다시는 입을 열지 못하게 해주지."

진하다 못해 요사한 기운이 느껴지는 미소가 혁련휘의 입가에 머물렀다.

혁련휘는 한다면 하는 인간이었다. 무공도 없는 남궁요가 혁련휘의 상대가 될 수 없었다. 안 되겠다 싶었는지 남궁성이 둘의 대화에 재빨리 끼어들었다.

"셋째는 뒤로 물러나거라."

"하지만 아버님."

"어서!"

남궁성의 호통에 어쩔 수 없이 뒤로 물러나는 남궁요. 하지만 원독에 찬 시선은 계속해서 혁련휘에게 향해 있었다.

"네가 원하는 것이 무엇이냐?"

남궁요가 뒤로 물러나는 것을 확인한 남궁성이 물었다.

"무엇을 원하느냐 물었다. 복수냐?"

끝까지 자신을 노려보는 남궁요에게 조롱이 가득 담긴 웃음을 보내고 있던 혁련휘가 거듭되는 남궁성의 질문에 웃음을 지웠다. 그리곤 무겁게 가라앉은 음성으로 되물었다.

"무엇 때문입니까? 우리는 강호를 떠났고 다시는 무공을 쓰지 않기로 약속을 하였으며 그렇게 지켜왔습니다. 그런데 도대체 무엇 때문에 약속을 어기신 겁니까?"

"몰라서 묻느냐? 약속은 너희들이 먼저 어겼다. 강호에 나오지 않기로 하고는 살수 단체를 만들지 않았느냐?!"

남궁성이 버럭 화를 내며 소리쳤다. 혁련휘의 얼굴에 어이없어하는 표정이 떠올랐다.

"살수 단체라……."

혁련휘가 고개를 돌려 노조린을 바라보았다.

"크크크! 너희들이 살수 단체를 만들었단다. 살수 단체를……."

노조린은 아무 말도 없었다. 그저 무심한 얼굴로 남궁성을 바라볼 뿐이었다. 혁련휘가 그런 노조린을 가리키며 입을 열었다.

"저 친구의 이름이 무엇인지 아십니까?"

"……"

"이름을 물었습니다."

"흑영 일호가 아니더냐."

남궁성의 음성에 노기가 묻어났다. 혁련휘가 자신을 놀린다고 생각했기 때문이다.

"그렇지요, 흑영 일호. 하지만 제가 물은 것은 저 친구의 이름입니다. 남궁 노야의 이름이 남궁 노야가 아니듯 저 친구도 이름은 따로 있지요. 무엇인지 아십니까?"

"……"

남궁성이 미처 대답을 하지 못하자 혁련휘가 어깨를 들썩이며 웃었다.

"하하하! 제가 너무 어려운 질문을 드린 것 같습니다. 그래도 무공을 배운 기간이 십 년이었는데… 그 정도의 세월로는 이름조차 기억하기 힘든 모양입니다. 하지만!"

웃음을 터뜨리던 혁련휘의 얼굴이 일변했다.

"그것이 여러 잘난 문파의 장문들과 가주께서 저희를 생각하시는 현주소입니다. 십 년을 가르치고도 이름조차 모르는 현실. 한마디로 우리는 당신들에게 그저 필요할 때 훈련시키고 그 용도가 끝나면 쓰다 버리면 되는 그런 하찮은 존재라는 말입니다."

혁련휘의 언성이 점점 높아졌다.

"저 친구의 이름은 노조린입니다! 흑영 일호가 아니라 노조린이라는 이름을 가지고 있지요. 살수 단체라고 했습니까? 도대체 언제부터 술 팔고 여행객들의 편의를 봐주는 객점이 살수 단체로 변했는지 모르겠군요. 저 친구와 그리고……."

혁련휘의 눈에 어이없어하는 홍자성의 모습이 들어왔다.

"노야께서 말한 살수 단체를 만들었다는 녀석이 또 한 명 있군요. 홍자성이라는 녀석입니다. 노야께서야 흑영 칠호로 알고 계시겠군요. 그런데 말입니다, 이 녀석들이 원한 것은 단 한 가지였습니다. 그저 사람답게 살아보자. 더도 덜도 말고 사람들 사이에 파묻혀 그들과 함께 어울리며 평범하게 살아보자. 너무나 소박한 꿈, 남들에겐 일상생활일 뿐인 것이 그들에겐 평생에 걸쳐 해보기를 원하는 그런 꿈입니다. 알겠습니까? 친구들이 원한 것은 고작 그 정도라는 것입니다. 핑계를 대려면 조금 더 그럴듯하게 대야 하지 않겠습니까? 그냥 우리가 살아 있는 것이 칠파일방과 삼대세가의 명성에 누가 된다고 말입니다. 아니라면 아니라고 말씀해 보시지요."

혁련휘의 부릅뜬 눈은 당장에라도 폭발할 듯 활활 타오르고 있었다.

"무슨 헛소리더냐! 대관절 네놈들이 뭐간대 감히 칠파일방과 삼대세가를 운운한단……."

남궁요의 말은 더 이상 이어지지 않았다. 놀란 두 눈에 바람을 가르며 다가오는 혁련휘의 모습이 투영되었다.

그는 조금 더 생각을 해야만 했다. 혁련휘의 물음에 왜 부친과 노진격이 낭패한 표정을 지으며 쉽게 대답을 하지 못하는지…….

"헛!"

이 장여의 거리는 혁련휘 정도의 무공을 지닌 사람에겐 바로 눈앞에 있는 것이나 마찬가지였다. 단지 발을 한 번 떼어놓는 것으로 남궁요의 코앞에까지 도착한 혁련휘는 조금도 주저없이, 깜짝 놀라 물러나려는 남궁요의 아랫배에 너무나 자연스럽게 단검 하나를 꽂아 넣었다.

"크헉!"

혁련휘는 고개를 들어 얼굴을 일그러뜨리고 있는 남궁요를 바라보았다.

"한마디만 더 하면 어찌 된다고 미리 말을 했을 텐데."

조금도 감정이 실리지 않은, 그래서 더욱 소름 끼치는 혁련휘의 음성과 함께 숨이 넘어가는 남궁요의 신음 소리가 울려 퍼졌다.

"끄끄끄꺽!"

"이놈!"

"멈춰랏!"

남궁요만큼이나 놀란 남궁성과 노진격이 재빨리 달려들었지만 그때는 이미 모든 것이 끝난 후였다. 아무리 무공이 출중하다 하더라도 단전을 파괴당하고 심장이 반쪽으로 갈라지면 대라신선이 친히 왕림해도 살기 힘든 법. 지금은 그나마 위험이 닥치면 자연스레 기운이 솟아올라 몸을 보호해 줄 내공을 잃은 상태였다. 고작 두 번의 비명과 함께 남궁요의 신형이 천천히 무너져 내렸다.

"많이 무뎌지셨습니다. 죽은 자야 둘째 치고 노야들께서는 제 행동을 막을 수 있을 줄 알았는데 말이지요."

눈 깜짝할 사이에 남궁요의 목숨을 끊고 뒤로 물러난 혁련휘는 주변에 아무렇게나 쓰러져 있는 남궁가의 무인에게 다가가며 입가에 웃음을 지었다.

"네, 네 이놈! 네가 감히!"

더 이상 화를 삭이지 못한 남궁성이 검을 빼 들었다.

어려서부터 한심한 모습을 보이던 못난 장자를 바라보며 늘 가슴속을 끓여야 했던 남궁성에게 일신에 지닌 능력이 두 형을 뛰어넘고 재지에 빛나는 남궁요는 기쁨이요, 자랑이었다. 그것은 수십 년이 지난 지금에도 변함이 없었다. 그런 남궁요가 차가운 시체가 되어 땅에 쓰러졌다. 그것도 은연중 무림의 최고 고수라 자부하는 자신의 앞에서. 하지만 그를 더욱 슬프게 만든 것은 다름 아닌 자신의 행동을 만류하는 친우의 음성이었다.

"안 되네. 지금은 안 돼."

노진격은 검을 들고 뛰쳐나가려는 남궁성의 팔을 잡으며 말렸다. 남궁성의 고개가 획 돌아갔다.

"무슨 의미인가?"

"그건 자네가 더 잘 알 것이 아닌가? 지금 상태로는 불가능해."

"내가, 천하의 남궁성이! 자식이 바로 눈앞에서 죽었는데 아무것도 할 수 없단 말인가? 정녕!"

"……."

"비키게!"

"……."

한참 동안의 실랑이가 이어졌다. 그러나 남궁성은 무겁게 고개를 흔들며 자신의 팔을 굳게 잡고 있는 노진격을 떼어놓을 수가 없었다.

"어쩌다 이 꼴이 되었단 말인가!"

결국 긴 탄식과 함께 남궁성이 들고 있던 검을 내렸다. 그러자 남궁성과 노진격의 모습을 흥미롭게 바라보던 혁련휘가 뒤에서 한가로이 서 있던 동료들에게 새로운 명령을 내렸다.

"아직 남궁 노야께서 대화할 준비가 되지 않은 것 같다. 준비가 미비했다면 제대로 만들어 드려야지. 각자 열 명이면 충분할 것 같은데……."

남궁세가의 인물들에겐 동료의 주검에 걸터앉아 피 묻은 단검을 쓱쓱 문지르며 명령을 내리는 혁련휘의 모습은 더 이상 인간의 모습이 아니었다. 물론 그의 명을 받고 살소를 짓는 다른 이들도 인간과는 거리가 멀게 느껴졌다.

"크아악!"

"으악!"

잠시 잠잠해졌던 연무장에 또 한 번 비명성이 난무했다.

혁련휘의 명을 받은 노조린 등은 고삐 풀린 황소처럼 이곳저곳을 휩쓸고 다녔다.

"막아랏!"

남궁세가의 무인들도 당하고만 있지는 않았다. 직계와 방계를 아우르고 난다 긴다 하는 제자들이 모두 나섰다. 하지만 아무리 실력이 뛰어나다 한들 한 점 내공을 끌어올리지 못하는 그들과 폭발할 듯 넘치는 힘을 쏟아 붓고 있는 흑영들과의 싸움이 멋들어지게 어울린다는 것은 처음부터 불가능한 것이었다. 시간이 조금 더 걸릴 뿐 일반 수하들이 나섰던 조금 전과 같이 결과는 변할 수 없었다.

"내가 일착인가?"

가장 먼저 혁련휘의 곁으로 돌아온 노조린이 그다지 흐트러지지도 않은 머리카락을 쓸어 넘기며 입을 열었다.

혁련휘가 웃으며 고개를 끄덕였다.

"거의 끝난 것 같다."

뒤이어 속속 곁으로 다가오는 동료들에게 일일이 고개를 끄덕인 혁련휘는 마지막으로 도착한 서무궁의 등을 두들기고 몸을 돌렸다.

"이제 진지한 대화를 할 수 있을 것 같다는 생각이 듭니다."

무섭게 얼굴을 굳히고 피가 배어 나올 정도로 힘껏 검을 움켜진 남궁성의 모습은 안중에도 없다는 듯 혁련휘의 태도는 태연자약했다.

목구멍까지 치밀어 오르는 화기를 간신히 삼킨 남궁성이 입을 열었다.

"다시 한 번 묻겠다. 네가 원하는 것이 무엇이냐? 나의 목숨이냐, 아니면 남궁세가의 멸문이냐?"

"멸문이라니요. 저희는 그렇게 잔인한 인간들이 아닙니다."

"그만 하게. 이렇듯 많은 사람들의 목숨을 빼앗고 무슨 할 말이 있는 것인가?"

노진격의 안색도 굳을 대로 굳어 있었다.

"하하! 고작 이 정도의 희생에 그런 말씀을 하시면 서운하지요. 십년 동안 죽은 동료가 구백이 훨씬 넘습니다. 또한 칠파일방과 삼대세가를 위해 죽임을 당한 동료들의 수도 또 꽤 되지요. 그리고 충성을 바친 주인에게 뒤통수를 맞아 개죽음을 당한 친구도 몇 있고. 은혜란 갚으라고 있는 것입니다. 그런 은혜를 입었는데 갚아야 되는 것이 당연하지 않겠습니까? 그런데 지금 이곳에 누워 있는 자들을 다 합친다 하더라도 백 명도 안 될 것 같은데요. 아직 시작도 하지 않았는데 벌써 그렇게 말씀하시니 당황됩니다."

무서운 말이었다. 백여 명의 목숨이 아직 시작도 하지 않은 것이라면 도대체 얼마나 많은 희생을 원한단 말인가!

목덜미가 서늘해지고 머리카락이 쭈뼛 서는 느낌을 애써 감춘 노진격이 다시 물었다.

"모든 것은 오해로 시작된 것이 아닌가? 이 정도 희생이면 충분하다고 보는데……."

"오해? 지금 오해라고 말씀하셨습니까? 흠, 오해라……."

곤란하다는 듯 얼굴을 찌푸린 혁련휘가 천천히 몸을 움직였다. 의아해하는 노진격은 물론이고 연무장의 모든 이들의 시선을 받으며 걸음을 옮긴 혁련휘가 걸음을 멈춘 곳은 각기 검을 들고 남궁성의 명만을 기다리고 있는 직계 제자 군(群)이었다. 그리고 혁련휘는 그중 한 사내 앞에서 인상 좋은 웃음을 보이며 말을 걸었다.

"고향이 어디시오?"

난데없는 질문에 바싹 긴장을 하던 사내가 불안한 얼굴로 대답을 했다.

"그, 그건 알아서… 크악!"

대답을 하던 사내는 미처 말을 마치기도 전에 목숨을 잃었다.

"이런, 미안하게 되었소. 난 그대가 나를 암습하려는 줄 알았다오. 이런 오해를 하다니……."

조금도 미안한 기색 없이 태연히 말을 한 혁련휘가 다시 노진격을 바라보았다.

"제가 이해를 잘 못해서 말이지요. 다시 한 번 말씀해 주십시오. 오해라고 하셨습니까?"

"……."

노진격은 더 이상 입을 열 수 없었다. 그제야 싱글거리던 웃음을 멈춘 혁련휘가 남궁성을 쳐다보았다.

"원하는 것이 무엇이냐고 물으셨습니까? 좋습니다, 말씀드리지요. 저 또한 이런 장난을 좋아하지는 않습니다. 제가, 아니, 우리가 원하는 것은 그다지 많지 않습니다."

혁련휘의 몸에서 심상치 않은 기운들이 뿜어져 나오기 시작했다.

"요구 조건은 다음과 같습니다. 지금부터 말씀드리는 것은 비단 남궁세가뿐만 아니라 다른 문파에도 동일하게 요구하는 것입니다. 첫째, 우리의 정체를 무림동도들에게 정확하게 밝혀주십시오. 그동안은 참고 살았지만 더 이상은 안 됩니다. 포상이나 명성 따위는 필요없습니다. 그저 우리의 명예나 회복시켜 달라는 것이지요. 언뜻 들으니 백도를 위해 목숨을 걸고 혈성과 싸운 우리가 오히려 혈성의 인물로 알려지고 있더군요. 그들과 싸우다 죽은 친구들이 알면 저승에서 통곡할 일입니다. 지금 당장 세가의 식솔들에게 저희 정체를 정확하게 알려주시기 바랍니다. 둘째, 무공을 익히다가 죽은 친구들과 혈성과의 싸움에서 목숨을 잃은 친구들은 어쩔 수가 없다고 해도 이번에 당한 친구들의 죽음은 그대로 묵과할 수가 없습니다. 정확하게 열한 명이 당했습니다. 노야나 다른 이들에게는 하찮은 놈들의 죽음일지 모르나 저희들에겐 형제와 다름없는 친구들입니다. 그와 같은 아픔을 우리만 느낄 수는 없겠지요. 각 문파에서 열한 명의 목숨을 원합니다. 거기엔 당연히 우리와 연결된 사부들까지 포함되어 있습니다."

사부들이 누구를 말하는지 너무나 잘 알고 있는 노진격이 깜짝 놀라며 남궁성을 바라보았다.

"……."

하나 남궁성은 무거운 침묵을 지킬 뿐이었다.

"그렇게 무서운 얼굴을 하실 필요는 없습니다. 제가 원하는 것은 무인으로서의 생명입니다. 아무 짝에도 쓸모없는 목숨을 취해서 무엇에 쓰겠습니까? 그저 전신의 혈맥을 끊고 단전을 파괴하는 것으로 만족하겠습니다."

무인에게 있어서 무공을 잃는다는 것. 그것은 죽음보다 더한 고통이요, 수치였다. 혁련휘는 그것을 원하고 있었다.

혁련휘의 말이 끝났다. 간단하면서도 엄청난 요구. 혁련휘는 조용히 남궁성을 응시했다.

짧은 침묵이 흐르고 남궁성이 입을 열었다.

"그것이 전부더냐?"

"많아서 무엇 하겠습니까? 둘이면 충분하지요."

"우리가 그 요구를 순순히 수용하리라 믿는 것이냐? 만약 거부한다면 어찌하겠느냐?"

예상했던 말이었다. 혁련휘는 차갑게 가라앉은 남궁성의 두 눈을 바라보며 미소를 지었다.

"사실 수용한다고 해도 믿지 않을 것입니다, 확실히 그렇게 되기 전에는. 뒤통수를 맞는 것은 한 번이면 족하니까요. 그리고 수용하지 않는다고 하셨습니까? 어쩌면 저나 제 친구들은 그것을 원하고 있는지도 모르겠습니다. 주체할 수 없이 솟구쳐 오르는 살기를 다스리기가 무척이나 힘이 드는군요. 하나 마지막 기회를 드리기 위해 말씀드리지요. 저희들의 요구를 거부하면 한 가지는 약속할 수 있습니다. 오늘로 남궁세가라는 이름은 없어지리라는 것을. 이렇게 말이지요."

와지직!

혁련휘는 잠시 옆에 놓아두었던 현판을 그대로 박살 내버렸다.

현판이라는 것은 그 문파나 가문의 상징이었다. 그것이 박살났다는 것이 무엇을 의미하는가? 남궁세가 무인들의 눈에서 저마다 핏발이 섰다. 하지만 남궁성은 눈 하나 깜짝하지 않았다.

"자신있느냐?"

"믿지 못하시겠습니까? 그럼 시험을 해보시지요. 그러나 한 가지 명심하실 것은, 시험의 결과에 대해서는 장담을 드리지 못한다는 것입니다."

남궁성의 눈이 감겨졌다.

'어찌해야 하는가? 저들의 요구를 들어주는 것은 어렵지 않다. 하지만 그로 인해 입게 될 세가의 불명예를 어찌 감당해야 하며 앞으로 무림동도들의 얼굴은 어찌 본단 말인가? 그렇다고 저 많은 인원을 사지로 내몰 수도 없는 노릇이니…….'

남궁성은 쉽게 결정을 내릴 수가 없었다. 그의 한마디에 수백의 목숨이 달려 있었고 앞의 적은 그들의 요구가 거절된다면 장담한 대로 수백이 아니라 수천의 목숨이라도 뺏을 수 있는 인간들이었다.

'내공만! 내공만 잃지 않았어도……!'

자신의 무력함에 새삼 분노가 치민 남궁성은 피가 나도록 입술을 깨물었다.

"여전히 결정을 내리시기 힘든 모양입니다. 제가 도와드리지요."

고뇌에 빠져 있는 남궁성에게 들려오는 말. 혁련휘는 우두둑 소리가 나도록 목을 한차례 돌리며 동료들을 바라보았다.

"다시 한 번 수고를 해주어야겠는데… 이번엔 얼마라고 정하지 않겠다. 그저 남궁 노야께서 결정을 내리실 때까지 도움을 드리도록 해라."

얼마나 끔찍한 말인가? 또다시 피보라를 일으키라는 혁련휘의 말에 남궁성은 더 이상 눈을 감고 있지 못했다.

"네 이놈! 또다시 피를 보겠다는 말이더냐!"

"하하하! 무슨 그런 섭섭한 말씀을 하십니까? 전 그저 남궁 노야의 결정을 돕기 위해 그리 말한 것뿐입니다. 간단한 일을 가지고 무슨 격

정을 그리하십니까? 하하하! 그래, 결정을 하셨습니까?'

남궁성의 호통에 두 눈을 크게 뜨고 호들갑을 떤 혁련휘는 슬쩍 손을 들어 동료들의 움직임을 제지한 후 밝은 얼굴로 남궁성을 바라보았다. 그러나 그 웃는 얼굴 속에서 너무나 차갑게 가라앉은 눈이 빛나고 있음을 남궁성은 잘 알고 있었다.

'후~ 어쩔 수 없는 일인가?'

"네 조건을 수용한다 치자. 그러면 이대로 물러나겠느냐?"

남궁성의 힘없는 음성이 연무장에 울리고 마침내 백기를 받아낸 혁련휘와 나머지 동료들의 얼굴에 미소가 지어졌다. 그러나 남궁성의 말은 혁련휘가 대답을 하기도 전에 거센 반발을 불러일으켰다.

"안 됩니다, 가주님! 절대 있을 수 없는 일입니다!"

총관 시개량이 무릎을 꿇고 머리를 땅에 처박았다.

"싸우다 죽겠습니다!"

"굽히셔서는 안 됩니다!"

"잠깐의 어려움은 있을지언정 남궁세가는 이대로 무너지지 않습니다!"

제자들은 물론이고 수하들까지 항전의 뜻을 내비치며 울분을 토하자 남궁성은 쉽게 결정을 내리지 못했다.

짝짝짝!!

난데없는 박수 소리가 들린 것은 노진격이 남궁성의 귓가에 뭐라고 말을 할 때였다.

"대단히 감동적인 장면입니다. 눈물이 날 정도로 말이지요."

말은 그리하면서도 혁련휘의 눈에선 스산한 살기가 뿜어져 나오기 시작했다. 박수를 치며 천천히 걸음을 옮긴 혁련휘는 남궁성의 바로 앞에 이르렀다. 남궁성의 주변에서 무릎을 꿇고 싸울 것을 청하던 무인들이 증오 섞인 눈으로 혁련휘를 노려보았다. 특히 오랫동안 남궁세가의 총관을 지내고 있는 시개량의 분노는 대단한 것이었다.

"닥치거라! 네놈의 무례함이 하늘을 찌르는구나!"

몸도 일으키지 않고 고개를 돌린 시개량이 혁련휘를 노려보며 연무장이 쩌렁쩌렁 울리도록 호통을 쳤다.

"무례? 뭐가 무례하다는 것이냐?"

혁련휘는 그다지 대수롭지 않은 반문과 함께 발을 들어 그대로 시개량의 머리를 밟아버렸다.

"컥!"

"네놈들이 뭔가 착각을 하고 있는 모양인데, 한 가지만 확실히 해두마. 남궁세가가 이대로 무너지지 않는다고? 어째서? 아직도 내 말뜻을 제대로 파악하지 못한 모양이군. 난 네놈들이 생각하는 것처럼 너그럽지 않아. 또한 그 잘난 명예나 호승심 따위는 애초부터 없는 놈이다. 싸움을 하시겠다고? 어디 한번 해보자. 한 시진 이내로 남궁세가에 있는 생명체라면 곡간에 처박힌 쥐새끼 한 마리까지 없애주마. 우선 네놈부터!"

우직!

묘한 소성과 함께 혁련휘의 발에 밟힌 시개량의 머리가 그대로 터져버렸다.

"이제 기다리는 것도 지쳤습니다. 확실한 결정을 내려주십시오. 방금 말했다시피 싸움이라면 남궁세가에 존재하는 모든 생명체를 쓸어버릴 것입니다. 그것이 싫으면 저희들의 요구를 들어주십시오. 싸움입니까, 아니면 수용입니까?"

혁련휘는 더 이상 자신의 감정을 속이지 않았다. 남궁성을 바라보며 내뱉는 음성이나 시개량의 시체를 밟고 오연히 서 있는 몸에서 엄청난 살기가 뿜어져 나왔다.

"열을 세겠습니다. 그때까지 답이 없으시면 요구를 들어주시지 않는 것으로 알겠습니다."

혁련휘의 고개가 동료들에게 돌아갔다.

"열이다. 정확하게 열이 지나는 순간부터 남궁세가는 더 이상 없다."

동료들에게 다짐하는 것을 시작으로 혁련휘의 외침이 연무장에 울려 퍼졌다.

"하나… 둘… 셋……."

제일 먼저 노조린이 움직였다. 이어 송백령도 천천히 걷기 시작했다. 남궁세가의 무인들 또한 저마다 각오를 다졌다.

"넷… 다섯……."

노진격이 조금의 미동도 없이 서로를 노려보고 있는 남궁성과 혁련휘를 바라보면 무기를 꺼내어 들었다.

"여섯… 일곱… 여덟……."

혁련휘의 입가에 지은 미소가 점점 더 짙어져 갔다.

"아홉… 후회하게 될 것입니다."

혁련휘의 손이 허리춤으로 향했다. 그리고 마지막 숫자인 열을 내기 위해 입이 벌어졌다. 그 순간 굳게 다물어진 남궁성의 입에서 미약한, 그러나 고통으로 범벅이 된 말이 새어 나왔다.

"나로……."

혁련휘가 손을 들어 막 몸을 날리는 동료들을 제지했다. 그리곤 턱을 쳐들어 대답을 재촉했다.

"나로 끝내자."

"무슨 의미입니까?"

허리춤에 매달린 검을 잡아가던 손을 슬쩍 내려놓은 혁련휘가 고개를 갸웃거리며 물었다.

"첫 번째 조건은 수용하겠다. 하지만 두 번째 조건은 받아들이기 힘들다. 이미 백여 명이 넘는 인원이 희생당했다. 그러나 이대로 물러나라면 받아들이지 않을 것이고 나의 무공을 폐하는 것으로 두 번째 조건이 성립되는 것으로 하자."

"가주님!"

"그만. 내 결정에 토를 달지 말거라."

단 한 번의 호통으로 웅성거림을 잠재운 남궁성이 혁련휘에게 재차 말했다.

"어떠냐? 이만하면 되지 않느냐? 백 명이 넘는 목숨으로도 부족하단 말이냐?"

"흠, 재밌는 생각을 하셨군요. 제가 거부하면 어쩌시겠습니까?"

"이것이… 내가 양보할 수 있는 최대다."

남궁성이 또박또박 힘을 주어 말했다.

"글쎄요……."

[얼마나 남았지?]

갑자기 들려온 전음에 흠칫 놀랐지만 서무궁은 재빨리 대답을 했다.

[길어야 반 시진 정도. 어쩌면 그보다 빠를지도 모르겠다.]

'생각 외로 시간이 많이 흘렀군. 그렇다면 이쯤에서 물러나야 할 것도 같은데…….'

생각을 끝낸 혁련휘는 흔쾌히 고개를 끄덕였다.

"좋습니다. 그러면 그렇게 하지요. 우선 우리를 피에 굶주린 마귀쯤으로 알고 있는 세가 사람들에게 저희들에 대해 제대로 소개를 해주시지요."

"……."

약점. 어쩌면 치명적이 될 수도 있는 약점이기에 어쩔 수 없이 조건을 수용하기는 했지만 남궁성은 쉽게 입을 열 수 없었다. 하지만 이미 엎질러진 물이었다. 길게 한숨을 내쉰 남궁성이 천천히 입을 열었다.

"대충 감들은 잡았을 것이다. 이들은 혈성의 무리들이 아니다. 이들은……."

"어서 말씀을 하시지요."

남궁성이 머뭇거리는 기색을 보이자 혁련휘의 싸늘한 음성이 이어졌다.

"이들은… 혈성… 을 상대하기 위해 칠파… 일방과 삼대세가가… 힘을 모아… 만든… 비밀 세력이다……."

말을 마친 남궁성은 두 눈을 꼭 감고 말았다. 절대로 알려져서는 안 되는 일이 결국 자신의 입을 통해 발설된 것이다. 그 결과는 보지 않아도 뻔했다. 벌써부터 이곳저곳에서 불신의 웅성거림이 들려오고 있었다.

그들의 웅성거림을 두 귀로 들으며 회심의 미소를 짓던 혁련휘가 유쾌한 음성으로 입을 열었다.

"많이 부족하기는 하지만 그 정도로 참지요. 그럼 이제는 다음 조건을 시행할 차례군요. 제가 도와드리지요."

목적을 달성한 이상 남궁세가에 머물 이유가 없었다. 혁련휘는 남궁요의 목숨을 빼앗은 단검을 다시 빼어 들고 남궁성에게 다가갔다.

"멈춰라!"

남궁세가의 무인들이 그런 혁련휘를 막아섰다. 하지만 혁련휘에게 거칠 것은 없었다.

"크아악!"

"커헉!"

그저 두어 차례 손을 움직인 것으로 길을 뚫은 혁련휘는 곧바로 남궁성의 단전에 검을 들이댔다. 그를 막고자 노진격이 다급히 달려들었다.

"움직이지 마십시오. 다 죽이고 싶으신 겁니까, 노 노야?"

움찔!

검을 빼어 들었던 노진격은 혁련휘의 외침에 허망하게 검을 내리고 말았다. 노진격의 움직임마저 단숨에 잠재운 혁련휘가 고개를 돌려 남궁성을 바라보았다. 그리곤 친근한 어조로 입을 열었다.

"조금 아프실지 모르겠습니다. 아프시면 비명을 지르시지요. 참으면 더 아픈 법입니다."

하나 두 눈을 굳게 감은 남궁성의 입에선 아무런 말도 흘러나오지 않았다.

"맘대로 하시지요."

푸욱!

살을 찢는 음성이 들리고 남궁성의 신형이 휘청거렸다. 독에 의한 것이었지만 이미 내공이 사라진 남궁성은 강제적으로 내공이 흩어질 때 당하는 엄청난 고통을 느끼지는 않았지만 생살을 찢고 들어오는 단검의 예리함과 그보다 백배는 더 클 자존심에 입은 상처로 상당한 충격을 받은 듯했다. 그러나 그것만이 아니었다.

단전에 검을 들이민 혁련휘는 아예 끝장을 보겠다는 듯 단전 주변을 이리저리 헤집고 다녔다. 그리곤 단검을 놓고 두 손을 이용해 남궁성의 이곳저곳을 쓰다듬었다. 그것이 내가중수법(內家重手法)을 이용하여 주요 혈맥을 부수는 것임을 알고 있는 노진격의 눈에서 통한의 눈물이 흘러내렸다. 엄청난 고통일 것이다. 하지만 남궁성의 입에선 조그만 신음 소리조차 새어 나오지 않았다.

"이런! 이런! 힘이 드시는 모양입니다. 저 같은 놈에게 몸을 맡기시다니요."

더 이상 버틸 힘이 없었는지 남궁성의 신형이 그대로 무너져 내렸다.

"비키게."

노진격이 재빨리 달려들며 남궁성을 안아 들었다. 그리곤 냉랭한 음성으로 말을 내뱉었다.

"이제 원한 것은 다 얻지 않았나? 아직도 원하는 것이 있나? 없으면 그만 떠나게."

혁련휘와 대화를 나누는 것 자체가 수치인 듯 노진격은 서둘러 고개를 돌려 버렸다. 그리곤 조금 전만 하더라도 중원무림을 호령하던, 그 누구보다 강했던 친우의 처참한 모습을 안타까운 눈으로 바라보았다.

"괜찮은가?"

"……."

"이보게, 성! 말 좀 해보게나."

굳게 감았던 눈을 뜬 남궁성은 애처로운 눈빛으로 자신을 살피고 있는 노진격의 노안을 바라보며 희미한 웃음을 지어 보였다.

"괜찮으니 그리 호들갑 떨 필요 없네. 조금 피곤할 뿐이야."

"무슨 소릴! 빨리 치료를 받아야겠네. 급한 대로 지혈은 시켰지만……."

노진격의 말에 남궁성은 계속해서 고통을 주고 있는 단전 어귀를 바라보았다. 혁련휘의 날카로운 단검이 지나간 아랫배는 파도가 휩쓸고 간 모래성처럼 처참하게 부서져 있었다.

'결국 이렇게 되고 말았나……'

평생의 업으로 알고 수십 년 동안 갈고닦아 온 내공이었다.

공든 탑이 무너진들 이보다 절망적일 것이고 지옥의 나락으로 떨어진들 이보다 더 고통스러울까? 더구나 과거보다는 많이 약해졌다지만 언제나 강맹했던 몸. 이제는 사지를 제대로 가눌 힘조차 모이지 않았다.

사람이 너무 큰 고통에 빠지거나 충격을 받으면 슬픔과 분노보다는 도리어 웃음만 나온다고 했다. 노진격을 달래는 지금의 남궁성이 그랬다.

"괜찮대도 그러네. 어차피 늙어 죽을 날이 얼마 남지 않은 몸이었어. 너무 염려하지 말게. 허허허!"

"자네……."

무슨 말을 더 할 수 있단 말인가!

노진격은 애써 웃음을 짓는 남궁성을 더 이상 지켜보기가 힘들었는지 고개를 돌려 외면하고 말았다. 그런 노진격의 모습을 조용히 응시하던 남궁성이 한 발 뒤로 물러서 있는 혁련휘를 바라보았다.

"아주 제대로 손을 썼구나."

분노도, 그렇다고 다른 감정도 실리지 않은 남궁성의 말에 혁련휘 또한 담담하게 대꾸했다.

"죄송하게 되었습니다. 저로서는 최선이었습니다."

"그렇겠지. 하지만 이대로 끝났다고는 생각하지 마라. 은원(恩怨)은 은원을 낳는 법. 시작부터 잘못된 것이었지만 내가 말린다고 저 아이들이 너희들을 뒤쫓지 않는다는 것을 장담은 할 수 없다."

남궁성은 슬쩍 고개를 돌려 싸늘히 가라앉은 주변의 공기를 의식하며 말했다. 혁련휘 또한 그 말에 동의를 한다는 듯 고개를 끄덕였다.

"어차피 각오한 일입니다. 그 정도도 각오가 없었다면 애당초 시작도 하지 않았을 것이고 노야를 비롯해 나머지 사람들을 살려두지도 않았을 것입니다. 마음만 먹는다면 지금 이 자리에서 숨을 쉬고 있는 사람은 없었을 것입니다."

"인정한다. 그런데 왜 그리하지 않은 것이냐?"

남궁성의 물음에 혁련휘의 입가에 미소가 번졌다.

"어째 대화의 분위기가 이상하군요. 살려주고도 꾸중을 받는 느낌입니다. 이유가 궁금하신 겁니까? 말씀드리지요. 우선 노야께서 조건을 들어주신 것이 첫 번째이고, 만약 거부하셨으면 큰일 났을 겁니다. 둘째는 우리들은 복수에 눈이 먼 살귀들이 아니라는 거지요. 약간 부족은 했지만 우리가 원한 조건이면 먼저 간 동료들의 넋은 어느 정도 위로할 수 있다고 생각했습니다. 다행히 노야께서 우리가 원한 대로 따라주셨지요. 즉, 조금 전에 지불하신 대가는 저희가 아닌 죽은 동료들에게 지불한 것입니다. 그것으로 저희와 남궁세가 사이의 모든 은원은 종결된 것이지요. 그러나 노야의 말씀대로 은원이란 놈은 마귀와 같아 어느 순간 사람의 마음을 사로잡지요. 그리 간단한 문제가 아님은 저 또한 잘 알고 있습니다. 몸이 정상으로 돌아오는 즉시 남궁세가의 무인들은 저희들을 추격할 것입니다. 그러나 이것 한 가지만은 확실하게 말씀드리지요. 그때의 채무는 죽은 자와 산 자가 아닌 산 자와 산 자의 채무 관계입니다. 각오는 하셔야 할 겁니다. 추격의 대가는 확실한 죽음뿐. 손 속에 인정을 두는 일은 다시는 없습니다. 어쩌면 다시 이곳으로 올지도 모르겠고. 그때는 정말 멸문을 각오하셔야 할 것입니다."

"추격을 하고 싶으면 해라. 하지만 그때는 멸문을 각오해라? 어찌 들으면 말도 안 되는 협박처럼 들리겠지만 네 입에서 나오니 그럴듯하 게 들리는구나."

"과찬입니다."

혁련휘가 고개를 숙여 보였다.

"그러나 멸문을 두려워할 우리가 아니다. 네 말대로 남궁세가의 쥐 새끼 한 마리까지 싸그리 죽는다 해도 추격은 이루어질 것이다. 그렇 다면 왜 지금 하지 않느냐는 듯한 눈이로구나. 지금은!"

남궁성의 목소리가 격해졌다.

"힘이 없다. 말 그대로 싸움이 일어난다면 변변한 대항도 해보지 못 하고 죽임을 당할 것이다. 그러나 무공을 찾은 이후엔 다르다. 또한 무 공을 되찾은 이후엔 열 번이고 백 번이고 멸문을 당해도 억울하진 않 을 것이다. 그 이유를 아느냐?"

"무엇입니까?"

혁련휘는 남궁성의 강한 시선을 외면하지 않고 당당히 마주 보며 물 었다.

"무가(武家)로, 무인으로 죽는 것이기 때문이다. 실력이 부족하여 죽 임을 당하는 것이 무엇이 억울하겠느냐? 하지만 지금 죽는 것은 무인 으로서의 죽음이 아니다. 아무런 명예도 가치도 없는, 그저 일방적으 로 학살당하는 것이지."

여전히 노진격의 품에 안긴 남궁성은 힘에 부치는지 거친 호흡을 내뱉었다. 잠깐의 침묵이 흘렀다.

"혹시 노야의 말씀을 듣고 제가 마음을 달리 먹으면 어쩌시려고 그런 말씀을 하시는 겁니까?"

"후후! 다른 것은 몰라도 네가 한 번 뱉은 말은 하늘이 무너져도 지키는 것을 알고 있다. 걱정될 것이 무엇이 있겠느냐?"

남궁성의 대답에 한 방 먹은 듯 씁쓸한 미소를 지은 혁련휘가 입을 열었다.

"대단합니다. 마음을 바꾸고 싶어도 그러지 못하도록 못을 박으시는군요."

"걱정은 조금도 하지 않았다. 그나저나……."

조금 기운을 차렸는지 남궁성이 자세를 고쳤다.

"벌써 시작이 될 수도 있겠군. 남궁세가의 추격이 말이다. 다시 말하지만 난 저들을 말리고 싶은 마음이 없다. 또한 오늘은 이대로 물러간다는 너의 약속은 그 어떤 일과도 상관없이 유효하다는 것이지."

이미 남궁성의 말이 무엇을 의미하는지 알고 있는 혁련휘의 얼굴에 다시금 고소가 지어졌다.

"철두철미(徹頭徹尾)하시군요. 좋습니다. 저들과는 상관없이 오늘은 남궁세가의 안전을 약속드리지요. 하지만 오늘까지입니다."

말을 마친 혁련휘는 천천히 몸을 돌렸다. 그리고 정문에서부터 연무장을 향해 무섭게 달려오고 있는 일단의 인원을 바라보았다. 남궁성이 그들의 모습을 보기 전부터 기운을 느끼고 있던 노조린 등은 벌써 싸늘한 살기를 내뿜고 있었다.

"아버님!"

열이 채 못 되는 인원의 선두에 서서 달려오는 남궁후(南宮珝)의 안색은 몹시 다급해 보였다. 남궁성의 명을 받아 장조카인 남궁상영(南宮 上映)과 함께 화산에 잠시 다녀온 사이 세가에 일이 나도 큰일이 난 것이 분명했다.

오랜 여행으로 지친 몸을 이끌고 세가로 돌아온 그들을 맞이한 것은 세가의 늠름한 제자들이 아니라 처참하게 목숨을 잃은 제자들의 시체였다. 더구나 몸이 양단되어 쓰러져 있는 사내는 자신의 아들인 남궁천소가 분명했고, 그 옆에 누워 있는 시신은 동생 요의 제자인 강상이 틀림없었다. 나름대로 세가 내에선 손꼽히는 무공을 지닌 아이들이건만 저렇듯 당했다는 것은 무엇을 의미하는가!

이미 피곤이란 것이 있을 수 없었다. 남궁후와 남궁상영은 즉시 몸을 날렸고 그들을 따르던 제자들 역시 뒤를 따랐다.

"도대체 이것이……."

단숨에 남궁성의 정면에 이른 남궁후는 눈앞에 벌어진 참극이 도저히 믿기지 않는다는 듯 연신 고개를 돌리며 경악성을 남발했다.

"아버님! 도대체 이것이 어찌 된 일입니까?"

"네가 왔구나."

남궁성은 손을 들어 오랜 여행에서 돌아온 아들과 손자를 반겼다.

"어째서 이런 모습이 되신 겁니까? 또 많은 제자들은 왜……?"

"어찌 되긴… 보는 대로지."

남궁후의 질문에 남궁성은 처연한 미소를 지으며 대꾸했다. 그런 남궁성의 시선에 혁련휘가 담겨져 있었다.

짧지만 모든 것을 포함한 말이었다.

더 이상 말은 필요없었다. 눈에 보인 결과는 일의 전모는 제쳐 두고라도 남궁세가가 더할 나위 없이 무참하게 무너진 것을 보여주고 있었다. 언뜻 보기에도 백여 명이 넘는 인원이 쓰러져 있었다. 지난 혈성과의 싸움에서도 한자리에서 이렇게 많은 제자들이 희생된 적은 없었다.

남궁후는 피가 거꾸로 솟는 것을 느끼며 몸을 돌렸다.

태산 같은 강함으로 언제나 자식들로 하여금 자부심과 함께 자괴감에 빠지게 만들었던 남궁성이 이토록 약한 모습을 보인 적이 있었던가? 게다가 제자들 간의 대화에서 들려오는 말은 활활 타오르는 그의 가슴에 기름을 끼얹었다.

'독이란 말인가? 정당한 무공의 대결이 아닌 고작 독으로써 남궁세가를 이렇게 만들었단 말인가!'

마침내 폭발한 남궁후의 분노는 그 대상을 찾아 날아갔다.

"네놈들이냐?"

"무슨 말을 하는 것인지……."

혁련휘는 상대의 분노가 어떤지 슬픔이 어떤지 생각도 하지 않았다. 대꾸하는 그의 음성은 시큰둥하기 그지없었다.

"네놈들이 독이라는 치졸한 수단을 무기 삼아 이따위 짓을 했느냐 말이다!"

"치졸이라… 뭐, 생각하기엔 그럴 수도 있겠구려. 내가 당해보지 않아서 그것이 치졸한 것인지는 모르겠지만 말이오."

언제나 그렇듯 혁련휘의 말에는 여유와 함께 상대의 화를 돋우는 힘이 있었다.

"정문의 아이들도 네놈들이 그리 만든 것이겠지?"

"다 알고 있으면서 뭣 하러 질문을 하시는 것이오?"

더 이상 대답하기도 귀찮은지 대꾸를 하는 혁련휘는 손가락으로 왼쪽 귀를 후비며 신경질적으로 반응했다. 하나 그것은 겉으로 드러난

모습일 뿐 그 순간 혁련휘는 주변의 동료들과 다급한 전음을 나누고
있었다.

[이제 얼마 남지 않았다.]

서무궁이 조금은 다급한 음성으로 전음을 날렸다.

[알았어. 그렇지만 상대도 하지 않고 물러날 수는 없는 노릇. 보아하
니 고수는 두 명뿐이다. 조린이 나와 대화를 나누는 자를 상대하고 그
의 곁에 서 있는 어린 놈은 자성이 상대해라.]

[내가 상대하는 것이 더 빠르지 않을까?]

송백령이 재빨리 나섰다.

[아니, 남궁세가의 검법을 상대하는 데에는 자성의 창술이 가장 적합
해. 최대한 빨리 끝내야 한다. 자신있지, 자성?]

[자신이라니? 확신이다. 염려하지 마라. 십 초를 넘기면 너희들 말대
로 내 별호를 광견으로 바꿀 테니.]

[좋아. 나머지 사람들은 뒤따라온 떨거지들을 상대해라. 명심할 것
은 최대한 빨리 끝내야 한다는 것이야.]

[맡겨둬.]

[또한…….]

그러나 더 이상의 대화는 진행될 수 없었다. 갑자기 남궁후가 몸을
날렸기 때문이다.

"그곳에 내 아들이 있었다!"

남궁후의 검은 독에 중독된 이들이 펼친 검과 비할 바가 아니었다.
단숨에 거리를 점하고 날아온 검이 혁련휘의 목을 위협했다. 하지만
그보다 한 발 앞서 혁련휘를 보호하고자 나서는 사람이 있었다.

챙!

자신의 검이 막히자 뒤이을 역습에 대비하여 재빨리 뒤로 물러나는 남궁후와는 대조적으로 공격을 무위로 돌린 노조린의 모습엔 여유가 넘쳐흘렀다.

청명한 빛을 내뿜는 남궁후의 검과는 비교되는 박도. 거무튀튀한 데다가 투박하기 그지없는 자신의 무기를 흔들며 천천히 다가서는 노조린의 모습에선 알 수 없는 위압감도 느껴졌다.

"흠, 그 말 많던 친구가 아들인 모양이구려. 이것 참 유감이오. 하나 어쩌겠소. 그저 재수가 없었구나 하고 생각하시구려. 가슴 아파해 봤자 이미 죽은 자식이 돌아올 것도 아니니."

잠시 동안 위기에 빠졌던 자신의 목을 쓰윽 쓰다듬은 혁련휘는 노조린의 뒤로 한 발짝 물러서면서도 끝까지 남궁후의 염장을 질러댔다. 그러나 이미 노조린과 팽팽한 기세 싸움을 시작한 남궁후는 혁련휘의 말에 조금도 신경을 쓰지 않았다.

'고수로군!'

범은 범을 알아본다고 하던가?

남궁세가의 차자(次子)로서 무공 하나만을 놓고 보면 남궁성의 신임을 독차지하고 있는 남궁요를 능가한다는 평을 듣고 있는 남궁후는 앞에 있는 상대가 결코 만만치 않은 적임을 직감적으로 느끼고 있었다.

비록 나이는 어리고 들고 있는 무기나 행색은 초라할지 모르나 오랜 세월 동안 무공을 익혀온 그의 전신 감각들은 눈앞의 사내가 지금껏 상대해 온 그 어떤 적보다 위험하다고 경고하고 있었다.

자연 행동 하나하나에 신중을 기할 수밖에 없었다.

노조린 또한 남궁후와 마찬가지로 감히 경시하지 못하고 조그만 틈도 보이지 않기 위해 애를 썼다.

'이거 예상외로 길게 갈지 모르겠는데… 상대의 무공이 상상외로 고강하구나. 내가 할 것을 그랬나? 아니지, 조란을 믿어보자.'

두 사람의 대치를 살펴보던 혁련휘는 신망이 듬뿍 담긴 눈으로 노조린을 잠시 바라보다가 벌써 싸움이 벌어지고 있는 옆으로 고개를 돌렸다.

챙챙!

"으악!"

홍자성에게 상대를 빼앗긴 송백령은 엉뚱한 곳에다 분풀이를 해대고 있었다. 남궁후를 뒤따라온 세가의 무인들은 미처 자세를 잡기도 전에 시작된 송백령의 공격에 당황하며 욕을 퍼부어가면서 대항을 시작했다. 그러나 이미 기선을 제압당하고 송백령에 이어 서무궁과 관정이 끼어들자 그들의 대항도 무의미한 것이 되어버리고 말았다. 숫자상으로야 두 배가 넘었지만 개개인이 지닌 무공의 차원이 달랐다. 잠시 동안 버티는 것이 고작이었던 그들은 곧 하나둘 목숨을 잃고 쓰러져 갔다.

"자, 이제 우리도 시작해 보자꾸나!"

장내가 제법 정리됐다고 생각한 홍자성이 자신의 창을 상대인 남궁상영에게 들이밀며 소리쳤다. 심각한 얼굴로 싸움을 지켜보던 남궁상영의 고개가 홍자성에게 돌아갔다. 그러나 그전에 그가 바라본 곳은 조부인 남궁성이 쓰러져 있는 곳이었다. 남궁성은 눈을 감고 있었다.

'분명 말리려고 하셨다. 상대가 그만큼 강적이라는 말이 되겠지. 그러나 세가와 나의 자존심을 생각해서서 차마 말씀은 하지 못하셨다. 결국 내게 선택을 맡기신 것인데… 과연 싸워야 하는가? 아니면 훗날을 기약해야 하는 것인가?

자신과 눈이 마주친 조부가 한숨을 내쉬며 눈을 감는 것을 상기한 남궁상영은 확실한 결론을 내리지 못하고 있었다. 마음 같아서야 당장에라도 저 버릇없는 놈들을 갈아 마시고 싶었지만 자신은 남궁세가의 적손(嫡孫)이자 장손(長孫). 자신의 몸은 자신만의 것이 아니라 세가의 것이기도 했다. 생각과 행동 하나하나에 신중을 기할 것을 어릴 적부터 교육받아 온 남궁상영이 머뭇거리는 것은 어쩌면 당연한 것이었다. 그러나 그 모든 것을 떠나 남궁상영은 승부욕에 불타는 무인이기도 했다.

"왜 그러는 것이냐? 겁을 집어먹은 것이냐?"

자신의 키보다 훨씬 큰 구겸창을 작은 막대기 돌리듯 돌리며 이죽거리는 홍자성의 말은 갈등에 빠진 남궁상영을 자극하기에 충분했다.

"겁? 그것이 무엇이오? 남궁세가의 무인에게 겁이란 듣도 보도 못한 단어라오."

마침내 결정을 내린 남궁상영. 이제 갓 약관(弱冠)을 넘었을 나이지만 몸에서 뿜어져 나오는 기세가 예사롭지 않았다.

'이것 봐라! 장난이 아닌데……'

그저 검을 치켜들었을 뿐인데도 폐부(肺腑)를 파고드는 서늘한 기운에 홍자성은 내심 당황하고 있었다. 입가에 띠었던 미소는 어느새 사라지고 표정 또한 제법 심각하게 굳어져 있었다.

"차앗!"

먼저 공격을 한 것은 남궁상영이었다. 홍자성의 무기는 자신의 검보다 훨씬 반경이 큰 창. 만일 공격의 때를 늦추다가는 접근도 못하고 일방적으로 당할지도 몰랐다. 무기를 들지 않고 싸우는 근접박투(近接搏鬪)와 같은 형식이 되더라도 우선은 홍자성에게 다가갈 필요가 있었다. 그리고 그런 남궁상영의 생각은 옳았다.

"이런!"

자신도 알고 있는 남궁세가의 독문보법(獨門步法)인 고운야학(孤雲野鶴)을 펼치며 삼 장여의 거리를 찰나지간에 없애 버린 남궁상영은 오른쪽으로 비스듬히 누인 검을 대각선으로 치켜 올리며 홍자성의 허리와 가슴을 동시에 노렸다.

"훌륭한 거안제미(擧案齊眉)로군요."

어느새 남궁성의 곁으로 다가와 앉으며 천연덕스럽게 입을 여는 혁련휘는 손뼉을 치며 놀라워했다.

"그 옛날 남궁 노야께서 우리들에게 말씀하시길 이 초식을 펼칠 때에는 최대한 빨리, 그리고 정확하게 상대의 약점을 파고들어 검을 날리는 것이 가장 중요하다고 하셨지요. 손자 분이 제대로 익힌 것 같습니다. 저 친구 또한 남궁세가의 검법을 알고 있음에도 저리 쩔쩔매는 것을 보니 말입니다."

"……."

남궁성은 아무런 대꾸도 없이 둘의 대결만을 지켜보았지만 무엇이 그리 신이 나는지 혁련휘는 연신 감탄사를 터뜨리며 소리를 질렀다.

"허! 거안제미에 이어 개두환면(改頭換面)이라! 좋구나! 멍청한 자성이 오늘 고생 좀 하겠군. 어느 것이 허초(虛招)이고 실초(實招)인지 구별도 못하고 마구잡이로 상대하다니. 쯧쯧쯧."

상대의 공격이 허초임을 미처 생각하지 못하고 진중하게 상대하다 실초에 목이 달아날 뻔한 홍자성을 바라보며 혀를 차던 혁련휘가 목소리를 높였다.

"거봐라, 자성. 네가 알고 있는 남궁세가의 검법은 겉모습일 뿐이다. 상대가 펼치는 초식이 어떤 것임을 알면서도 당하잖아. 남궁세가의 검

법을 얕보지 말라고 그렇게 일렀건만. 꼴 좋구나!'

"시끄러!'

정신없이 몰리고 있는 틈에도 자신을 힐난하는 혁련휘의 말을 들었을까? 대뜸 고개를 돌려 소리치던 홍자성은 그로 인해 어깨 부근에 살짝 상처를 입고 말았다.

"빌어먹을!'

동료들에게 약속한 십 초식이 지난 것은 이미 오래전의 일이었다. 그것도 대등한 것이 아닌 일방적인 열세 속에서.

어려서부터 치열한 생존 경쟁을 뚫고 살아났고 커서는 수없이 많은 싸움을 했다고 자부하던 홍자성은 새파랗게 어린 남궁상영의 공격에 별다른 반격도 하지 못하고 도리어 상처를 입게 되자 피가 거꾸로 솟는 참담함을 맛보게 되었다. 그리고 그것은 자신에 대한 분노이자 남궁상영에 대한 분노로 바뀌었다. 하나 분노는 분노일 뿐이고 지금 이 상황에선 뾰족한 방법이 없었다.

하지만 당하고 있는 홍자성도, 지켜보고 있는 혁련휘도 알지 못하는 것이 있었다. 이제 갓 약관이 넘은 청년 남궁상영. 그는 결코 가문의 후광(後光)을 업고 거들먹거리는 그저 그런 애송이가 아니었다.

남궁세가의 장자로 태어나 어려서부터 무공에 대한 남다른 재능을 발휘하여 조부인 남궁성을 기쁘게 한 그는 세간에는 알려지지 않았지만 세가 내에선 몇몇 어른들을 제외하고는 상대가 없을 정도로 인정받는 고수였다. 오죽했으면 남궁성이 그토록 아끼는 셋째 아들 남궁요에게 가주의 대를 주지 않는 것이 장자 우선의 계승 때문이 아니라 남궁상영에게 가주의 자리를 주기 위함이라는 말이 떠돌까?

그럴 정도로 남궁상영은 조부인 남궁성뿐만 아니라 세가 내에 모든 사람들에게 그 능력을 인정받고 또 사랑받고 있었다. 그러니 부모 잘 만난 애송이로 생각한 홍자성이 밀리는 것은 너무나 당연한 결과였다.

'너무 방심했다. 창을 제대로 쓰기 위해선 거리를 벌려야 하는데 놈의 보법이 그것을 좀처럼 허용을 하지 않으니……'

그랬다. 홍자성이 이처럼 고생을 하는 것은 남궁상영의 검법도 검법이지만 그것을 자유자재로 펼칠 수 있게 해주는 보법, 고운야학의 위력이었다.

바람이 부는 듯, 물이 흐르는 듯 그렇게 유유자적 조금의 서두름도 없이 걸음을 옮기는 남궁상영은 말 그대로 한가로이 떠도는 구름이요, 우아한 자태로 들녘을 거니는 학의 모습이었다.

움직이는 방향을 짐작할 수도 없었지만 그렇다고 마구잡이로 움직이는 것이 아닌 자연의 순리에 따라 몸을 맡기는 듯한 남궁상영의 신형을 잡을 보법을 홍자성은 가지고 있지 못했다. 아니, 없는 것은 아니었다.

애당초 흑영의 육성 목적이 혈성의 주요 인물들을 암살하기 위함이었고 그것을 위해 칠파일방과 삼대세가의 무공에 못지않게 중요시 다루어졌던 것이 살수의 무공이었다. 살수에게 있어 가장 중요한 것은 일격필살(一擊必殺)이었다. 그들에게 두 번의 기회는 없었다. 당연히 모든 살수들은 뛰어난 은신술(隱身術)과 함께 경공법, 또는 보법을 지니고 있었다.

흑영에게도 당연히 살수들이 익히는 신법이 주어졌고 특히 그들이 익힌 것은 운연과안(雲煙過眼)이라는 강호 살수계의 전설이었던 만뢰구적 몽연적의 독문신법이었다. 그러나 오직 한 사람, 신법에는 젬병이었던 홍자성만은 연공 과정에서 살아남은 흑영 중 거의 유일하게 운연과안을 제대로 익히지 못했고 화산파의 구궁보(九宮步)를 익힌 것에 만족해야만 했다. 문제는 그가 익힌 구궁보로는 이미 경지에 이른 남궁상영의 발걸음을 따라잡지 못한다는 것이었다.

'제길, 창을 쓰려니 힘든 것이 많군.'

자신이 그토록 밀리는 것이 무기 때문이라고 생각한 홍자성은 십여 년간 익혀온 검 대신 창을 쥐어준 혁련휘가 은근히 원망스럽기까지 했다. 그렇다고 검을 쓰자니 들고 있는 검도 없을 뿐더러 남궁상영은 그럴 시간도 주지 않았다.

'이렇게 밀리다가는 아무것도 안 되겠다. 되든 안 되든 해보는 수밖에.'

어깨에 이어 허리 쪽에도 가벼운 상처를 입게 되자 더 이상 밀려서는 반격할 기회조차 잡을 수 없다고 생각한 홍자성은 마음을 굳게 다져 먹었다. 얼굴은 굳을 대로 굳어버리고 눈가에 맴도는 살기는 비장하기까지 했다.

'뭔가를 노리고 있구나! 그러나 잡은 승기를 놓칠 수는 없겠지.'

상대의 기세를 살피던 남궁상영은 급작스레 변하는 홍자성의 기도에 내심 경계를 하면서도 공격은 멈추지 않았다.

"하얏!"

구름이 흩어지고 안개가 사라지듯 어느 것이 실초이고 허초인지 도저히 구분을 할 수 없을 정도로 변화무쌍한 초식 운산무소(雲散霧消)!

남궁상영이 회심의 일격으로 펼친 공격을 홍자성은 그저 바라만 볼 뿐 무한한 변화를 일으키며 정면으로 찔러 들어오는 검을 피하지 않았다. 검은 홍자성의 배를 찌르고 들어갔다.

"자성!"

땅바닥에 주저앉아 고전하는 홍자성의 모습이 약간은 재밌다는 듯 여유있게 싸움을 지켜보던 송백령 등이 벌떡 일어나며 소리를 질렀다. 그들이 여유를 부릴 수 있었던 것은 홍자성은 절대로 지지 않는다는 전제 하에 가능했던 것이었다. 그런데 상황이 전혀 엉뚱한 방향으로 흘러가는 것이 아닌가?

반사적으로 몸을 일으킨 그들은 당장에라도 뛰어나갈 듯한 자세를 취했다. 그러나 뭔가를 본 것일까? 관정을 필두로 몸을 일으켰던 그들은 안도의 한숨과 동시에 자신들을 놀라게 한 홍자성을 욕하며 바닥에 침을 뱉고는 처음의 자세로 돌아갔다.

순간적으로 움찔했던 그들이 본 것은 태연하게 앉아 있는 혁련휘였다. 혁련휘는 잠시 눈을 반짝였을 뿐 별다른 동요를 일으키지는 않았다. 대주가 저리 편하게 앉아 있다는 것, 그것은 바로 홍자성에게 별다른 일이 없다는 것과 상통했다. 그렇지 않았다면 벌써 칼춤을 춰도 백 번은 더 추었을 테니까.

반면에 남궁세가의 무인들은 환호성을 질렀다. 드디어 자신들과 세가의 자존심을 처참하게 망가뜨린 적에게 최초의 복수를 하는 순간이기 때문이다.

"와아!"

"이겼다!!"

하나 그런 환호성도 잠시, 쓰러져야 정상인 홍자성이 괴소를 터뜨리며 입가에 진한 살소를 머금었다. 그리고 분명히 배를 관통한 것처럼 보였던 남궁상영의 검은 홍자성의 옆구리와 팔 사이에 끼어 있었다.

"흐흐흐! 잡았다, 이놈!"

홍자성은 검이 막 배를 찌르려는 순간 혼신의 힘을 다해 몸을 움직였고 간발의 차이로 남궁상영의 검을 허리 사이에서 잡을 수 있었다. 그러나 조금이라도 늦었다면 결과는 어찌 되었을까? 연무장이 떠나가라 소리를 지르는 자들의 바람대로 작살에 관통당한 개구리마냥 땅바닥에 처박혀 있으리라. 자신의 의도대로 남궁상영의 움직임을 잡게 되자 일부러 과장된 웃음을 터뜨렸으나 홍자성은 등 뒤로 흐르는 식은땀을 어쩌지는 못했다.

"이익!"

당연히 성공할 것으로 믿었던 공격이 무위로 돌아가고 검마저 움직일 수 없게 된다면 보통의 무인이라면 적지 않이 당황했을 것이다. 그러나 남궁상영은 실로 뛰어난 무인이었다. 당황하는 것도 잠시, 붙잡혀 있는 검을 빼기 위해 재빨리 검신을 뒤튼 후 자신 쪽으로 잡아당겼다.

슥!

날카로운 소성과 함께 팔과 옆구리에 가볍지 않은 상처를 남기며 빠진 검. 그러나 처음부터 검을 붙잡을 생각이 없었던 홍자성은 그다지 신경 쓰지 않았다. 도리어 싸움의 시작 이후 처음으로 잡게 된 공격의 기회를 놓치지 않고 한 발 뒤로 물러나는 남궁상영을 향해 창을 날렸다.

"이런!"

순식간에 다가오는 창날을 바라보며 기겁을 한 남궁상영이 화급히 몸을 움직였지만 자신의 몸은 돌볼 생각도 없이 시작된 홍자성의 공격이기에 완전히 피할 수는 없었다. 물론 큰 상처를 입은 것은 아니었지만 창날에서 삐죽이 튀어나온 구에 살갗이 찢어지고 피가 튀었다. 하지만 중요한 것은 기선을 잡혀 일방적으로 몰리기만 하던 홍자성이 여유를 되찾고 어느 정도 거리를 유지한 채 천천히 창을 돌리고 있다는 것이었다. 이제 본격적으로 공격이 시작되면 창이 지닌 장점이 유감없이 발휘될 것이다.

'어쩌면 방금 전의 상황이 되풀이되겠군. 그것도 반대로.'

목덜미를 타고 흐르는 피를 의식하며 허공을 빙글빙글 돌고 있는 창에서 눈을 떼지 않는 남궁상영의 얼굴에 어두운 그림자가 스쳐 지나갔다.

그리고 그것은 어김없는 현실로 다가왔다.

"헛!"

입을 굳게 다물고 무시무시한 살기를 발산하고 있는 홍자성을 맞이하여 조금도 물러서지 않는 손자를 자랑스러워하며 때로는 염려의 눈빛으로 싸움을 지켜보던 남궁성의 두 눈이 부릅떠지고 경악성이 튀어나왔다. 남궁성을 돌보고 있던 노진격의 놀람 또한 남궁성 못지않았다.

"저, 저것은!"

놀란 그들의 눈은 기이하게 변하는 홍자성의 자세와 자세 못지않게 이상한 움직임을 보이고 있는 구겸창에 고정되어 있었다.

『운한소회』 2권에 계속…